小故事

周洁茹 —— 著

北 京 出 版 集 团
北京十月文艺出版社

目录

四　十

昨天晚上我跟同学出去吃饭，快要吃完的时候，老板和老板娘打起来了。我们说，那我们买单走人吧。老板说，我是老板！你们不用买单了！

我看完这一条，点了一个赞，然后发了自己的朋友圈。

我想快点老死。无图。

我马上就收到一条信息，你怎么了？

发信人我不认识，但我想了一下，真不认识的也不会在你的联系人里面，你又不是卖面膜的。我就又想了一下，哦，初恋。初恋上一次找我好像是三四年前，我没回，没回的原因肯定是忙，但是他说你是故意的吧我删你了！我还是没回，既然他都删我了。可是删了，怎么又出来了？微信的功能我真是搞不清楚，我怀疑他只是拉黑我，然后又拉白了，但是他拉来拉去，好像就是他自己拉来拉去。

二十四。我跟他是二十四年前的事了，我把这个数字掌握得这么好，因为我刚刚四十岁了，十六岁初恋，40－16＝24。二十四年前的，一个初恋。

我就马上回了，我说我怎么了。

他说你好吗你遇上事了？

我说你好吗。

他说看来真遇上事了。

我说什么事。

他说你要有事，你告诉我。

我停了一下，说，那你告诉我，二十四年前，你为什么一直擦你的自行车？

他说因为自行车是新的。

我说我是旧的？

他说我想见你。

我说你病了？

他说我病了。

我突然好怕他死。

这个世界上，我只怕两个人死，一个是初恋，一个是刘芸。

刘芸当然也认识初恋，刘芸跟我是一个幼儿园的，一个小学的，一个中学的，要不是她学习比我好太多，我们就是一个大学的了。

中四的夏天，也就是那些年的高二的夏天，我俩都满了十六岁，要在美国，我们就可以学车和结婚了，虽然还不能喝酒。可是我们不在美国，刘芸只好坐在家里画盘子，两个月呢，无所事事的两个月，我就去找了一个暑假工，在一个编辑部打开水，是的老师们在夏天也只喝热的，所以我要打开水，主编三瓶，副主编两瓶，其他编辑一人一瓶，我也得接电话，电话就在副主编的桌上，但是得我接。

我能够有一个初恋在十六岁，就是他给编辑部打电话，要我去一下他的节目，因为我除了在编辑部打开水，还在电台做播音员，业余的。像我这样的姑娘肯定还不少，有一个做流行歌曲节目的小雨姑娘，比我还小一岁。小时工的工资真的不是很多，而且得开成稿费单的样子，十块，二十块，真的就是那种十块、二十块的稿费单。我去财务部拿十块钱的时候就会看到一些人，也会被一些人看到。也许我就是这么被他看到了，他就打了电话。我是这么想的。

我接电话的时候，主管我的副主编看着我。

我说老师我请个假，副主编说好啊，去完电台顺便去印厂把蓝样拿了。

我在去电台的路上搜索了一下他，那个时候肯定是没有谷歌，连百度都没有，好吧，大家连电脑都没有，我是打电话给小雨搜索他的。小雨说他比她大两岁，已经是全职。小雨羡慕地说，他居然是全职，而且是人民广播电台的。

比小雨大两岁，就是比我大一岁，人民广播电台的意思就是他还是事业编制，我跟小雨打工的经济广播电台，除了台长，全是合同工。

我对编制知道得这么清楚，是因为刘芸家一定要刘芸去念师范，这样她就会有一个人民教师的编制，但是刘芸的梦想是去北京漂，漂成艺术家。我们俩为着这个梦想那个梦想烦恼，烦恼太烦恼，我们的十六岁都有点过不下去了。

十六岁到达电台的时候，十七岁正趴在桌上写文案，真的是，一见你就笑。

同学，十七岁说，穿个牛仔裤球鞋多好，高跟鞋跟裙子不合适啊。

同学，十六岁说，你穿个牛仔裤球鞋多好，皮鞋跟衬衫不合适啊。

上班啊，十七岁说。

我也要上班啊，十六岁说。

十七岁就笑，笑出酒窝。

十六岁接过了文案说走了，上节目再见。

十七岁说去哪儿啊。

十六岁说去印刷厂，暑假工也是工啊。

十七岁说我正好也要去，一起去吧？

外面就下起雨来了，去印厂的路又在修，一个又一个水洼。十六岁和十七岁，就一起跳起了房子。

十六岁说，真幸福。

十七岁又笑出酒窝。

十六岁进了印厂的大门，回头喊了一句，再见啦。

身体的疾病是为了缓解精神无法排解的疼痛而产生的，刘芸说。

抱抱，我说。

趁算年轻，我们要熬过这段，刘芸说。

我去看看你，我说。

不要烦，刘芸说，你来了我还要烧饭给你吃。

我就在大街上哭出来了，路上的人都看我。如果我会画画，像刘芸那样，我就可以画一个臃肿的中年妇女的背影了，站在街上哭，头发蓬着，衣服是灰的。肯定是因为她儿子昨天默书没及格，她的未来和希望都没有了，哭得太伤心了。

十六岁没去上班，十六岁想了一夜跳房子。

打电话请了假，话筒刚放下，又响了，十七岁在电话里说，你怎么了？

十六岁说我怎么了。

十七岁居然把电话挂了。

然后就是门铃响了，十七岁站在门外。

十六岁后来没有成为编剧是她自己没有掌握好，世界给了她最好的电影画面，她不要。

幸福，十六岁跟刘芸说，微妙的幸福。

早恋啊，刘芸说，太早了吧。

副主编也说太早了。副主编说，年轻人打打电话理解的，可是也不要一天到晚打电话来嘛，工作电话是要谈工作的嘛。

而且你也太小了嘛，副主编说，十八九岁。

十六，十六岁说。

哦，副主编说，十六，未来的路长着嘛。

十七岁再来电话十六岁就说不要再打电话了，领导说我了。

领导怕什么，十七岁说。

你没有领导？十六岁说。

十七岁不打电话了。十七岁下了班直接去找十六岁，十六岁会烧方便面，十六岁和十七岁，一起吃方便面。

十七岁一边吃一边说，你只会烧方便面，以后怎么做老婆啊。

十六岁说我以后不做老婆。

十七岁说好啦，到了法定结婚年龄，我们就结婚，生好多小孩。

十六岁说法定结婚年龄是几岁。

十七岁说查一查。

我是不会生小孩的，刘芸说，你说独生子女为什么要生小孩，我们以后要养我爸妈，我老公爸妈，我爷爷奶奶，我老公爷爷奶奶，我外公外婆，我老公外公外婆，我们还要养一个小孩？两个小孩？好多小孩？

我是不会结婚的，十六岁说，你说独生子女为什么要结婚。

刘芸继续画盘子，一边画一边说，还是画盘子卖钱，一个盘子一个钟头，十块钱，我画个画要画一年，一钱不值。

你还想去北京吗？十六岁说。

想，刘芸说，想想又不要钱。

我每次都把自己的声音录下来，你要听吗？十七岁说。

不要，十六岁说。

十七岁把磁带插进卡座，房间顿时变成直播间。十七岁陶醉在自己的声音里。

十六岁从书架上抽了一本书，星座书，又没有别的书。书架上只剩下飞机模型，窗玻璃上晾着邮票，床上有一只熊。

我从来都不把自己的声音录下来，十六岁说。翻到一页星座配对，双子绝对不要配水瓶，因为双子花心水瓶神经。

十六岁哼了一声，星座。

接吻要闭眼睛的吗？

这个我是不知道的，刘芸说，我又没有接过吻。

他是闭着眼睛的哎，十六岁说，你不觉得很奇怪吗？

接吻要睁眼睛的吗？刘芸说。

我要迟到了，十七岁说，上夜大。

干吗？十六岁说。

台里要我考个文凭，十七岁说，我没文凭。

上大学啊，十六岁说，夜大是什么。

十七岁笑笑，十七岁正在吃一碗冷饭，浇上冷的西红柿炒鸡蛋，冰箱里刚刚拿出来。

好吃吗？十六岁说。

十七岁笑笑，笑出酒窝。

他要看我日记，十六岁说。

你写日记的吗？刘芸说。

十六岁哼了一声。

不要给他看，刘芸说，看了你们就结束了。

为什么？十六岁说。

什么为什么？刘芸说，你给我看吗？

不给，十六岁说。

开门的是阿姨，上上下下打量十六岁，你找谁？

同事同事，十七岁赶紧出来，我们单位同事。

十六岁说阿姨您好，我是同事。阿姨转身回了厨房。

十七岁说怎么这会儿来了。

十六岁说我哪会儿来才好呢。

十七岁不说话。

十六岁说我像你们单位同事吗。

十七岁不说话。

十六岁说真没意思。

十七岁不说话。

不早了，阿姨在厨房里说，送人家女生回家吧。

我走了，十六岁说。

送你，十七岁说。

真听话，十六岁说。

那不送你了，十七岁说。

十六岁站进夜里，回头喊了一句，再见啦。

你不会死的，我说，你死了我就死了。

你又神经病了，刘芸说，我也不是很担心，医生看即使是癌也是初期，没有扩散的迹象。

趁还算年轻，我们要熬过这段，刘芸说。

古人养生，重在自然，自然天真，则亦何病？勉强造作，则不病而反不自然矣。今人多病，亦常在于任性使气，背井离乡，如木离本土，焉得不病？

我看完这一条，没有点赞，也没有发自己的朋友圈。他们都不点我的赞，我再也不要发朋友圈了。

任性使气，背井离乡，怎么会不得病。

我给小雨发了一条短信，我说那谁谁谁病了？

没啊，电视台副台长小雨说，他能有什么病？

十七岁站在家门口，穿着拖鞋，笑出酒窝。夜深沉。

十六岁想了一夜跳房子。

早上接到电话，十七岁说，老婆，我请你吃饭。

可是我们昨天分手了，十六岁说。

我们彼此还不了解，十七岁说。

我们彼此太了解了，十六岁说。

无情，十七岁说。

无情，十六岁说，我明天就开学了，我要考南京大学。

刘芸去北京漂的时间往后推迟了十年，刘芸念了四年师范，教了六年书，成为了精英班的班主任，然后辞职。

可是她就是缺了这十年，三十岁，真的漂不动了，二十岁没有漂，以后都不要漂了。刘芸只好出国，又没有别的地方可以去。

我没有考上南京大学，而且青岛路也不安全，我也只好出国，我也没有别的地方可以去。

国外很寂寞，非常寂寞。作业写不下去的时候我才会想一想十七岁，台里要他考个文凭。

其实这不是十六岁和十七岁的第一次再见，他们后来又再见了好几回。

但是十六岁只记得最后一次，因为她闭上了眼睛。

是爱情。

拥抱都是真的。

到了四十岁，我连早上吃了什么都忘了，可是我有时候会想起来十六七岁，有个男生很喜欢擦他的自行车。从他工作的地方骑车到我家，问我要一块布，开始擦自行车，擦完车，如果我烧了一包方便面，我们就会一起吃面，然后他去上夜大了。那个夏天真的太热了。

抱　抱

你的照片拍出来倒蛮像样的，我说，到底是学艺术的。

我同你讲，刘芸说，其实是个破房子，破得不得了，你想象不到的，我老公不肯租好房子，叫我去住那样的破房子。

我不知道说什么好。我低头搅拌我那杯冰红茶，死甜的红茶，如果在香港，我会讲，少甜走冰。可是我又不是在香港。

照片拍出来倒像样的，我只好回过去说。

刘芸冷笑了一声。

刘芸搬了新家的第二天，把我从微信联系人里删除了。我托人去问她删我的原因，她说是因为我点她太多赞了。

任谁删我我都不会发疯，但是刘芸，我绝对地会发疯。这个女的对我太重要了。

初中二年级的时候，我为了去这个女的家里做功课，跟家庭决裂，并且第一次离家出走了，一个小时。即使一个小时以后我又自行回家了，我仍然被我父亲打了手心，都是第一次。

我第一次遇到鬼，也是因为刘芸，仍然是因为傍晚要去这个女的家里做功课，其实也就是跟这个女的玩。天都黑了我还是去了，我真是太想玩了。我像往常那样把脚踏车趴在楼道口，熟门熟路地上了楼，到了顶楼，居然是黑的，要是像往常那样，楼道里应该是亮的，她会为我的到来提前亮起她家门前的那盏灯。黑灯瞎火里，我使劲地敲她家的门，门不开，我都要疯了。她家对面的门开了，那家一向与她家不怎么合，我每次去，对面那家的门都是紧闭的。但是那家的门开了。伸出来一张老太太的脸，惨白。你找谁啊？老太太说。我说我找刘芸。老太太说什么刘芸？这儿没有这个人。这个时候刘芸家的门倒开了，但是伸出来一张中年妇女的脸。中年妇女说，是啊，我们在这儿住了这么久，从来没有听说过这个人。我致了歉，下楼。两个妇女一直盯着我的后背，我的后背变得很凉。我想的是，天天走的路我居然也会走错，我是有多心急要跟她玩。

下到底楼，我觉得我并没有走错。一共三幢楼，她家是第三幢，每一次我都是数的，一，二，三，上楼，我重新数了一遍，一，二，三，如果她家是中间那幢，我可能会错，她家是第三幢，没有第四幢。我打电话给刘芸，我说我刚才走错了，走到你家前面那幢去了，那幢的顶楼住着一个老太太和一个中年妇女。刘芸在电话里说，不是吧，前面两幢的顶楼都住着我爸的同事，我们家都认得的，哪有什么老太太和中年妇女。

你肯定是走错了，刘芸又说，我反正是一早就为你亮着灯的，我也一直支棱着我的耳朵听着楼道里的脚步声，根本就是没有声音好吧。而且按照你的说法，楼道里乌七八黑，你气得拼命敲我家的门，你倒也看得到那两个女人的脸的？

我说我是不会错的，她们的脸我可是记得很清楚。说到这里的时候，我意识到我根本就想不起那两张脸了，这才两分钟，我只知道确实是女的，一个老一个不那么老，至于具体的嘴和脸，她们好像确实也没有嘴和脸，就像两块白板一样。一条凉线突然从我的后背由下往上蹿去，我忍不住地打了个寒战。然后我终于叫出了声，你下来接我！

我几乎是在用生命跟这个女的交往。

那个时候，刘芸家有三个房子。一个是她爸妈的，也就是我遇到鬼的那个。一个是她奶奶的，她奶奶的房子特别隐蔽，每次我去找她她又不在的时候，她爸妈就会说她是在她奶奶家，我可以去她奶奶家找她，反正就在附近，但是我从来没有一次找到过。一个是她外婆的，在陈家村，我从来没有去过，但是刘芸出了国以后，我只去过那个，她最后也只剩下那个房子。

刘芸是整个陈家村的异类，我想的是，会不会是因为她是学艺术的？一个村的恶意。有一天她从哪幢楼下经过，一个旧书架从天而降，差点把她砸死。实际上，他们是真的想把她砸死。刘芸把那个粉碎的书架拍给我看，还有她的脚，那些木头离她的脚指头最多只有三厘米，可见他们砸死她的决心很大，可是准头确实差了一点。

每次我去陈家村找她，实际上那并不是一个村，所有的人家都盖了两层三层的小楼房，而且还有院子，前院和后院。除了前院不种花后院没种树，一切都好像美国郊区一样。每次我去陈家村找她，恶意也是扑面而来的，从村口走到她家的这一段距离，我得被所有站在门口站在路口的人一直看着，一直看着，看到我终于进了她家的门。我意识到也许并不是艺术的原因，也许只是刘芸出了国，并且学艺术。

我平均三年找她一次，在她出了国以后。第一个三年，她结了婚，第二个三年，她生了小孩，现在是第三个。每次都是很简短的见面，除了嘲笑我，她什么都不干，她也只能够嘲笑我，她知道我在乎她，她使劲地嘲笑我。她又嘲笑不了别人。

我后来分析我们俩的关系，基本就是一场虐恋，女人之间的虐恋，越虐越恋，越恋越虐。

她差点被书架砸死以后，我不再去她陈家村的房子，我们约了出街吃串串，还看了一场国产电影。看电影的时候我俩笑得死去活来，邻座都以为我俩是火星来的。可是在我和刘芸眼里，他们才是火星来的，他们看电影不吃爆米花，他们自带了炸鸡腿和香瓜子，一边看电影，一边吃鸡腿，同时嗑瓜子。

我们看完了电影，就去吃串串，三年一次的串串，因为三年才回一次家，好吃得我俩都抱头痛哭了。我一边哭一边说对不起我太漂亮了，刘芸一边哭一边说对不起是我太漂亮了。我俩差一点又大打出手。

实际上我们就是来吃串串的，我们昨天已经吃完了串串摊旁边的川菜馆。刘芸要了樟茶鸭和凉面，我要了辣子鸡和夫妻肺片。从我俩点的菜就可以看得出来，我们根本就是外地人，本地人点的菜都是我们连名字都没有听说过的。

刘芸开始评说川菜馆服务的差劣，所以她从来都不出来吃饭的，要不是跟我。我说咱俩没赶上电影是因为路不熟，明天赶个早，要不又迷路。刘芸说，生于斯长于斯的我城，倒会迷路。我说我城已不是我城，迷路是必然，你得承认，咱俩已经失了城，咱俩就是外地人。刘芸冷笑，咱俩是外星人。对，我说，火星。

然后刘芸又回到川菜馆的质素，每一次她批评餐馆不用心做吃的，我都是沉默。我心里想的全是刚才进来川菜馆时看到的串串摊，我想的是，我得半夜再来吃，一个人，不带刘芸，想怎么吃怎么吃。但是我说出来的倒是，明天赶个早，看完电影吃串串。咱俩就得吃点只有中国才吃得到的东西，我又补了一句。

就是做个串串吧，也不用心，刘芸说。我沉默地吃，一串，两串，三串。所有吃完的竹签都尖头朝下放在一个竹筒里，我忍不住把竹筒拿在手里摇晃，我曾经去过黄大仙求签，我摇了好久，都没有一支签掉出来。旁边的人都说我笨死了，摇支签都不会。你干吗？刘芸说。我说我数数，我觉得他们少了咱们两串藕一串生菜一串土豆片。你只有吃的时候才专心，刘芸说。一切回到十年前。只要有男生在场的饭局，她就会当着大家的面说我，你今天这件衣服又是你妈的吧你用的什么遮瑕膏啊遮得毛孔都没有了呢。后来我又遇到一个女的，每次一起出去，她都要告诉坐在我左边的男的又告诉坐在我右边的男的我结婚了，虽然手指上没戒指。尽管这一句对于所有的中国男人都无效，但我当是一个善意的提醒，也是她对我的保护，就好像当年刘芸这么保护我一样。有个多管闲事的女的就偷偷地跟我讲，她真的是你的朋友吗？你竟然有这样的朋友？真正的朋友，会这么说你？我说真正的朋友才会这么说我，真正的朋友不会说你竟然有这样的朋友。

你回来干吗，刘芸又问。

销户口，我说，你回来干吗？

我奶奶过世了，刘芸说。

很抱歉，我说。

我还要处理我奶奶的那张红木床，刘芸说。

可以卖不少钱，我说，我记得那张床，很值钱。

我根本就不想卖！刘芸说，可是我又不能带走。

那就给你小叔叔，你反正没房子，我说。

小婶婶要卖！刘芸说，我奶奶硬气，活到九十岁都是自己做饭吃，不费儿女的手脚。小婶婶盼着卖这张床，终于盼到这一天。

又不是她的，我说。

我又带不走，刘芸说。

那你出一笔钱吧，我说，你把床买下，放你小叔叔家。

凭什么要我出钱？刘芸说，我是长房长女。

独女，我纠正她。

我爸讲劈了烧给奶奶，刘芸说。

唉，好好的床，我说。

说到底，他们就是要我们的钱。刘芸叹了一口气，一个坚决、强硬，从来不轻易原谅我过错的女人，叹了一口气。

我也只好叹了一口气。

你的户口销得怎样？刘芸问。

我说派出所的民警要剪我护照角，我就马上跑出了派出所，他在后面追，因为证明开出来了，护照还没剪。

被他追上没？刘芸问。

没，我说，你忘了我是校队跑短跑的，耐力不够，爆发力很足。

护照还能用？刘芸说。

回头在海关试试，我说。

试试，刘芸说。

我后天一早的飞机，我说，明晚我俩再喝一杯？

连着三天见你，从来没有过的啊，刘芸说。

试试，我说。

我们再次迷路了，在运河旁边。

天全黑了，我俩又都涂了口红，上一次我俩都涂口红是高中毕业，有个很丑可是很有钱的男生请了全班的同学去唱卡拉OK。我俩就是在那一场卡拉OK里因为对不起我太漂亮了和对不起是我太漂亮了抱头痛哭了第一回。

旧厂房改造的酒吧区，可是我们一间酒吧都找不到。路口有一间，吵得要命，我们涂着亮口红穿着高跟鞋穿过了整个厂区。十年没穿的高跟鞋，每一步都像走在刀尖上。

经过了一间不那么吵的，我们拉开门走了进去，红绿灯的小舞台，鱼尾裙老小姐在唱《何日君再来》，我和刘芸对看了一眼，退了出来。

外面是一堆圆桌圆椅，我们坐了下来。

喝一杯都喝不到，刘芸说。

再往前走走，我说。

不高兴，刘芸说。

好了啦，前面有一间还好，我去过的，我说。我从来没有这么哄过人，还是一个女人。

刘芸坐着不动。一个服务生走过来问，喝什么？

这里也是你们的？我说。

我们的，服务生说。

反正我们也要走了，刘芸说，站了起来，往前面走。我想的是如果我走在刀尖山上，她一定是走在刀尖海里，我们的每一步都是痛的。

还好的酒吧里也有支乐队在唱，刘芸回头白了我一眼。

好了啦，我说，他们很快就不唱了。

还剩半杯威士忌，乐队还在唱，我要了一杯冰红茶。

刘芸开始把花生米扔到我的头上，我的身上。

住手，我说。

她继续扔，一边扔一边笑，我的头上和衣服上全是花生米，还是炸过的，酒鬼花生。

住手，我又说。

做回一个上蹿下跳的你真是太可悲了，她说。

我根本就没有动，我说。

你知道咱俩的区别吗？刘芸说，你到底是要出风头的，你最正常的时候就是这前面的十年，你一动不动，我还以为你到底正常了以后你都正常了。你居然又开始跳了。

你就没有跳？我说。

我这种安分守己只想过好自己生活的人，刘芸说，你揪着我让我跳我都不跳。

你的照片拍出来倒蛮像样的，我说，到底是学艺术的。

我同你讲，刘芸说，其实是个破房子，破得不得了，你想象不到的，我老公不肯租好房子，叫我去住那样的破房子。

我不知道说什么好。我低头搅拌我那杯冰红茶，死甜的红茶，如果在香港，我会讲，少甜走冰。可是我又不是在香港。

照片拍出来倒像样的，我只好回过去说。

刘芸冷笑了一声，你知道我一直住在那个破房子里面吗？

照片里看不出来，我说，连角落里的摆设都是精细的。

地板、墙角、壁橱，所有的一切都是破的！

不是新楼快要建好了吗？我说，我可是每天点赞的，你就是发个窗帘布选择，我都点了赞。

刘芸哼了一声。

之前不好的房子，是为了这个最好的好房子。我说，你大后天搭飞机回去搬家，虽然不是我搬新家，但是你搬新家对我来说就好像是我搬新家一样。

没有人爱我，刘芸说。突然哭了。

停，我说。

刘芸继续哭，一边哭一边说，没有人爱我。

我说第二遍停的时候乐队的四个人都走过来了，整个房间终于安静了。其中一个跟我说你的朋友看起来太难过了，我可不可以给她一个抱抱？

我说干吗问我，你自己去跟她讲好了。

他说只是一个拥抱。

我说是的我知道，但是你得自己跟她说。

另外一个就跟我说，这是我们在这个城市的第一个晚上。

然后呢，我说。

去另一个城市，他说。

然后呢。

再去下一个城市，他说。

刘芸已经得到了那个抱抱，她仍然在哭，一个遥远陌生人的拥抱，一点儿也没能让她高兴起来。没有人爱我，她一边哭，一边说。

吃相

1

车祸以后，陈小姐再也没有来过上海。

所以我的活动在上海，我以为陈小姐是不会来的了，我知道那次车祸。

陈小姐平时都是坐在前排，就那天，去上海的那一天，她坐到了后排。她老公对她说，你累了，睡一会儿，到了上海我再叫你。

陈小姐醒过来的时候满脸是血，一根钢筋，车头插到车尾，座位上全是玻璃碴子和血，分不清楚是自己的还是老公的。

陈小姐喊老公的名字，没有人应。陈小姐一眼看到自己的古驰包包，一点都没有坏，陈小姐抖着手，摸到那只包，打出了救命的电话。

七年以后，陈小姐开着奔驰跟我讲，幸亏是个美国车，要是个日本车，人就没了。

我看着陈小姐的侧面，陈小姐的这个侧面看不到伤口，那个伤口在头顶的另一侧，头发遮住了。我想起来等待救护车的时刻，她和她老公，血淋淋的两个人，抱在一起痛哭。一同经历了生死的男女，他们心里面想的一定是那一句，这一辈子，我们再也不分开了。

陈小姐离婚的时候我不在，幸好我不在，一切最坏的情形。

2

七年以后了，我再见到陈小姐，陈小姐请我吃早饭。

算命师傅太不准了，我说，还说你旺夫，以后越来越好。

准，陈小姐说，就是太准了。

我是旺夫，陈小姐说，他生意越来越大。

生离死别，陈小姐说，算命师傅说的是，旺夫，但是生离死别。生离，或者死别。

那场车祸，我说。

对，陈小姐说，那场车祸，我没死，他没死，没能死别，只好生离。

唉，我说，还不如死别。

是吗？陈小姐说。

离个婚不就跟死过一次似的，我说。

你离过？陈小姐说。

跟死一样吗？我说。

不如死，陈小姐说。

我说奔驰是哪国的车？

陈小姐白了我一眼。

我说为什么是奔驰，那谁说的，骑自行车哭，坐奔驰笑？

陈小姐又白了我一眼，说，那是宝马，那是宝马好吧，宁愿坐在宝马里哭不要坐在自行车上笑的宝马。

我说好吧我们去吃早饭吧。陈小姐的车开出去了一段，她说，土豪才开宝马。

车停在一片仿古建筑的大门口，一个拱门，像是一个牌坊。

可以停的吗？我问。

可以，陈小姐坚定地答。

真的可以吗真的吗？我又问。

可以可以可以，陈小姐说，你不要烦了好吧，什么都是可以的。

我们下了车，经过了一个名人故居，但是因为太早，门关着，我也没有能够进去看一眼，可是看了一眼也不会怎样，名人都不是这里的人，他只是死在这里，这里的人对死在这里的人格外敬重，雕了像又故了居，这里的人却对生在这里的人蔑视，很多人就跑到外面去了，死在别处。

我俩经过了名人故居，穿过了一条小巷，来到一扇木门前面。

陈小姐推开门，我瞬间落到古代。一个古代院子，还有桂花树和莲花缸，我站在门口，不知道怎么办才好。

进去啊进去啊，陈小姐说。

我跨进门槛，连门槛都是古代的。

坐啊坐啊，陈小姐说。

院子中央一个古代方桌，四张小板凳，我在小板凳上面坐下，那个时刻，我确实觉得板凳比沙发舒服多了。

四面八方就走出来很多人，全是年轻的男人，每一个都长得一模一样。他们在小方桌上放下了各种各样的吃食，又散落到院子的四面八方。

一起啊一起啊，陈小姐说。

好啊好啊，他们温和地答。

然后就剩下陈小姐和我，摇着扇子，开始吃早饭。

你买的？我说。

买不起啊，陈小姐说，而且人也不卖啊。

我是说早饭，我说。

我可不会买，陈小姐说，他买的。

陈小姐一个眼神飞过去，我就看到一道彩虹。

实际上是，莲花缸的那一边，有一个正在给花花草草浇水的男人。早晨清淡的太阳光，水帘之下，就出现了一道彩虹。这个男人还穿着古代的衣服。

我可以把这个故事往架空深虐的方向讲下去。我跟陈小姐在深山老林迷路，绝望得快要死了的时候，路尽头现出一个豪宅，一个仆人拎着灯站在门口迎接。我们入到豪宅里面，真是太金碧辉煌了，连仆人们穿的衣服都是绣着花，花样都不带重的。我们被主人盛情款待，这位主人长得，已经无法用语言形容了，根本就不是地球人好吧。好吃的好看的源源不断地端上来，再加上主人那个逆天颜值，陈小姐已经被他完全地迷住了，她一直一直地望着他，妩媚眼神飞过去，说，彩虹。我当即惊醒，拉住陈小姐的手跳起来，我们往大门口跑，主人和仆人，一堆人在后面追，我们刚刚跑出大门，后面的豪宅轰然倒塌。我定睛一看，竟是一个巨大蚂蚁窝，密密麻麻的蚂蚁举着比自己身体还要大很多的食物，洞里洞外奔走劳碌，川流不息。再回头看陈小姐，她已经瘫软在地，嘴里喃喃，彩虹，彩虹……

好吃吗？陈小姐说。

我回过神来，陈小姐正举着一块糍饭糕。

好吃，我说。

彩虹已经不见了。穿古代衣服的男人已经浇好了花草，没有了水，自然不再有彩虹。但是他也不走过来，他冲着我们笑了一笑，远远地。

他买的？我对陈小姐说，他怎么不过来吃。

他就过来了，带着笑说，你们吃你们吃。

都是在不同的店里买的，陈小姐说，他知道哪儿的店做什么好。

他羞涩地一笑，走了。

他结婚了没有？我说。

啊？陈小姐说。

我说他结婚了没有。

结了，陈小姐说。

哦，我说。

3

陈小姐的奔驰几乎停不下来，串串店实在太小了，但是她又必须要停下来，我说的，我们去吃串串吧，我以后都吃不到了。

我们就去吃串串了。

桥下面的小店，一条窄街，陈小姐的车要开过去，对面的车就开不过来。对面的车都让她了，一声喇叭都没有，而且我分明地看见对面车里的男人还对她笑了一下。

你多迷人，我说，他们都让你。

他们让的不是我，是我的车，陈小姐冷静地说。

我们坐在串串店，陈小姐熟练地点了一锅串串，各种各样的蔬菜穿起来，煮熟，浸在红油里。这种模式的食物总是令我惊叹。

你知道吗，陈小姐说，离婚以后我就不能吃东西了，什么都不能吃，硬吃，就会呕，你理解吧。

理解，我点头。我有时候吃块饼干都会呕，原来里面有花生，根本看不出来嘛，但是我的身体会把它吐出来，因为我对花生过敏嘛，所以很多时候我们的身体会帮我们做决定。

我什么都不能吃，陈小姐说，我知道我快要死了。

你的身体要你死，我说。

陈小姐白了我一眼。我不想死，陈小姐说。

我喝营养液，吐掉了大部分，我还是可以活下来。陈小姐说，我爸爸死了。

我看着她。

我爸爸在我离婚期间死了，陈小姐说。

我说对不起。

陈小姐说我也只好去死了。

我有一天傍晚出来游晃，我也许掉到河里死了，也许被车撞死了，我不知道，反正我也不在乎死不死的。

我晃来晃去，我就晃到他那儿去了。

我只是看见一条巷子，雪白的墙，我就走进巷子里面去了，然后我看见一扇木门，我知道是私人家的门，但我推开了门，我甚至没有先敲一敲，我就直接推开了门。

我就看见了一个院子，就像你第一次见到那个院子一样，我呆了一下，古代的房子和家具，里面的人，穿着古代的衣服，我知道我死了，我穿越了，我终于解脱了。

有什么可以帮到你的吗？他说。

这是他的第一句话，他向我走过来，带着笑。

我说这是哪儿？

他说进来喝一杯茶吧。带着笑。

你就进去喝茶了？我说，你都不认识他的，你倒不怕。

我还有什么可怕的，陈小姐说。

我还有什么可失去的，陈小姐又说。

我喝了一杯茶，配茶的馃子是一块绿豆糕，是的，我记得太清楚了，绿豆糕，碧绿的亮，浸透了油纸。那是我离婚以后吃的第一口食物。

你活下来了，我说。

我活下来了，陈小姐说。

为了让我活下来，他带着我去了很多地方。有时候为了吃一口葱油饼，我们会大清早就出发，开车开七八个小时，去到一个山里。

我羡慕地看着她。这家串串店也是他带你来的？

陈小姐摇头。没有，陈小姐说。

我只是看到他在朋友圈贴出来这个店，我知道他会来这里，可是他从来没有带过我来。

可是很好吃啊。

可是就在他家家门口，他也许会带他太太来，陈小姐说。

好吧，我说。

你还想吃什么？陈小姐说，以后都吃不到的。

我什么都想吃，我说，我什么都吃不到。

你在谈恋爱吧？陈小姐说。

我说我们这个年纪的男人们都结了婚了吧，我们还有恋爱可以谈？

结了好几回了，陈小姐说。

我想吃烧烤，我说，非常想。

于是第二天傍晚，天还没黑，陈小姐就载着我来到运河边上。

特别热门的烧烤店，陈小姐说，得趁着天还亮着就来占位。

车停在烧烤店的对面，我们下了车，陈小姐踩了一双古驰高跟鞋，那双鞋行走在一地的烟蒂和竹签上面。

马路边上摆着四张塑料桌子，每一张的款式和颜色都不同，椅子也是各种各样的，而且上面都坐满了人，所有的椅子都在摇晃。

还是来晚了，陈小姐说，我们等等吧。

等也没位，一个穿着围裙的人说。

为什么？陈小姐说。

你们前面排着二十号人呢。围裙说，等排到你们什么都没有了。

我们可以等，陈小姐坚定地说。

围裙手一指，那儿不给停车，会贴条的。

贴，陈小姐说，让他们贴。

反正没位，围裙说。

我望了一眼桌子，每一张桌子上面都是空的。

我是老板，围裙又说。

陈小姐带着我回到车里，她的鞋底肯定沾满了各种各样地上的东西。

你就这么想吃烧烤吗？陈小姐说。

也不是那么想吧，我说，我又没有吃过别的。

我们去另外一家，陈小姐说，网上说郊区那边有一家很出名的。

他没带你吃过烧烤？我说，你还在网上找？

没，陈小姐说。高跟鞋踩下油门，我们出了城。

一个小时以后，我们迷路了。

我要回家，我说。

网上都是假的，陈小姐说，乡下这一片黑灯瞎火，哪有什么烧烤。

我要回家，我说。

陈小姐送我回家。

我家楼下居然有一间烧烤店，凌晨两点，生意还很兴隆。

哎，陈小姐说，这家网上也有的，有名的。

我们就坐在了我家楼下，开始吃烧烤。

他为什么不带你吃烧烤？我说。

他说孩子也喜欢烧烤，可是太太说脏，于是全家都不吃。

好像是不太干净，我说，听说韭菜从来不洗。

那你为什么还要吃？陈小姐说。

我说我去了一下建水啊，我在建水吃烧烤啊，然后我收到了一枝花。

陈小姐说你吃烧烤然后收到一枝花？

我说是啊，我们这个年纪，吃着吃着烧烤还有人送你一枝花。

陈小姐说烧烤好吃吗？

不知道啊，我说。

玫瑰花，我又说。

4

我的活动在上海，我还以为陈小姐是不会来的了，我知道那次车祸。

可是陈小姐来了，还有他，他穿着现代的衣服，我差一点就认不出来他了。

我马上就原谅了他们的迟到。你们对我真是太好了，我说。

他说上海这边有个素菜馆特别好，我就想来试下菜，陈小姐说，正好你也有活动，我们就弯过来一下看看你。

好了，我们走了。陈小姐说。

再坐会儿嘛，我说。

不了，陈小姐说，要不来不及赶回去了。

谁开的车？我说。

开什么车？陈小姐说，为什么开车？我们坐火车。

后来陈小姐带着我在一间大酒店的日料店吃个不停的时候，我根本就想不到这个女人得过厌食症。

是不是还能吃就代表着还能爱啊，我说。

陈小姐白了我一眼。

这家日本馆子也是他带你来的？

以前就常来，陈小姐说，跟我前面那个老公。

我不说话。

这种大家都知道的最好的日料馆，陈小姐说，我们吃了不少。

我埋头吃渍物炸物烧物，最好的日料馆，真没吃出好来，价钱肯定好。

我前面那个老公有钱嘛，陈小姐突然笑了一声，我旺夫。

陈小姐的笑声有点大，我看了一眼柜台后面的寿司师傅，师傅眼眉都没有抬一下。

他带我去的，都是别人不知道的馆子，别人也进不去。陈小姐说。

然后他们就带着我去了一次那种，别人不知道，也进不去的馆子。

其实也就是在古代院子附近的一条巷子里面，但是如果不是他们带着我，我肯定是找不到的。

老板立在门口，也是汉服。我现在知道了，他们穿的不是古代衣服，是汉服，这种衣服肯定是比唐装舒服，也藏得住肚子。

你也买一件穿，陈小姐说。

我还不至于吧，我说。

陈小姐白了我一眼，陈小姐也穿了一件汉服。实际上她已经定制了好几件汉服，一个女人，又能吃，又能穿，真的可以活下去了。

老板跟我们点了点头，我们就自己入到屋里去了。一张圆桌，可以坐七八个人，但是只坐了陈小姐跟我。他大概在外头跟老板说话。

我也是才来第二次，陈小姐说，他说得带你来这儿，这儿好，他喜欢你。

他喜欢你，我纠正她。

我又不认识他，我说，他叫什么名字啊。

他进来了，一手一碗元麦糊粥，亮到透明的粥，确实好。

先喝点元麦糊粥，他说，这么热的天。笑着的脸。

如果我会写吃的就好了，好菜好肉煮成一锅好汤，一碗米饭，再加一个生蛋，扣入汤锞，吃得肚圆。可是我不会，菜真的是来了不少，可是我也不是很记得的了。

只是一盆石灰炖蛋和一锅鸡汤，他站了起来，给陈小姐盛了炖蛋，又细细浇了一勺鸡汤在上面。

这么吃才好吃，他说。

我就说了，我也不知道我为什么要说话。我说陈小姐你以前那个老公就从来没有给你夹过一次菜。

陈小姐突然哭了。

5

然后就是中秋了，陈小姐说在院子里聚一聚，我带上我的朋友，你带上你的朋友。我说我还有什么朋友呢？我走了这么多年，我还有什么朋友。

穿汉服，陈小姐说，大家都要穿汉服。

我说我不去了，我没空，真的。

我送给你一件汉服！陈小姐咬着牙说。

我被安排站在巷子口迎接，穿着汉服，我的裙子拖着地。

我是不是说过汉服比较舒服，但是系带在胸的上面，简直就是勒着胸口的衣服，我有点上不来气。

你的朋友还没来？陈小姐站在我身后。她穿了一件青色的高腰襦裙，手里拿一把团扇。

我的朋友就来了，还带着另外两个人，我说的，多带人，有谁带谁，有吃的。

我的朋友就带了他的同事，真的是把能带的都带了。

前男友啊？陈小姐摇着扇子说。

是啊，我的朋友说，七年前的。

结婚了吗？陈小姐说。

结了，我说。

进来坐啊进来坐啊，陈小姐说。

月亮圆起来的时候，陈小姐跳了一支舞。我说的是，她真的跳了一支舞。月亮下面，古代的衣服。我都要哭了。

他跟我的朋友们坐在一起，四个男人，一桌。我知道陈小姐那支舞是跳给他的，我不知道他知道不知道。

陈小姐跳完舞，汗如雨下。

我去换件衣服，她喘着气跟我说。

我也要去换，我说，我呼吸不上来，我都要昏过去了。

你又不吃饭了？我的朋友突然说。

我吃啊，我说，你怎么知道我不吃饭。

刚才你就没吃，他说，你什么都没吃。

我等会儿吃，我说。

前年那谁去你那儿旅游，你请她吃了个饭，我的朋友说。

是啊，我说。

去年那谁去你那儿旅游，你也请她吃了个饭，我的朋友说。

谁来我都请吃饭，你来我也请，我说。

可是她们回来都跟我们讲，你请她们吃饭，可是你不吃饭，我的朋友说，她们说你是真的，根本就不需要吃饭。

我是神吗？我说，我不吃饭我能活到现在吗？

你说吃一口饭变成了非常艰难的一件事情，你说怎么办吃不出来味道，所有的东西都没有味道怎么办太没有办法了，她们就说当橡皮吃吧不吃会死的，我的朋友说。当着另外三个男人的面。

我都要气得炸了。

我说以后谁来我都不请他吃饭了。

你得用不吃饭会死的这个念头来让自己吃饭，我的朋友说。

我说你谁啊。

这有什么稀奇的，陈小姐突然说，我们都不吃饭。

不饿，陈小姐说。

另外三个男人不说话。

6

我走之前陈小姐说请我吃消夜，在运河边上。我说我太不好意思了，我回来的那一天你就请我吃早饭。

陈小姐说你以后都吃不到了。

趁现在还能吃就吃点吧，陈小姐说。

好吧，我说。

带上前男友，陈小姐说，七年前的。

为什么？我说。

因为这次我会带他，陈小姐说，他从来不在晚上出来的，过了七点，微信都不回，但是这一次，他会出来。

其实就是在热门烧烤店的隔壁，竟然有个茶馆，老板把门关了，露天院子里，摆了一张长桌子。桌上全是酒，还有一盘烤串。

陈小姐说的，要吃那家的烤串，我就走过去买了拿过来。老板戴着眼镜，穿着长衫，说话说得很慢。

我说你买得到的啊你不用排队的吗？

戴眼镜的老板说不用不用，我们是邻居嘛。

陈小姐喝醉以后，我只好拜托他送她回去，我实在弄不动她了，她靠在一堵墙上，谁都不能把她从墙上面移下来。

我跟他一起把她弄到车里，她的手抓着我的手不放。

你送我，陈小姐说。

我不会开车啊，我说。

我不要他，陈小姐说，我只要你。

你要我没用啊，我说，我不会开车。

我不要他，陈小姐又说。

我说我也喝了酒了，你坚持要我咱俩都得撞死了。

陈小姐不松手。

他坐在方向盘的后面，对我说，我送她，你放心。

陈小姐还是抓着我的手，反复地反复地说，我不要他我不要他，不要把我交给他。

我看不出来陈小姐的脸是笑还是哭，我只好说他只是送一下你，他的车还在这儿，他还得回来开他自己的车。

陈小姐放了手，我关上了车门。

安全带系上。我的朋友跟在我的后面说。

于是我从车窗的外面伸了我的脖子进去，给陈小姐系安全带。

陈小姐一把扣住我的脖子。

现在好了，我的整个上半身都在车里面了。

你是故意的吧，陈小姐凑近我的耳朵一字一句，他结了婚了啊。

我是故意的，我说，结了婚又怎么样。

我们又不是在古代，陈小姐咬牙切齿，即使他能再有个妾我也不做。

你又不是没做过大婆，我说，有意思吗？

7

陈小姐的车开远了以后，我跟我的朋友说，我们也走吧，明天一早我还要赶飞机。

我的朋友说，我们往烧烤店那边走走，我再给你买一盒烤串。

我说我不想吃。

我的朋友说，我也认得烧烤店的老板的，不用排队的，马上就能吃到，难得有你想吃的东西。

我说我不想吃。

电话响，我接了电话。陈小姐说她到家了，现在床上，他给她盖了被子就走了。

我说还有呢？

陈小姐说没有了，他走了。

我说还有吧。

陈小姐说好吧，他终于亲了我一下，在我的脸颊上，他说好好过。

我说好吧。

你肯定是不回来的了，我认得了一个女孩，就同她结了婚，我的朋友说。

结婚好啊，我关了电话，说，好好过。

可是我也舍不得你，我的朋友说，我也想要你。

我看着他。

要是在古代多好，他说。

相　信

1

从前有个人叫董永，他很可怜的，小时候就失去了母亲，后来又失去了父亲。他家好穷啊，穷到连安葬父亲的钱都没有，他只好把自己卖掉。有个有钱人同情他，给了他钱，可是不要他的身。他服完孝去还情，他坚持要去做好心人的奴隶来报答恩情，半路就出现了一个女的要嫁给他，他就带着她去了有钱人家。有钱人很有眼光啊，不要他做奴隶，只要她织布来还钱。这个女的很快地织好了布，抵了他的债。然后这个女的升到半空，说，我是天上的织仙女，天上的皇帝觉得你太孝顺了，就派我下来帮你，现在我帮好忙了，我走啦。然后她就飞走了。

啊，这个故事是这样的啊，米亚说，难道不是她下凡洗澡，衣服被他偷走了？

我说所以仙女嫁给一个偷衣服的变态？

我串故事了，米亚说，民间故事太多，串了。

我说我为什么说这个故事？

孝顺，米亚说，你想说孝顺。

我说我只是想说，天上掉下来一个老婆，然后她又飞走了，哈哈哈。

米亚不笑，米亚看着我。这有什么好笑的，她说。

2

我跟米亚不常见面，毕竟她只是我的朋友的朋友的朋友，我的朋友召集家庭主妇们喝茶，我去了，她也去了，我们就互加了微信。

下次再见到，就要看我的朋友什么时候再召集了。一个群只会有一个召集人，超过一个，群里就会产生矛盾，聚会的时间和地点都定不下来，所以一个群，只需要一个召集人。如果这个召集人病了，或者不高兴，谁也聚不起来。

我的朋友病了，或者不高兴，所以我已经很久没有见过其他的家庭主妇了。我一个人吃早饭的时候会见到其他正在茶聚的不认识的妇女，她们说说笑笑，就像我们从前那样。我喝了一口我的茶，我的对面也是一个一个人的中年妇女，跟我一样，她要了公仔面、热奶茶。茶餐厅的早餐，吃起来只要五分钟，茶楼的茶聚，没有三个钟头聚不起来。

时间都浪费了，我是这么安慰我自己的。可是她们说说笑笑，额头上的玻尿酸都影响不了她们笑。如果我会写小说，我就会写有一个家庭妇女想约其他妇女一起吃早饭，她打了一个电话给谁，那谁说不好意思没空啊，她只好再打了一个电话给谁谁，那谁谁也说下次再约吧最近真的好忙哎，她打第三个电话，根本就没有人接好吧。她只好自己出去吃早饭，一个人，落了座，她叫了一碗公仔面、热奶茶，突然听到旁桌的笑声，眼睛望过去，正是她打去电话的那些妇女们，亲热地坐在一起，说到什么好笑的事情，笑成了一团。可是我不会写小说。我抬头望了一眼对面的妇女，她已经吃完了面，正在找她的钱包准备付账。她吃得真是太快了，四分钟？比我还快。我也开始找我的钱包。

这个时候我收到了米亚的短信，我这个礼拜天受洗，邀请亲爱的你们来见证和分享，我最最最重要的时刻。

我大致知道受洗是什么，从小到大我的身边都充满了有信仰的人。甚至我爸去美国参加我的毕业典礼的第二个月，我爸也受了洗。我都不知道他是怎么认得去教堂的路的，他不是整天坐在家里看《星岛日报》的吗？可是我不相信，即使我的身边全是相信的人，我也不信，我什么都不信。我也许信外星人，而且相信我自己就是一个外星人，总有一天家乡的飞船会来地球接我。我相信。

我去不了，我很抱歉，于是我约米亚哪一天出来吃早饭，就我们两个。

我们就见了，在没有召集人的情况下。

我们一起吃了一碗粥，我问她受洗还好吧，虽然我没去，但是一定很棒对吧。

米亚笑了一笑，她大概是觉得很棒这两个字很难回应到。

可是我觉得你太快了，我说，你的相信来得太快了。

不快，米亚坚定地回答，我准备好了。

我以为接下来她会问我你什么时候准备好？就像我身边所有的人那样。

可是她没有，她吃了一口粥，说，你不应该要油条的，热气。

他们推你了吗？我说。

米亚睁大了眼睛，没有人推我！没有！我自己知道我准备好了！

我说好吧。

3

然后我们在无印良品碰上了。

我对无印良品的态度是，还好吧。但它也不是我的唯一，我还是可以有宜家，就好像我对待J.Crew的态度，还好吧，但是我还是可以有Zara。可是对于米亚来说，无印良品好像真的是她的唯一，我扫了一眼米亚的篮子，她连茶包和方便面都买无印良品的。

我手里拿着一瓶油，上面写着放松，我正在想要不要把它放下，排队的人真的是太多了。但是既然有米亚跟我一起排，也许就没有那么多了。

我跟米亚站在一起，实在是没有话说，我现在有点后悔没把油放下了，我也不敢看她的脸。

米亚先放下了，她说哎呀，还有个要紧的东西没有买，我现在去买。然后她就离开了我。

那我们再约啊。我冲着她的后背，喊了一句。

4

我们再约肯定不是因为我喊出去的那一句，而是我真的欣赏米亚。我有一些妇女朋友，也真的是特别好的好人，但是她们都太复杂了，家具上的繁花用人不擦个一个星期是擦不下来的，还有水晶灯，对，水晶灯，那些珠子一串又一串让我恐慌死了。米亚家只有无印良品，也就是说，一眼看过去，没有任何东西。真正的富有肯定是扔东西而不是买东西，真正的自由肯定是可以扔东西而不是可以攒东西。我可以为了自由去死。

我理想的死的状态就是一个空无一物的白色小房间，什么都没有，什么都不要有。可是我实现不了，我快要穷死了，被无穷无尽的东西逼死了。请相信我，这个世界上一定是有一种人是被东西逼死的。

米亚的家实现了所有我活着时候的梦想，白的，空的。她做到了，我挣脱不了的状态到达不了的状态，她做到了。

我约米亚出来吃早饭，我说米亚怎样才能在有一个丈夫的情况下还能够有自己。

米亚说这个问题太大了不好回答。

我知道很多人是用相信来挽救婚姻，我说。

我只知道我的得救不仅仅是婚姻，米亚说。

你真的准备好了吗？我说。

我真的准备好了，她说。

只是，她说，我也有困惑。

什么困惑？

我不宽容，我仍然有憎恨人的心，米亚说，我对我的这一点很无能为力。

我恨人会想他死，我说，你总不会吧。

天啊，米亚说，我只是会讨厌一个谁，一个事情，我绝对没有你这么可怕的念头。我又为我的这个不对的念头忏悔，我尽量去做一些对的事情来弥补。

比如？我说。

好吧，米亚说，我本来不应该说出来的，但是这个事情太纠缠我了。有一对从内地来的夫妇，想要留在香港生活，我们提供了很多帮助，包括为他们的孩子找学校。

什么签证？我说。

什么什么签证？米亚说。

如果是任何对的签证，我说，就不存在大家都来帮一下这个问题了是吧。

米亚生气地看了我一眼，说，我们完全不会去考虑他们的身份问题，我们的帮助是爱，爱是没有限制的。

那你忏悔什么呢？我说。

米亚低了头，说，那位太太提出来她的小孩要入到一间国际学校。她的要求我认为不妥，一个完全没有收入却要留在香港生活的家庭，真的也要考虑一下实际状况，现在和将来，经济的问题，生活的问题，还有国际学校。我的心里就生了厌恶。

我的心也生了厌恶，我说。

这是不对的，米亚说，我们不能厌恶，我们甚至不能表现出厌恶，但是那位太太肯定有所察觉了，她跟所有人说话，就不跟我说话。说真的，我真的不是厌恶她，真的没有，我也完全没有表现出来，我只是不爱说话。我有不妥的念头，也是一瞬而过的。

我看着米亚。她又看了一遍手机。

他们今天离开香港，米亚说，他们不得不离开香港。

我看了一眼米亚的座位，她拎了一个巨大的袋子，那个袋子也占了一个座位。

我准备了一份礼物，米亚说，给那位太太，希望得到她的原谅。

那你什么时候送过去呢？我说。

我一直在等她短信我啊，米亚说。又看了一遍手机。

我一个星期前就给她发了信息，希望可以送送她。昨夜她终于回复了我，说今天可以见一面，但是时间不定，她会再找我。所以我就把礼物也带出来了，她一通知我我就过去，米亚说。

那她就原谅你了？我说。

5

我再约米亚的时候她说有事，不能来。

我说你能有什么事。我笑了一声，说，咱们这些家庭主妇能有什么事。

她说有个重要的朋友生日，她想跟另外一个朋友去贺她生日，但是又不能让她知道，也不能让更多的人知道，只说是去吃个饭，要不就很麻烦。

我说我听着就很麻烦。

她停了一下，说，要不你也来？

我说不好吧，他不知道，她也不知道，他们不知道的为了生日吃的饭，我去干吗呢，我也不认识他和她，他们和她们。

她说你来看看啊，他们都是很好的人，不是你想象的那样的。

我说那好吧，我去看看，可是，我怎么想象他们了？我都不知道他们是谁。

他们果然都是很好的人，就像米亚说的，可是他们是和我不一样的人，我甚至觉得他们跟米亚也不是一样的人，可是米亚又要和他们在一起，以后都要在一起，永远在一起。于是这个生日饭，吃得非常有感情。

走的时候我想去买个深井烧鹅，我说，带回家吃。

这儿有深井烧鹅的吗？米亚的生日朋友说。

这儿不是深井吗？我说。

深井就有烧鹅的吗？米亚的生日朋友说。

米亚生气地看了我一眼，说，刚才坐出租车来的时候司机也说他住在这儿可是不吃烧鹅的，根本就不好吃嘛，又油又肥。

可是我第一次来深井，我得买点什么，我说。

你都不出门的？米亚的生日朋友说，多出来走走，见见人。

我不出门，我说，我比较喜欢坐在家里。

坐在家里做什么呢？米亚的生日朋友说。

看看故事什么的，我说。

对故事有兴趣啊？米亚的生日朋友说。

是啊，我说，你有故事？

很多啊，米亚的生日朋友笑了一笑，说，你得出来，不要老待在家里，你就会看到很多故事。

什么故事？我说。

米亚用眼神制止了一下我。但是我又坚持了一遍，什么故事？

哦，就跟你讲一个最近的故事吧，米亚的生日朋友说，我们有一位阿梅，住在天水围的阿梅。

阿梅哦，米亚的另外一个朋友说，阿梅有一点点问题的。说完，叹了口气。

是哦阿梅，米亚的生日朋友说，不过现在情况好一点了。她开始相信，她就真的好很多了。

阿梅有什么问题？我说。

她不理我的，米亚突然说，她从来不跟我说话。

她不是不理你，米亚的生日朋友说，她是那个性格。

她也不理我的，米亚的另外一个朋友说，她谁都不理。

她好像只愿意跟我讲，米亚的生日朋友说，所以她的事，我多少知道一点。

很特殊吗？我说，她的事。

这么说吧，米亚的生日朋友说，阿梅这个女孩只有十八九岁，可是已经有了一个三岁的小孩，她跟她前夫离婚了一年半，然后她肚子里又有了一个小孩，而且这个肚子里的小孩还是她前夫的。

我说我数学不大好，我不是很算得清楚。

米亚的生日朋友笑了一笑。

天水围是吧，我说，天水围那边太多悲剧了。

什么悲剧？米亚的另外一个朋友说，天水围怎么了。

穷啊，我说，电影里有拍，穷的。

不穷啊，米亚的另外一个朋友说，天水围那边挺好的啊，那边有个湿地公园的吧。

米亚埋头喝茶，看不到她的表情。

阿梅有事都会来跟我讲，米亚的生日朋友说，因为我是真的能够帮到她。

米亚的另外一个朋友频频点头。

但是她真的会来跟你讲个一天的哦，米亚的生日朋友说，我就跟阿梅讲，你也是知道的，我只是一个义工，我不是社工，你跟我讲这些，因为我可以很好地听，我让你讲，讲一个小时，讲一天，我有时间，我有很多时间，但是不意味着我什么都可以帮到你，你明白吗阿梅。

社工都有点问题的，我说，他们手里的案子都太悲惨了，他们又无能为力，很多人自己就疯了。

没有问题也不需要社工啊，米亚的另外一个朋友说，就是有问题的才要社工。

更多的社工就麻木了，我说，天天见夜夜见，见得多了，习惯了，就不要紧了。

实际上他们解决不了任何问题，米亚的生日朋友说。

所有的问题都是钱的问题，我说，没有钱，就是问题。

你太片面了，米亚的生日朋友说，有钱人的问题也不少。

当然了，太多问题，我说，可是有钱人的问题不是没钱，穷人的问题就是没钱。

没有人可以解决掉所有的问题，米亚说，你只有去相信。

对的，米亚的生日朋友说，你要去相信。只有相信。

阿梅有什么问题？我说。

阿梅有一双最清澈的眼睛，米亚的生日朋友说，阿梅的眼睛看着我，我从来没有见过那么干净的眼睛。阿梅说你对我太好了，从来都没有人对我这么好过，我一定要请你喝个茶。约在一间茶楼，我就去了，去之前，我放下了我的钱包，我从钱包里抽出一张一百块，我觉得我只带这一张就够了。

我刚想要问为什么，米亚用眼神制止了我。

到了茶楼，果然，阿梅带了全家的人，她爸爸妈妈，她儿子，点了满满一桌，到了结账的时候，阿梅不动，果然不动。我也不动，米亚的生日朋友说。

阿梅坐不住了，拉我到洗手间，偷偷跟我说，她没带钱。

我说，我冷静地说，你没有带钱，怎么好意思请我喝茶的，还带了这么多人，点了这么多点心。

阿梅哭了，阿梅说对不起。

我说我也没有带钱。

阿梅说那现在怎么办呢，我家里的人都还坐在外面呢。

我说阿梅你带了多少钱出来。

阿梅把浑身上下的钱都掏了出来，都是些散纸。

我说阿梅你带了几十块钱出来请人喝茶的？

阿梅不停地不停地说对不起。

我拿出那一百块，说，应该勉强够了。我说这是一个教育，你要记得。

阿梅说我以后不会了。

我说我也不是计较这个钱，我可以请你，我有钱，但是做事情不是这样的，你要记得。

阿梅说我记得了。

这个阿梅有病吧，我说，我不是骂她，我是问，她是真的有病的吧？

是的，米亚的生日朋友说，跟她母亲一样，轻度智障，她父亲也是残疾，一直都是住公屋[①]，所以她跟前夫离了婚，又跟前夫睡，又有了第二胎。

总比跟不是前夫的人睡好吧，我说。

米亚生气地看了我一眼，如果那一眼能够说话，她说的肯定是，我太后悔带你出来了！

那么这个故事的重点在哪儿？我说。

6

回去的路上，米亚跟我说她老了以后要去跟她的好朋友住在一起。

---

① 公屋，又称香港公共屋邨，即廉租房，符合一定条件者可申请。

我说我也是这么想的，我跟我的好朋友都要住在养老院里，不要丈夫也不要孩子，每个人做一块金属牌挂脖子上，牌子上刻四个字，不要抢救。反面再来一句，我是认真的。

米亚说你有好朋友的吗？

我说我怎么没有？她在日本，最好的好朋友。

米亚说我的好朋友在澳大利亚。

我说那你以后得去澳大利亚了？你要跟你的好朋友一起，你就放弃整个香港了？你也不要跟老公孩子住一起了？

米亚说你好像在朋友圈说过你没有去你最好的朋友的婚礼，你怎么做得出来的？你还说她是你最好的好朋友，你实际上也没有那么想念她吧。

我说很多时候想念会成为别人的负担的，你想念你的朋友，但是不能让她知道，会成为她的负担。

我丢了一个朋友，米亚说，我太难过了。

丢就丢了吧，我说，我们也不是需要那么多朋友的。

可是我心里很难过，米亚说。

我就给米亚讲了那个董永的故事。

我说我只是想说，天上掉下来一个老婆，然后她又飞走了，哈哈哈。

米亚不笑，米亚看着我。这有什么好笑的，她说。

我说朋友也是啊，天上掉下来一个朋友，然后她又飞走了，哈哈哈。

好笑吗？米亚说。

每一个朋友的出现和失去都有原因的，我说，他们来帮助你完成一件事情，或者只是偿还一些情感，然后他们就可以离开了。

是吧？米亚说。

我回到家以后马上订了去日本的机票，我意识到我不去最好的朋友的婚礼是不对的，我又没有第二个最好的朋友。我的确不能改变过去，但我的确可以从过去学到一点什么。

然后我就发现米亚把我删掉了。所以我给她的微信没能发得出去。

7

我们的召集人朋友还在医院里，病着，而且不高兴。即使我的想念会成为她的负担，我还是给她打了一个电话。

我说我跟米亚见了四回，一个月内。

我是好久没见她了，我们的召集人朋友说，上次约她喝茶她推了一个婴儿车出来，说是帮别人带宝宝，出来喝茶也得带着。

多少钱？我说。

不要钱，我们的召集人朋友说，这个怎么能收人家钱，这是帮助别人，而且米亚也不需要钱。

宝宝的父母呢？我说。

出去玩了啊，曼谷还是槟城？召集人朋友说，那家有四个小孩，太累了，应该出去玩一下，四个小孩分给大家轮流照看，他们夫妇需要休假。

我可从来没有休过假，我说。

你能怪别人？召集人朋友说。

我闭了嘴。

那个家庭经济条件也不是很好，能帮总是要帮的，召集人朋友说，这个我知道的，米亚还自己买了很多东西给她照看的那个宝宝。

我不理解，我说。

因为你不爱人，召集人朋友说。

我不理解，我说，他们怎么可以这么使用米亚？而且使用得这么心安理得？

你又怎么知道他们在使用米亚呢？召集人朋友说，你又怎么知道不是米亚在使用他们？

帮别人看孩子她就得救了？我说。

我病得不想说话，召集人朋友说，你也不要来看我，烦着。

我不看你，我说，我只是告诉你一声，米亚把我删了。

哦，召集人朋友说。

我说我没那么难过，但总觉得哪里有点问题。

你们都谈了一些什么？召集人朋友说。

谈什么？我说，她相信我不相信，我们谈点什么？

或者我们谈一下冲关生子？跨境学童？上水水客？我说，她都没有态度的，她能有什么态度，她只爱人不恨人。

你们两个家庭主妇难道不是应该谈谈炒股炒房？老公有没有出轨用人有没有偷东西小孩有没有考过单簧管七级？你们还想怎么样？召集人朋友说，你们还要来谈谈这个宇宙吗？

至少还有你能理解我的不理解吧，我说。

我理解，召集人朋友说，只有我理解你。你在地球真的孤独死了。

读书会

1

这周六下午好吗？吕贝卡说，我们的读书会。

什么读书会？我说。

还不是上次茶聚，吕贝卡说，你说的，我们得有个读书会。

那是两年前的事了吧，我说。

一年半，吕贝卡说。

当时大家都没有反应啊，我说，她们没有说好，也没有说不好，我只知道她们每周五晚上的牌局仍然有，还持续得挺好。

你不要再看不起人家打牌了好吗！吕贝卡在电话里咆哮起来，都说了你好几遍了！人家有人家的生活方式，你有什么资格管人家！

我没看不起啊，我说，我也没管别人啊，我陈述个事实不行吗？

要你管！吕贝卡的声音越来越大。

我管？我说，我空是吧。

你提什么读书会嘛，吕贝卡缓和了一下，说，你不觉得你和书都已经不合时宜了吗？

我一时冲动，我说，我道个歉吧。

嗯，吕贝卡说，你有什么想法，私下里跟我讲讲就好，你公开讲出来不是自取其辱吗？大家也不好意思当面取笑你。

我到底怎么了嘛，我说，我就是提了一句我们有个读书会多好，大家都是有文化有追求的妇女，又有多余的时间，读点书不是比打牌好？

你又管人家打牌！吕贝卡吼。

我就是打个比方，我说，我也可以说成打麻将的，小孩上学去了，用人把阳台都擦了三遍了，大家实在没事干，就得打麻将？

你这个神经病，吕贝卡说。

打麻将有意思吗？我说。

你不理解，吕贝卡说。

我不理解，我说。

打麻将到底有什么意思嘛，我又补了一句。

你就没有想过打麻将这个事件的背后？吕贝卡说，不仅仅是那点乐趣，也是一个社交啊，大家可以吃吃东西聊聊天，平日里带小孩管老公都很辛苦的。

我想过的，我说，所以我不管。各人有各人的世界。

不管就不要说，吕贝卡说。

我以后再也不说了，我说。

四个闲女人就是一个小社会，我说，我烦了。

吕贝卡在电话那头笑，好啦好啦，这不，我专门给你组织了一个读书会。

我不要，我说，要读书各自在家读，爱读什么读什么，会什么会。

就是为了你组织的！吕贝卡说，我这一片真心。

我自己根本就不读书的，我说，我就是脱口而出啊，我讲话都不经过大脑的。

其实我想得很仔细，吕贝卡说，我们有个读书会挺好的。

装吧就，我说，三代贫农，这一代暴了富，组个读书会就贵族了？

你知道你已经一个朋友都没有了吗？吕贝卡说，我是心平气和，你别把我也丢了。

我说的是我自己，我低声下气说。吕贝卡确实已经是我最后的一个朋友。

好吧，星期六下午三点，我家会所的阅读室，吕贝卡坚定地说，到时见。

第一期读《简·爱》，她最后补充了一句。

挂了电话，我的脑子里一片空白，简还爱。什么世界。

2

星期六下午两点，我还在未圆湖喂鱼，我约了住中文大学的同学吃食堂。

我就是太喜欢未圆湖了，至于那个湖为什么要叫未圆湖，我是不知道的。但是我想过圆的意思，我曾经去过一个圆的展览，说明书上说亚洲人的圆是顿悟、虚无、空、圆满的意思，这些意思不是一个意思，所以我还是不明白到底是哪个意思。我只记得我读过一本书，书里有个谁，他的圆是一定要画圆的，画得不圆，死也死得不痛快。至于这个人物叫什么，书名又是什么，我阅后即忘，能想起来个圆已经好不容易。有人说的，读书少，还爱思考。说的就是我这种人。

我的同学比上次见到瘦太多了，可是气色也好多了。当年从美国到香港的这一群，她是唯一还跟我有联络的，是的我已经把所有的人都丢了，新认识的，以前认识的，而且我再也不想认识任何人了。

卖保险啊，她说。

你一个数学博士卖保险？我说，你就找不到工作了？

我找得到工作？她反问我。

而且博士怎么不能卖保险？她又说，我们组里全是女博士，拖家带口的女博士，就差一个文学博士了。

我说文学博士招你们啦？要不是跟你十几年，我要翻脸了。

她说你没觉得咱俩的船早翻了吗？

我说，啊？又为了什么事？

她说你在朋友圈说的，你把人分成两种，一种是卖保险的，一种是不卖保险的。

又不是说你嘛。我又低声下气了。

而且卖保险好啊，我说，有了收入，家庭地位就有了，而且收入比老公还高，家庭地位就比老公还高了。

我的同学哼了一声。

你怎么不问问我要不要买保险？我小心翼翼地说，既然你现在是一个卖保险的了。

我的同学又哼了一声，你以为我们的客户会在香港吗？

我闭了嘴。

我吃了一口沙嗲牛肉公仔面，全香港的公仔面，中大食堂的最价廉物美。我的同学坐在对面，只要了一杯冻奶茶。

还记得不？当年咱们学校只有一间小食堂卖泰国炒面，五块九毛九，真好吃啊，我说。

有吗？我不记得了。我的同学皱着眉。

而且你觉得你还会去吃五块九毛九的面吗？她又说。

我停了一下，说，你老公教授了吧。

早就是了，她说。

我说你也可以不卖保险嘛。

她说我卖保险跟我老公有关系吗？

没关系，我赶紧说。

而且我挺喜欢我现在的工作的，她说，至少现在孩子们的学费补习费都是我在付了。

这个时候，她接到了她老公打来的电话，她冲着电话不耐烦地说，修什么修，买个新的好了，我等会儿去沙田看看。

你看，她挂了电话，说，就是家里买个小电风扇，也是我做主的。

我注意到我的同学指甲修过了，头发烫过了，嘴唇涂过了。就是出来见我，她也是一个标准职业妇女的样子。

我不自觉地把自己的手藏了起来，我的手指都裂开了，一定是碗洗多了。而且我一定要去给自己买一支口红了，我的上一支口红还是从美国带到香港的，已经有七八年了。

还能用吧？我想了一下。化妆品的保质期肯定是比保养品的保质期长的，而且我也确实需要一罐什么霜涂一涂了。尽管我不怎么出门，也好久没有从镜子里看看自己了，但是她们都有，我也得有点什么才跟得上她们。

我这么胡思乱想着。我的同学站了起来，说，走，咱们去沙田。

我就不去了吧，我说，人多的地方我心慌。

你就是个抑郁症！我的同学说。

我承认我抑郁症，然后我把她送到了车站，看着她入了闸。我回到未圆湖，湖里空空荡荡，连枯败的荷叶都没有一枝。我在想我从沙田跑到大学，送了我住大学的同学去沙田，然后我一个人待在大学，一潭不圆的湖水的旁边，我干什么呢。

我的同学以前也是像我这么茫的，刚到香港的时候，我们可以坐在未圆湖一天，什么都不干的一天，天都黑了，如今她去沙田用她自己挣的钱买电风扇了。我甚至幻想了一个场面，她把她挣到的一大摞金黄色港纸，甩到她的教授丈夫脸上，她的声音都高了八度。

有的教授也真是的，难道因为妻子生了孩子要照顾孩子而不能够去挣自己的个人价值，就要摆脸色给这个妻子看吗？也是背井离乡同甘共苦一路走来的，日子好起来了倒要逼着妻子去实现家庭价值之外的价值，被钱甩脸就满意了？只要是钱。这个教授是金牛座吧？从中国去美国再回中国做教授的教授都是金牛座吧。

喂！我是自己要出去卖保险的！我的同学生气地说，我老公没怎么我好吧，我是自己要进取的，而且我老公根本就不是金牛座！你老公才金牛座你全家金牛座！

我觉得我再这么坐下去，我真的要出现幻觉了，还是彩色的。而且湖里也没有鱼，乌龟都没有一只，而且我连喂鱼的面包都没有带一片。

吕贝卡的电话追了过来，已经是两点半，我赶紧跳上了一辆的士。

3

的士开到吕贝卡家的豪宅大门口，门卫把的士拦了下来。

会所！司机坚定地说。

访客必须登记！门卫也坚定地说。

司机坚持，以前可以开到会所的。

那是以前，门卫说，现在必须下车登记。

我说我下车，我可以走过去。司机不情愿地收钱，司机比我不高兴多了。

反正也是早了十分钟，我想。要不我就去凉茶店买一杯五花茶吧。

我正在喝凉茶的时候，吕贝卡走进来了。

我们约的是会所吧？我说。

是啊，吕贝卡说，但我知道你不到点是不会去的，而你早到只能选择这儿的这个凉茶店。

我是不是不合时宜？我说，所有的人都要迟到，你准点，你就是一个神经病？

是，吕贝卡说，但是我理解你，好了，我们现在走过去吧，正好三点。

一个人都没有。

除了，一张椅子上已经坐着一个女住客，麻利的脸，正在填一堆表，我怀疑是保险表单，我现在看到什么都觉得是保险的单据。

为什么是《简·爱》？坐了下来，我问吕贝卡。

为什么不是《简·爱》？吕贝卡说。可是我还没读，我没空，你读了没？

我也没读，我说。我从包里拿出我的那本《简·爱》。

趁着你约的人都还没来，你赶快读几页，我说。

吕贝卡鄙夷地看了我一眼。旁边椅子上坐着的女人也抬起头，鄙夷地看了我们两个两眼。

我只好打开手机，随便看点什么，反正她没读，我也没读，大家都没读。

三点零五分了，还是没有人。

有的话是不要说出来的，吕贝卡说，我事先提醒你一下。

我又说什么了？我说。

你有一次茶聚当着大家的面问李太太的眼睛怎么突然大了，是不是割双眼皮了？

是啊，我说，我问了，怎么了？

人家不说，就是不想说出来，你不明白吗？她要想说她自己早就先说了。吕贝卡说。

明白了，我忍气吞声地说。

而且人家根本就不是割眼皮好吧，吕贝卡说，那叫开眼角。

有什么差别呢？我说，在我这儿，隆胸跟隆鼻都是一样的。

反正除了读书，别的你什么都不要说！吕贝卡说。

我注意到坐着的女人站了起来，往服务台走去，我的目光追随着她。

她很快就回来了，坐回到她的那堆单据里面，落座前投来一个白眼，我不由得打了个冷战。

管理员马上就过来了，我看着管理员向我们走来，她的制服和我住的楼的管理员制服一模一样，黑色的，坚挺的，小西装裙。

每次我回家她们就要奔跑过来给我开门，有跟的黑皮鞋，跑起来步子都是碎的，我只好说谢谢。

我跟吕贝卡抱怨过，我说我就是想自己开门，即使我付了管理费我过年的时候给每个管理员都发两次红包因为我不认脸，但是我要自己开门。

吕贝卡鄙夷地看着我。

直到有一个半夜我听到了两个交接班的管理员在讨论有个谁为主人开门的动作慢了一点被投诉了。对，她们使用的词是主人。对，这里是香港，2017年。

她会被解雇的，正要下班的管理员说。

不至于吧，正要上班的管理员说，最多被警告。

你什么都不懂，正要下班的管理员说，她会被解雇的！

她解释过了，她正在接一个电话，所以她没有及时看到。正要上班的管理员说，她都跟我解释了一百遍。

有什么用？正要下班的管理员说，反正她被投诉了。

我再也没有见过那个管理员。我只好让她们为我开门，我还可以训练一下我的广东话，唔该。七年八年只会一句唔该，肯定是训练得太少了。除了我，再没有多一个人说唔该，大家直进直出，如果管理员手脚慢了，大家就摆出冷脸，如果管理员手脚快了，也是冷脸，我就看不到一张热脸，还有唔该，说了又不会死，广东话又是大家的母语。

我有时候在路上碰到她们，三个四个女生，最多二十岁，走得飞快，大概是因为午餐的时间只有一个小时，而且只有走到最后面的邨屋[1]，那儿的茶餐厅才有五十块以下的午餐。

4

除了读书，别的你什么都不要说！吕贝卡说。

有个管理员向你走过来了，我说。

为什么？吕贝卡说。

管理员已经走到了她的身后，并且蹲到了她的沙发旁边，她只好转过了脸。

什么事？吕贝卡说。

管理员谦卑地低着头，很细声地说，对不起太太，有其他住户

① 同公屋。

投诉您跟朋友讲话的声音太大了。请小声一点，请。

吕贝卡说知道了。管理员很高兴地离开了。

我还以为吕贝卡会跳起来的，可是她没有，她说她知道了。

我倒要跳起来了。我的声音怎么大了？我讲国语我的声音就大了？我决定跟吕贝卡讲英语。

这个时候有个人向我们走过来了，她穿着黑色的衣服，衬得脸特别白。

我很想要问一下她抹的什么？怎么可以这么白？

吕贝卡用眼神阻止了我。

我忍住了。

她们很夸张地拥抱了一下，吕贝卡介绍说这是赵太太，赵太太坐了下来，冲着我笑了一下。非常亲切的笑容，我马上就给她打了个五分。

吕贝卡也从她的包包里抽出一本《简·爱》，还是繁体的。

我从台湾的网站上订的，吕贝卡说，我先是去了诚品，居然没有耶。

赵太太习惯看繁体还是简体啊？吕贝卡说，我们也有简体的。

都行，赵太太说，我什么都能看。

这个时候钱太太也来了，钱太太说哎呀我要去一下洗手间，吕贝卡就和钱太太一起去洗手间了。

我和赵太太面对面坐着，我一直没有等到赵太太给我打回一个五分。我只好说，你看这四周书架上放满了精装本，金光一片还全是英文的，根本就没有人看嘛，装吧就。

赵太太点头，说，就是。

我又给赵太太打了一个五分。

这叫什么阅读室？我又说，有几个人在读书？茶几上摆齐了壹周刊三周刊东周刊西周刊它就是个阅读室了？

赵太太又点头。我觉得我快把赵太太打成一百分了。

吕贝卡和钱太太回来了，吕贝卡警惕地看了我一眼，说，你又说什么了？

没说什么啊？我说，我就说读书来着。

她是没说什么，赵太太附和我。真的，赵太太又说。

5

管理员又朝我们走过来。

我用下巴向吕贝卡示意这一点。

吕贝卡还没等管理员蹲下来就站了起来。又怎么啦？吕贝卡说，我们已经很小声了。

对不起太太，管理员说，有其他住户投诉你们是在私人补习，我们这儿是不允许私教的。

你觉得我们是在补习什么呢？吕贝卡平静地说。

我不知道啊，管理员惊慌起来，我不知道的啊，因为有投诉我才过来的啊。我们这儿是不允许私教的，管理员又说了一遍。

我们像是在补习吗？钱太太突然说，我们都这么老了。钱太太说完，响亮地笑了一声。我给钱太太打了个两分。

我自己忍住了什么都没说。我想的是，幸好没跟吕贝卡讲英文，要不现在铁定了被诬陷成补习英文。

我们只是读读书，吕贝卡说，我们会很安静的。

我很吃惊，我还以为吕贝卡会把那一句我们只是读读书吼出来。她为什么总在电话里冲着我吼呢。管理员转身离开了。

我们还读吗？我说。

为什么不读？吕贝卡说，好不容易凑在一起。

可是被投诉啊，我说，还不如去我家会所呢，至少没有人会投诉你，还投诉两次。

埋在单据堆里面的女人频频抬头，往我们的方向射来各种线。

你以为没有？赵太太冷笑，你那是没试过，你去试一下，你会被投诉到生无可恋的。

是没试过，我说，但我不想试。

你家邻居又投诉你了？吕贝卡对赵太太说，这次又为着什么事啊？

我家用人的鞋！钱太太强压住了声线。又转过头耐心地向我解释，我们住的这个屋苑，我家和邻居家就是那种，靠在一起的房型，我们的大门都是并排的，中间一堵墙，那堵墙，邻居也是早早用尺划分好了分界线的，她一半，我一半。我家用人就是太粗了，进门的时候鞋忘拿进来了，鞋头还过了界。

这一个印尼的吧？吕贝卡补充，印尼的就会粗一点。

以前在新加坡做过，赵太太说，所以做菜好一点，也会讲普通话。

比前面那个好用吧？吕贝卡又说。

这个刚来几天，我再看看，赵太太说。

鞋呢？我说。

什么鞋？吕贝卡说。

我说她家用人的鞋。

对哦，鞋！赵太太突然激动，邻居居然去投诉哦，管理员马上电话就上来了，跟我讲，屋苑有规定的，鞋子不可以放在门外的哦，尤其要注意用人的鞋，因为门外面也是公众地方哦。

我马上就让用人把鞋拿回来了，我还说了用人几句。赵太太说，其实我也知道，她的鞋在门外面根本就没待几秒，她就是先进来放个菜。

我想起来我也投诉过邻居用人的鞋，因为那天早上我只是把一袋垃圾放到了门外，还靠着我自己的门，在我回厨房拿另外一袋垃圾准备一起扔的时候管理员就电话我了。垃圾要放到垃圾房的哦孙太太，管理员说，我们屋苑有规定的哦。我百口莫辩。我只好说这才三秒啊。管理员说两秒都不可以哦孙太太。所以到了下午我一见邻居家用人的鞋又甩到了外面，我马上也拨打了管理处的电话。我注意到管理员亲自跑了上来，邻居家的鞋进了屋了，邻居家门口摆了几个月的门垫也只好按照规定进了屋。不作死就不会死，我是这么安慰自己的。所以我没有就赵太太用人的鞋发表更多的意见，我选择翻几页《简·爱》。

你以为我穷，低微，不漂亮，我就没有灵魂没有心吗？你想错了！我和你一样有灵魂，有一颗完整的心！

我那个邻居更奇葩，钱太太说，广东话普通话都一流的，我可是都听过，尤其是半夜骂用人的时候，骂得可麻溜了，可是她投诉我从来都是用广东话的。你说你有什么嘛，往前三代，全是偷渡来的。

对吧？钱太太突然对着我说。

我吃了一惊。我，我我我查一下书，我说。

哦，对了，吕贝卡手指指着我，说，都忘了介绍，这位是孙太太，孙太太就是住在那个那个天赋豪宅一号的。

我不高兴地看着吕贝卡，除了我住在哪儿，我个人就没有什么可被介绍的吗？

知道知道，赵太太热情地说，你们楼海景不错的。

对面又开了个新楼盘吧，钱太太说，我上个星期刚刚去看过，这个新楼是黄河实业的，质量不错的。

我不知道啊，我说，我没钱买新楼，所以我不关心的，而且我家没海景啊，可能是因为是整个屋苑最小最平的房型吧。

突然都沉默了。我注意到吕贝卡的脸虽然是微笑的，嘴唇的形状倒好像在说，你是不作不死吧？

要是上帝赐予我一点姿色和充足的财富，我会使你难以离开我就如同我现在难以离开你一样。

我只好低下头，多看了一句。

6

你家邻居又投诉你了？吕贝卡说，这次又为着什么事啊？这次她是对着钱太太说的。

她投诉我家关门的声音太响了！钱太太说。

门都是一样的啊，赵太太说，大家关门的声音都是一样的。

是啊，钱太太说，所以管理处说要上来给我家调一调大门的音量我真是很吃惊啊。

可以调的吗？赵太太说，我都不知道的哎，我家也要调一下。

这个时候几个小孩冲进了阅读室，吵吵闹闹地，挤在饮水机前面，你一杯，我一杯。

我往单据女人很快地投了一眼，单据女人果然腾地一下站了起来，往服务台走去了。

可以调，钱太太说，但是我就是不给他们调！

小孩们被管理员礼貌地带了出去。

今天这个日子不顺啊，我说，你们阅读室不太平。

哪天都不太平，吕贝卡说，没有这朵奇葩，就会有那朵奇葩，天天都开花的我们这儿，就是一个奇花花园。赵太太抿着嘴笑了。

还读不读嘛，我说。

读！我去拿杯咖啡，吕贝卡说，你要不要？

不要，我说。

我去拿杯茶，钱太太说。

有茶的吗？吕贝卡说。

只有茶包，钱太太说，被投诉得太厉害了，现在只有茶包了。

吕贝卡端着咖啡，摇着头，说，现在的咖啡难喝死了，都是冲的。

以前的咖啡机呢？赵太太说。

被投诉啊，钱太太说，咖啡机拿走了。

为什么啊？我说，不是越投诉东西越好吗？

哎呀，钱太太说，是主人们投诉用人们都跑来会所喝咖啡，把咖啡都喝光了。

用人们喝得了几口咖啡？吕贝卡说，给用人喝点咖啡会死啊。

就是，赵太太说。

他们有权利呗，他们付了钱啊，钱太太说。

我们也付了钱啊，吕贝卡说，又不是只有他们付管理费。

我说这个很挣扎的，我每年填税表的时候我就想了，我为什么要把我辛辛苦苦挣的钱交出来，去养那些不愿意工作只会拿综合援助的人。

钱太太喝了一口茶，吕贝卡喝了一口咖啡。

还要养他们的公屋，我又说，我自己用人都没有。

你太偏激了嘛，赵太太说。

我交的税肯定比你多！吕贝卡忍不住了。

哪儿的中产阶级都是负担最重的，赵太太说。钱太太不说话。

我是中产偏下，我说，最下。

赵太太温和地笑了一声，钱太太不笑。

你够了啊，吕贝卡说，今天是干什么来了？读书会啊。

读书读书，赵太太附和。

这样啊，吕贝卡说，我们每人读一段，轮流，应该可以读个十页左右吧，然后我们回家以后再把全本书都看完，下个星期同样的时间大家再来讨论。

我没有空啊，钱太太说，我好忙的，而且下个星期我还有事。

我可以来，赵太太说，我没问题。我又给赵太太打了一个五分，钱太太，我没给她分。

你呢？吕贝卡对我说，你来不来？

我说我OK啊，实际上我想的是，我再也不来了。

那好，吕贝卡说，我们每个人也可以先谈一谈对《简·爱》这本书的个人的想法。

我埋着头。

我看过电影的，赵太太说，拍过好几个版的，每一个版本都好打动我。

“你以为我穷……”赵太太突然念了出来。

“我低微……”吕贝卡加了进去。

“我不漂亮……”钱太太终于也加入了。

“我就没有灵魂没有心吗？”她们异口同声地念着。要是我也能和她们一起就好了，可是我没有，我死命地埋着我的头。

7

在洗手间洗手的时候吕贝卡告诉我说赵太太曾经是一个演员。

我恍然大悟。我说我怎么觉得她很面熟呢，原来她演过这个，演过那个。

那又怎么样，吕贝卡说，她早就过气了。

我惊讶地看着吕贝卡，我说可是她是你的朋友啊。

只能算是认识吧，吕贝卡说，她们这种名人，女作家啊女艺人啊，即使是过了气的，还自我感觉好得很，出入都要戴墨镜的，以为还有人记得她们。

我说香港太多这种过了气的隐居的名人了吧。

是啊，吕贝卡说，也不知道她们难受不难受。一下子从山顶上落到了山脚下，还不如从来没有到过山顶呢。

她也没戴墨镜啊，我说。

吕贝卡哼了一声。

那位钱太太也是过气名人？我说。

不，吕贝卡简短地说，她就是有钱。

咱不念了行不？我说，我怕再被投诉。

怕什么？吕贝卡说，这就是本地文化，话语权啊，以我为第一唯一考虑文化啊。你七年八年不会广东话没什么，投诉文化到现在还没理解透，还融入不了，你就真的有点问题了。

我们一出洗手间就看见管理员又往我们坐椅的方向去了。

这次又是什么？吕贝卡嘟哝了一句。

对不起太太，管理员说，有其他住户投诉你们是在读书，我们这儿是不允许读书的。

什么？我说，你们不给读书的？

不可以读出声音的，管理员解释说，我们有规定的，只可以不读出声音地读，你们读书的声音会骚扰到其他住户的。

我不过就是想读个书！吕贝卡终于咆哮了出来。她站在阅读室的正中央，每根头发都竖起来了，就像一头发怒的母熊。

赵太太和钱太太都吃惊地抬起了头，吕贝卡的这副面貌，肯定是她们从来没有见过的。

我不过就是想读个书！吕贝卡又咆哮了一遍，歇斯底里，眼珠子都红了。我注意到管理员偏过头，对着对讲机很细声地说，阅读室，对的，我们需要两个保安员，不对，要三个，对，现在，就现在。

野餐会

1

你想去野餐吗？吕贝卡问我。

想啊，我说。

吕贝卡就把我拉进了一个群，里面全是想去野餐的。吕贝卡迅速地公布了一下集合时间和行程安排，你只可以说去，或者不去，你不能再提出一个新的时间和一个新的地点。

这就是我喜欢吕贝卡的原因之一，只要她去办一件事情，这个事情就不会岔出别的分岔。

马上就有一个人说她临时有事，不去，剩下的全是去的，于是野餐会就这么成了。我相信别的太太群还在七嘴八舌，每个人都提出了最合适自己的时间和自己最喜欢的地点，她们的讨论肯定会持续一百年。

野餐会之前，我跟吕贝卡碰了一面，她说她发现了一件细思恐极的事情。

你有没有注意到？吕贝卡说，有的人跟你通微信用语音的。

我说有啊，还挺多。我正在吃一碗面。好不容易找到的重庆小面馆，即使要我坐四十分钟的港铁，我也去。可是服务员问我要什么的时候，我反问她，什么最好吃？她说豆花面啊。我就要了豆花面，一边吃一边感叹，终于知道重庆小面是什么东西了。吕贝卡说小面是小面，豆花面是豆花面，根本就不是一种面。我说那我为什么要大老远地跑到小面馆吃豆花面呢？吕贝卡说谁知道你。然后吕贝卡就说有的人是用语音的。

我说有的人就是太懒了。

吕贝卡说不是这样的，有的人一直都是用文字的，但是到了关键的时候，她就用上了语音。

我说关键时候是什么时候。

吕贝卡哼了一声。我吃了第二口面，我觉得我实在没有勇气吃第三口。

你有没有想过她用语音是为了不让你截到屏？吕贝卡说。

没想过，我说，我为什么要截屏？

我也不要截屏！吕贝卡说，我是那种会截屏的人吗？

不是，我赶紧说。

但她觉得我是，吕贝卡说，她不信任我，所以用了心计。

我鼓足勇气吃了第三口面。我说哪有什么心计，就是闲的，好命，有富老公养，养得白白胖胖，实在太闲。

好好说话会死吗？吕贝卡说。

我又怎么了嘛，我说。

你会截屏吗？吕贝卡说。

我只好老实地回答说截过。

为什么？吕贝卡说。

我说我会删人啊，删完我又很留恋，我又会去想加回他，我只好在删他之前截一个屏，留恋的时候就看一看，也是提醒我自己，这种混蛋我还不删？

如果是语音你就没有证据了，吕贝卡说，你没有证据证明他是一个混蛋。

我把面放下了，我说真是细思恐极啊。

2

说好的八点集合，就是八点集合。我背了不少吃的，我对野餐这个事儿还是很期待的，竟然有十多个人，还都是跟我差不多年纪的妇女。

吕贝卡扫了我一眼，说，上了山以后，你每走一步就会后悔一步。

吕贝卡一身登圣母峰的装备，看来她已经完全从语音截屏事件里面挣脱出来了。而且她组的这个野餐群，没有一个是她以前的太太团的。吕贝卡以前玩儿的那个太太团也叫过我几次，我就是太玩儿不动了，她们果断地淘汰了我，要不我也得面对语音事件，还有更多别的，吕贝卡没有说出来的细思恐极。

上了山以后，我每走一步就后悔一步。我果断地把一串香蕉从背包里拉了出来，扔进了半山的一个垃圾桶里。

这是最后一个垃圾桶了，吕贝卡说，也是最后一个水源了。

我不需要这个水源，我说，既然我已经从山脚背了一公升的水上来。

这个水很干净的，吕贝卡的一个朋友说，村民都用这个水。

吕贝卡的这个朋友也是登圣母峰的装备，我环顾了一下，她们都是登山的装备，除了我，我穿了一条牛仔裤，还只到半山，牛仔裤越来越紧，而且我穿了一双帆布鞋。

如果踢到鞋头会很痛的，吕贝卡的另一个朋友说。说完她就超过了我，往前面去了。水源没有让一个人停下，每个人都背了自己的水。

我是说，如果你是在山上的营地，吕贝卡说，你要一个水源，你就得下到这儿来，这是这个区域唯一的一个水源。

我说我为什么要去营地。

你看看你，你不爬山，不露营，不看星星。你这么活着的意义是什么？吕贝卡说。

我说你们爬山、露营、看星星，你们就有意义了？

你还在纠结太太团的事儿？吕贝卡说，你什么时候愿意跟我谈一谈。

我不想谈，我说，而且遇到语音截屏的是你，不是我。

吕贝卡说好吧，别再扔了，你背得动的，如果你从一开始就装了这些东西。

3

我们到达了第一个休息站，吕贝卡的一个朋友打开了她的背包，分给每个人一个茶叶蛋。自己做的，她说。我说我不要。她们就开始吃起了茶叶蛋，沉默地。

我注意到旁边的树丛中有一只野牛，而且靠得非常近。我看着野牛，它是黑色的，巨大。每个人都看着野牛。

吕贝卡的一个朋友说，我比较怕野猪，野牛就比较安全，不会主动攻击。

我上次就看到了一只野猪，牙都露在外面，吕贝卡的另一个朋友说，我吓得转身就跑了，结果那只猪也吓得转身就跑了。

其实动物比人更害怕，吕贝卡的朋友说。肯定的，她们异口同声地说。

你看到那棵树上面长的斑点没有？吕贝卡坐在我的旁边，说。

那棵树病了？我说。

没有，吕贝卡说，那是一种地衣。只要树上长有地衣，就表示这个地区的空气是干净的，没有污染。

我看了一眼树，很难看的白色斑点，但是越难看越表示空气干净。奇怪吧。野牛慢慢地走掉了，我不怕它，它也不怕我。但我真的很怕牛粪，一路牛粪。

牛粪可以用来烧火哎，吕贝卡的朋友说，还很香。

我看着她，我说你烧过？

她肯定烧过，吕贝卡说，她什么地方都去过。

为什么？我说。

她总在外面旅行啊，全世界地去，吕贝卡说。

老公小孩呢？我说。

放家里啊，吕贝卡说。

我看着那个流浪的妈敏捷地爬到最前面去了。

如果我们还有山可以爬一爬，还有干净空气可以吸一吸，你以前为什么不带我来野餐会而要我去太太团呢？我对吕贝卡说。

我们现在可以来谈一谈了吗？吕贝卡说，不过你要注意你的呼吸，要不你就爬不上去了。

那还是到了山顶再说吧，我说。

你怎么来的香港？吕贝卡的一个朋友从左边的台阶越过了我。

你呢？我看了她一眼，说。

我嫁香港人啊，她笑得很大声。

我说我不嫁香港人。

吕贝卡瞪了我一眼。

优才吧？吕贝卡的朋友不倦地追问。

这个来有很多种的，吕贝卡说，还有投资移民的。

我想起来我在口岸碰到两个女人打起来，一个女人坚持说另一个女人是内地人，另一个女人坚持在她的包包里掏掏掏，掏出一张香港身份证，说我是香港人。那个女人坚持地说你有香港身份证你也是内地人，另一个女人又掏掏掏，掏出一本护照，翻到签证的那一页，说，我是投资移民！我说的都是真的。

我说我偷渡来的。

吕贝卡的朋友爽朗地笑着，往前走了好几级台阶，很快就不见了，都不带喘气的。

吕贝卡说你可以不回答，没有必要进攻别人。

我说我进攻了吗？

不是所有的太太都是那样的，吕贝卡说。

什么样儿的？我说。

现在谈？吕贝卡说。

不谈，我说。

4

我肯定不是最后一个到达山顶的，我还背着所有我从一开始就装的吃的，除了那串香蕉。而且我穿的还是牛仔裤和帆布鞋。

她们已经坐在一起，面朝大海，脚底下就是悬崖。

我也只好坐下来，坐了一会儿，我说，你们在等什么呢。

等风，她们说。

等风来了，我们就可以开始吃了？我说。

再等会儿，吕贝卡说。

我仰起头，天空里全是乌云，我开始怀疑她们等的不是风，是暴雨。而且我快要冻死了，所有的人都穿着防风衣，有的人还给自己套了第二件。我穿着一件短袖，蓝色的。

我看到你的鸡皮疙瘩了，吕贝卡说。

你为什么不在出发前就告诉我呢？我说，你故意的。

我故意的。吕贝卡说，经验就得这么积累。别人告诉你的不是你的。

吕贝卡说完，从她的背包里拿出来一条垃圾袋，把那条垃圾袋系在我的脖子上。现在好一点了吧？吕贝卡说。

我说还有吗？再给我来一条。

香港的水有点问题的，吕贝卡的一个朋友突然说，我的头发全白了。

是啊是啊，其他的人都附和，我们的头发都白了。

我也只好跟一句，白了。

风来了，所有女人的白头发都飞起来了。

我说我们可以开始吃了吗？吃完了我们就可以下山了吗？

这个时候我就看见了一架黄色滑翔伞，从我们的头顶飞了过去。所有的人都看着那个伞，还有那个伞挂着的那个人，然后是第二架和第三架。

吕贝卡站了起来，向那些伞挥手。她的动作太大，手臂几乎甩到我的头。

第四架和第五架，第六架和第七架。好像全香港的滑翔伞都在这儿了。

直到有一架差点撞到她们。她们叫起来，又笑，好像一个一个开心的猫团子。

你们好啊！那个人冲她们喊，从她们的上方冲了过去。

我分明地看见她的帽子下面，也是很白的头发。香港的水啊。

5

以前太太团还能相见，吕贝卡说，如今见都是不能见了。

为什么还要见？我说。

你的趴为什么要叫她们，你都不认得她们的，吕贝卡说，都是我的朋友，我的趴我才叫她们。

你的白天喝酒趴好玩死了，我说，后面的几次喝酒唱K也好玩死了，所以我是认得她们的，至少我觉得我跟她们有了关系，即使只是几次，好过街上的陌生人。

不是我的趴，是送别我们的朋友葛蕾丝的趴，我又说，虽然是我办的。

葛蕾丝也不认得她们啊，吕贝卡说。

是吗？我说，你的趴所有的趴我和葛蕾丝都没去？

认得了就全是朋友了？吕贝卡说。

你知道葛蕾丝不会再回来了吧，我说。

也许新年假，吕贝卡说。

她还回来干吗呢，我说，反正大家都要离开香港。

即使是街上的陌生人，我说，如果你去街上随便抓住一个人说，我明天就要离开香港了，我不知道什么时候再回来，你可不可以来我的趴，我请你吃好吃的，你给我一个祝福。

你这个神经病！吕贝卡说。

这个街上的人会来吗？我说。

我不知道！吕贝卡说。

可是你的太太朋友们说要打牌，她们不想来，我说，即使她们来了，她们是被你逼的，她们不情愿死了。

这个事儿吧，我说，傻逼吗？

太太们没有错，吕贝卡说，就是到现在，我都坚持这一点，是你有病。

葛蕾丝走的前夜是中秋节，我说。

我都有点忘记了，吕贝卡说，快要一年了吧。

葛蕾丝就是太会做了，我说，月饼都是自己做，所以她回了美国我都不担心她，会做饭的人到哪儿都行。

她走前还给我送月饼来了，我说，她自己做的。

她也给我送了，吕贝卡说，五仁馅儿的。

葛蕾丝站在地铁站的闸门后面，隔着那道门把月饼递给我。她说我不出站了，就站一会儿啊。我说好。她说后天晚上的告别趴大家都会来的吧。我说都来啊，所有的人都会来的。她说听说日子冲了，跟她们的牌会日冲了。我说是啊可是别不安啊，那天是你生日，又是送你，必须得那一天啊，打牌是个什么事儿，如果有人觉得打牌更重要一点，她要去做一个选择，那她就已经做了一个选择。是吧？葛蕾丝说，那大家都来的啊？是啊我说，都来的。那我走了啊，葛蕾丝说，月饼放冰箱，要不坏了。

风越来越大，我又冷又饿，裹着两条垃圾袋，整个人都发抖了。但是现在空中飞着至少二十张伞了，五颜六色的，每个伞下面都挂着一个像鸟一样的人。也不知道为什么他们在飞可是我觉得是我自由死了又开心死了。野餐会的人也都仰望着天空，好像她们会一直这么仰望着直到星星升起来，饭都不要吃了。

吕贝卡不说话。

我走了啊，葛蕾丝说。葛蕾丝就走了。又很快地转了一个身，冲我挥了挥手。

葛蕾丝的眼眶里含满了眼泪。我说，她转身的时候我才看到。

你很冷吗？吕贝卡说。

不冷，我说，我的心都碎了。

同乡会

反正我是第一次参加同乡会的春茗，之前我倒是去过一些侨团的联欢会，不过都是十多年前了，而且在美国。而且去过一次我就不会再去第二次。

香港的同乡会，这是第一次。

尖沙咀，我迷了路。我每次来尖沙咀都迷路，每一次，我也不知道是为什么。

我用普通话问了三个人路，一个是金铺的保安，一个是便利店的收银员，还有一个正在扫街的工人，这三个人的答案都是不同的。

OpenRice指示着我在尖沙咀兜了一个大圆圈，此前我从来没有觉得尖沙咀会是这么大的。

已经过了标明开席的时间，我还站在一间莎莎的门口找不到方向。我就进了莎莎，反正也迟到了，那就迟到吧。晚上七点尖沙咀的莎莎，人山人海，此前我从来没有觉得莎莎也会是这么挤的。

一个女的问我找什么，我迟疑地说，睫毛膏？她就领着我来到一堆睫毛膏的前面。我看着那堆睫毛膏，又看了一眼收银台，人山人海的收银台。

我帮你吧，她说，现金最快。

我就掏出钱包，两张一百块，问她，够不够？

她说够了。

我看着她和睫毛膏还有两百块一起走向收银台，三秒钟之内，她回来了。

我看着她。

她把睫毛膏和收据还有一堆零钱塞到我手里。快吧，她说。

我拆开睫毛膏，对住旁边陈列柜的一线镜子，给自己刷了一遍睫毛。

很好卸的，她在旁边说。

多谢你，我说。

不用谢，她答。

你知道香港饭店在哪儿吗？我又问。

不知道，她干脆地答。

那你知道Prat街在哪儿吗？

就在这儿，她说，这儿就是Prat街。

我走出莎莎的大门，果然一眼就看到了我要去的饭店。这可真是太神奇了。

我以为我迟到了，其实没有，菜都没开始上，所有的人都端着酒杯，寒暄。寒暄这个词我也是很久没有使用了。上个月我去了一个会，这些日子我开始去各种各样的会，肯定是因为我开始老了。我一进去那个会，刚坐下，一个圆脸女孩就坐到我的旁边，跟我说，你不应该去跟其他人寒暄一下吗？我看着她。她说快去啊。我就站了起来，去跟其他人寒暄了。

所有的人都在寒暄。我找到一个面朝大门的空位，坐了下来。

然后我数了一下桌子，竟然有三十桌，也就是说，竟然有三百多个，我的同乡，在香港。可是之前他们都在哪儿呢？要不是春茗，我一直以为整个香港只有我一个人。

我望着门口，所有进门的人。有的人竟然穿旗袍，还有人穿着一件好像要去跳拉丁舞的闪亮亮衣服，后来她真的去跳拉丁舞了。

我就又想起来了我住在美国的日子。我也是带着旗袍去美国的，但是一次没穿过，要是做到学生会的副主席，是不是就能穿着旗袍去领事馆的小派对了呢？我不知道。我连学生会都没入。

然后我就看到了一个男人，单独的，一个男人。

我看了他一眼，他也看了我一眼。当然如果我不看他一眼的话是不会知道他也看了我一眼的。

他坐到了我对面桌的一个空位上。

抽第二轮奖的时候我走过去问他，加个微信好不好。

他说好。然后我回到自己的座位。

你是干什么的？我用微信问他。

银行，他答。

水瓶座？我问。

是，他答。

过去几年我们都太艰难了，我说，但是去年年尾好起来了。

对哦，的确是去年第四季度开始有起色了，他说，之前的数年还真是挺憋屈的。

今年的事业运会特别好，我说，十二年一遇。

有点晕，他说，我还在倒时差。

美国？

美国。

你有故事吗？

你有酒吗？他说。

我看了一下眼前的杯子，一杯橙汁，金黄色的。

坐我左边的姑娘抽到了一千块，蹦蹦跳跳地去领奖了。

我不喝酒，我说。

坐我右边的姑娘抽到了五千块，蹦蹦跳跳地去领奖了。

你要什么故事？他说。

你的，我说。

坐我对面的大叔抽到了一台电视机。我就站了起来，离开了我的座位。

我经过他的时候没有看他的脸，因为没有看他一眼所以也不知道他有没有看我一眼。

坐在过海的的士上，我想的是，我来干吗的呢，我是来抽电视机的吗？

然后我看了一下手机，他点了我三天之内的所有朋友圈的赞。要是我把朋友圈开放到半年显示，他会不会把那半年的赞都点了？

然后就是半年之后了。

我又来香港了。他突然发来一条微信。

我揣测了一下他的意思。

1997年的时候你在哪儿？我问他。

大学，他说，你呢？

中学，我答。

我住过香港，他说，十年前。

十年前啊，我说，我很快就要来香港住了。

见个面吧，他说。

好，我说。

然后我跟我的一起海归到香港的最好女朋友珍妮花吃了个高楼午饭。

如果你前九次都没有，珍妮花说，还是要试这个第十次，也许就有了呢。

如果九次都没有，我说，第十次为什么会有？

我就是第十一个的时候有了的，珍妮花说。

要是没有你是不是还要试下去？

那是当然，珍妮花说，有的女的太倒霉了，一百个了都没有。

所以你觉得我跟他会有点什么？

不有点什么你来找我干什么？珍妮花说，我的时间多是吧？跟你废这么多话。

你看看咱俩现在都只有性没有爱了。我望了一眼窗外，丛林楼海，有时候会看到鹰。

因为香港吗？要是还在美国还能恋个爱吧。

咱俩再老下去性都没有了，珍妮花说，你还是抓紧时间吧。

下午四点的时候，我突然心乱如麻。

我打了个电话给珍妮花。

我不见他了，我说。

隔着电话我都感觉得到珍妮花白了我一眼。

不见就不见！她简直在电话里吼出来，要跟我说的吗？我空是吧。

总得找个理由吧！我说，以后还要做人。

做什么人？珍妮花继续吼，还理由，你真不想见你还需要一个理由吗？

这就是我一直佩服珍妮花的地方。就好像我俩刚刚抵达美国的二十岁，我告诉珍妮花有个男人说他为我煮了一锅小米粥，半夜爬起来煮的。

他爱我吗？我问珍妮花，他是骗我的吧？

他要不爱你连骗都懒得骗你，珍妮花答。

那锅粥肯定是真的。但是爱不爱的，我一直不能确定。我根本就不喜欢小米。

还是要抓紧时间，珍妮花说，一切都只是暂时。

我想起来我十七岁时候认识的一个男人。

他说你对我没有兴趣是因为你还不知道我会给你什么样的乐趣。

我说什么样的乐趣。

他说我可以为你做一切。

我说，去死？

后来有个女的来找我。

她说你看我是不是比你好看？

我说是啊，你好看。

她说那我给你讲个故事吧。

有一个女孩，父亲插队到边疆，和当地人结了婚，生了两个女儿一个儿子，这个女孩是最小的女儿。父亲把女孩托付给朋友，请求他们做她的养父母，带她回城市。女孩就跟着养父母离开了家，去城市。那年她十岁。学校放假，女孩一个人坐上火车，去边疆看望自己的亲生父母。中三的时候，母亲去世，父亲怕影响她中考瞒着她，瞒了很久。后来她痛哭三天三夜，不是因为母亲的去世，而是父亲的隐瞒。高中毕业，她离开养父母的家。养父母也有一双儿女，负担不轻，这七年，尽了朋友的义务，没有更多的义务。女孩找到一个工厂做工，第一个月的工资一百八十元，她租了一个小屋，给自己的小家置办了小桌小椅、窗帘、小碎花的床单床罩。还找了份散工，在同学介绍的一个小饭馆洗碗。苦是苦的，但是她跟她自己讲要活下去。有一个男人爱上这个女孩，她把第一次献给他，在她的小碎花的床单上面。寒冷的冬天刺骨凉水，洗不掉处女的血。搓了好久都搓不掉，一团模糊的黄。那个男人很快抛弃她，去追求一个富家女。她只好睡在那团黄了的血迹上面，薄凉被子，一天，又一天，每一天。

我看着她，我说富家女？有多富。

这个女孩长得很好看，但是从来没有利用过自己的美貌，她说。

我说为什么不用呢？如果我有美貌我肯定用。

他跟我说，富家女家里有钱，跟她结了婚，会过比较安稳的生活，她说。

他没有跟你说的是，他愿意做一切，我说。

做什么？

一切。我是这么说的，如果你没有试过，应该让他做一次。

这个女的果然长得很好看，眼睛是我的两倍大。如果瞪着我就是三倍大。

你要问我我的感觉是怎么样的？我盯着她又黑又亮的大眼睛，说，太法克特恶心了。

你要跟你自己讲你要活下去。我又补了一句。

我当然没有跟这个女的做朋友，我的朋友只有珍妮花。

珍妮花绝对不会在十七岁的时候因爱失身，因为她爸在她十六岁半的时候被调查了，她一夜白头，我说的是真的，后来她每隔一个月就染一次头发。

如果我得绝症死了，珍妮花是这么跟我说的，一定是癌。

珍妮花的妈开始吃素，应该会有点用。珍妮花的十六岁半，就是跟着她的吃素的妈去敲她的世叔伯们的家门，冷脸或者热脸，珍妮花没有跟我讨论过。珍妮花的失身，当然不是爱。

我俩倒是很仔细地讨论了一下这个第一次，那一天好像还是珍妮花的十七岁生日。

你疼吗？我问，倒抽了一口冷气的疼吗？

不疼，珍妮花是这么说的，可是他们跟我说我爸也许过年的时候就能出来了可是都清明了我爸还没出来，我就有点疼了。

你疼吗？珍妮花反问。

我？我说有个男人带我去了一个房子，他说我们以后就住在这儿了。

你爸妈会打死你的，珍妮花说。

那是当然，我说，我也是这么跟他说的，我会被我爸妈打死的，今天早上的语文小测和数学小测我都没及格。

我没有跟珍妮花说的是，那个房子还是不错的，那个男人也还是不错的，可是有一天他说他要跟我分手，因为他跟他学姐睡了，他得负责。

我不是不爱你了，他是这么说的，我实在是没有办法了。

我现在再跟你睡还来得及吗？我问他。

他说来不及了。

有的事情我就是跟我的最好朋友也是不会说的。如果是很失体面的那种。

我后来察觉到一个男人似乎好像可能也许要跟我分手，就果断跟他睡了，我的第一次。

不疼。果然就像珍妮花说的那样，不仅不疼，血都没有流一滴。

由于没有血，也不觉得疼，只好做下去，下半夜终于见了血，颜色很深，不太像处女的血，像死了很久的，尸体的，血。这时候才疼起来，有多疼呢？如果这个世界上真有一种疼叫作二十根骨头同时折断，就是这么疼。我后来跟珍妮花讨论过，动物世界里雄性为什么往往使用暴力，因为雄性的性器往往也是个凶器，交个配也血肉模糊的，有的时候直接就把雌性做死了。

珍妮花说也有雌性把雄性做死了的。

所以雄性做完就跑是吧，我说，跑慢了就死了。

所以男人也是做完就跑了是吧，我说，本能啊这是。

你计较什么呢？珍妮花说。你的第一个男人的反应？你指望他垫个洁白手帕在你身下？你指望他打一桶热水，一点一点洗去你腿间的血迹？小说看多了吧你都没血。

后来有了！我说，天知道为什么会晚几个钟头。

每个女人都有第一个男人，每个男人也都有他的第一个女人，你肯定会成为哪个男人的第一个女人，你肯定也会成为哪个男人的最后一个女人。

我说珍妮花你这是练绕口令吧。

将来的某一天，珍妮花说。

我俩就去美国了。那年过年前珍妮花的父亲终于出来了。但是他出不出来的其实对谁来讲也不是那么重要了。

这位父亲最好不需要知道他的太太开始吃素的全家上下都跟没头苍蝇一样乱转的第一个月，他的女儿都干了什么。

你要我带你去见大人物？有个男人对珍妮花说，可是我为什么要带你去？

我把我给你，珍妮花是这么说的。

他带珍妮花去见了他，一个有乐队表演的露天花园，最多五分钟。我并不知道他们说了些什么。然后珍妮花就跟着他走了。

我为什么知道？因为我陪着珍妮花去的，他带走珍妮花的时候也给我买了一包薯条，番茄味儿的。我什么都不会忘掉。

我还问他为什么是番茄味儿的？他说你们这些小女孩不就是喜欢薯条？

我不会忘掉我问的是番茄他答的是薯条。

他的车是黑色的。

我们并没有失去过什么。十七岁的珍妮花跟十七岁的我说过，如果我们什么都没有过。

我们再也没有讨论过细节。谁会去在乎过程呢，有时候结果都不重要。

所以后来我俩海归来了香港，珍妮花也终于在第十一个的时候有了，我为她高兴。就像她自己说的，有的女的太倒霉了，一百个了都没有。

我一直没有找到我自己的原因。可能是因为我一直都还在确定，一锅小米粥到底是不是爱。

这跟我去同乡会也没有什么关系。我很缺电视机的吗？

来　回

1

你们为什么不肯留在香港呢？

我们为什么要留在香港呢？

老家有什么好的呢？

老家有什么不好的呢？

这就是我跟我爸妈每天的对话。我跟我的朋友A说，他们就是不高兴来香港住，连身份证都不肯转，他们怎么就不为我想想呢？

你怎么不为你爸妈想想呢？A说，你爸妈好不容易把你拉扯到你可以独立生活了，他们还不应该有自己的生活吗？

跟我一起生活不是更好吗？我说。

你倒反过来了，A说，中国父母是想着跟孩子一起住，孩子不想，你反着，想跟父母一起住，父母不想。

因为我是独生子女，我说，不跟我一起他们怎么办？

他们怎么办还是你怎么办？A说。

我闭了嘴。因为我不确定答案。

2

如果我要得到一点支持的话我只有去找我的朋友B了，B的父母也在香港，而且B的父母已经把老家所有的房子都卖了，彻底地搬来了香港。父母跟父母都太不同了。

我父母说的，我们都七十了，还要等这七年的身份证，有意思吗？

B的父母说的，我们才七十，七年很快就过去了。

我会听到B的父母说这句话是因为有一年中秋节，我父母也在香港，我就去买了月饼，要不是他们来，我根本是不会吃月饼的，我好像已经有十年没有吃过月饼了，我也不吃饺子、粽子、元宵，任何节日食品，我当然也不吃火鸡和南瓜派，任何节日在我这儿都没有任何意义，除了放假。我不是传统的中国人了，我也不是外国人。

买月饼的人居然很多，排着很长的队。实际上他们只是拿月饼，他们的手里都有券，而且他们拿了月饼还要送来送去，甚至送到深圳去寄，不知道寄去哪里。

我既然排了队了，我就想到了B的父母，他们住的地方又离我父母住的公寓酒店很近，我就买了两盒月饼。

我先去我父母那儿放下了一盒月饼，然后打电话给B，我说我们一起去给你爸妈送盒月饼吧。B说加班，没空。我说那我自己走过去好了，反正我也在附近。B说随便你。又说，谢谢你啊。

3

我们有什么办法呢？B的母亲说，B太辛苦了，一天到晚加班。

我坐在房间中央的椅子上，月饼在房间中央的桌子上，我不知道对着B的父母说什么好，我跟我自己的父母也常常是没有话的。

我们又只有这一个女儿，我们也不是一定要跟着她住，B的母亲说，我们也是有自己的生活的。

B的父母住的是一套一室的居屋，B自己住村屋①，但她也买了一个私家楼的楼花，一千多呎②。但是她没有跟她父母讲，而且我觉得她也不希望我会跟她父母讲。我当然问过她为什么，她说现在没有必要讲。我说你现在不讲以后都不讲吗？这么层楼也藏不住啊。B说那是以后，现在不讲。我说好吧。

香港好吗？我问B的父母。问完我也觉得我很奇怪，这句话

① 指乡下原居民的屋子，一般是独立屋。

② 即英尺，1呎等于0.3048米。

好像是他们问我才对。

还好吧，B的母亲说。B的父亲眼睛盯着电视，一句话都没有。

方便的吧？我追加了一句，转换了我的意思。

方便，B的母亲说，楼下就是街市，买东西方便的。

我没有话了。

你父母不会搬过来吧？B的母亲说。

不会，我说，他们说香港绝对不是他们唯一永久的居住地。我说完，笑了一下。B的母亲不笑。

七年也很快的，B的母亲说。

4

我穿过一个天桥去搭巴士，一堆老年人，坐在天桥的下面。每一个老年人都自己坐着，并不和其他的老年人说话。每一个老年人都不说话。

5

我接到B的电话，问我在不在她爸妈家附近。

我说在啊。我五分钟前刚送我爸妈上了去红磡的火车，他们今天离开香港。我说我只送到闸口，因为他们不让我送到红磡，他们从来不让我送到任何机场任何车站，他们说每一次送来送去都太难过了。

B说哦。B说那你现在还在我爸妈家附近吗？

我说在。

B说你去我爸妈家看一下好吗？

我说发生什么了？你爸怎么了？

B说不是我爸，是我妈，我妈突然不舒服，按了平安钟好像也没有按对，就打了电话给我。

我说我现在就过去。

B说我也叫了救护车了，我妈去了急诊以后你看顾一下我爸好吗？

我说好。我说你呢？

我就算是现在从公司出发也要一个小时。B说，我尽快了。

我说好吧。

亲爱的，B说。

我说嗯？

我也没有别的人可以拜托，B说。

我说我知道的，没关系。

B的父亲小中风，平日都是坐着躺着，只能坐着躺着。

我爸有时候在楼下抽烟的时候看到B的父母，B的母亲推着手推车，B的父亲坐在上面。我爸就走过去约B的父亲一起抽根烟，B的父亲就会非常高兴。我爸有很多烟，B的父亲没有烟，所有的烟都在B的母亲那里，严格控制。因为可以一起抽根烟，我爸就去推了一下手推车。

真是太重了，我爸说，你朋友的妈妈真是太不容易了。

我说这不就是人生。我跟我爸说这是人生。

我爸抽了一口烟，不说话。

我说爸您能别抽烟吗？

我爸说我去阳台上抽。

我说你在阳台上抽你就合法了？

我爸就去了楼下，约了B的父亲一起抽，反正他有很多烟。

我到了B父母家的楼，楼前面已经停了一辆救护车。我很仔细地打量了一下救护车，香港人叫它白车，因为它是白的，这是我第一次这么近地观察香港的救护车，果然是白的。

我还走错了，其实那台巨大的担架床就停在走廊。我站在大门口不知道怎么办才好，我都要哭了，这也是我第一次看到真的担架床。

B的母亲居然走过来给了我一个拥抱，B的母亲说不好意思啊，还要麻烦你过来。

我说阿姨你躺上去啊。

B的母亲说，不用，我自己走，我可以支撑到楼下。

然后我就坐在电视机旁边的椅子上了，我看着B的父亲，B

的父亲坐在沙发上看电视，一动不动。担架床和救护车，还有B的母亲，好像都没有发生过。

时间过得实在缓慢。

B的父亲突然说，我在看龙应台的书，其中一段很有意思。

我没有回答，我不知道答什么才好。

B的父亲就读了那一段，读得飞快，我完全没有听懂，然后他突然大笑起来。

我真的被吓到了，我就从椅子上站了起来。

但是我仍然得看着他。同时我给B发了无数短信。

简直是我整个人生中最漫长的一个小时。B终于出现了。

我说你妈不肯躺到担架床上，她说她可以的，她可以撑到楼下。

B生气地说，她就是这样的！好强！他们那代人都是这样的！

我说我走了啊。

我就走了，天都黑了，我爸妈的火车肯定都过了广州。

然后我失眠了。

凌晨四点，B发来短信，问我可不可以早上再过去看一下她爸。

我说你妈去了急诊你就应该把你爸带回自己家。

B说我妈后来好一点了就自己回家了，我妈回来了我就回我自己家了。

我说哦。

可是半夜三点我妈又不好了，又叫了救护车去了医院，B说。

这不折腾吗，我说。

不折腾怎么办呢？B说，又不能留我爸一个人。

那你为什么不把你爸带回你自己的家呢？我说。

我都说了我妈又回来了，B说，我才走了。

我说你居然还走了，幸好你妈按平安钟按对了这一次。

6

我出了门，六点，天还黑着，也就是说，B的父亲已经一个人待了三个小时了。

我跑了起来。

两个小时前我还是这么说的，我失眠，我也许去不了你家看你爸。

B说那算了。

我说我看我的情况办吧。

B说看情况吧。

我出了门，稀薄的月牙，我太难过了，也有可能是因为失眠。我知道B也是一夜没睡，而且早上八点还是她搬新楼的时间，就是那个她买了楼花，收了楼，但是还没有跟她父母讲的那个楼。

我曾经有个同学B+，因为没抽到学校的房子要搬到外面去，约好了八点去帮她搬家。大家按了半天电铃，她披头散发穿着睡衣开了门，所有的东西都在原位，衣服都还挂在衣柜里，每一个人都开始帮她装箱，我负责的是衣服，我把衣服塞啊塞啊，冬天的夏天的，我还要跟负责塞书的同学抢纸箱，我真是绝望透了。这个B+，长得都跟B一模一样。

B约的是搬家公司，我们终于长到了不再要同学互相帮助而是使用搬家公司的年纪，但是那个场面仍然会像打仗一样，如果主角是B或者B+。

从车上下来，我在街边的大快活买了粥和捞面，我想的是，至少应该送个早饭，这个我可以做到的。

我来到B父母家的家门口，大门紧闭。也就是说，B的母亲去医院前，把门锁好了，而且锁得很好，这样B的父亲就安全了？

我打电话给B，我说你爸能自己爬起来开门吗？

B说可以。

我就隔着门喊，叔叔您慢慢地，慢慢地开门，我没什么事我就门外面等着。

十分钟以后，门没有开。

我没什么事，我等着。

B短信问我门开了没？

我隔着门喊，叔叔您挪到哪儿了？

门后面B的父亲说不行啊，实在爬不起来啊。

我就想了一下，如果我就这么站在门的外面，我算不算是在看顾我的朋友的父亲呢。

我短信B，我说你爸根本就开不了门嘛。

B说搬家公司刚到，我这儿正一团糟。

我说你再怎么糟，你也打个电话给你爸啊。

B电话我，B说我不想打电话给我爸，因为我爸肯定在我妈去了医院以后就一直坐在沙发上，从凌晨三点开始，坐到现在，而且他还不承认。

我说那你什么时候能过来开门呢？

B说你问一下我爸他戴表了没有。

我说啊？

B说你问一下我爸啊，他戴表了没有啊？

我说我不问，我干吗要问。

B说问吧问吧，我怕我爸等我等得心急，我给他一个我能赶到的准确的时间。

我隔着门喊，叔叔您戴手表了吗？

B的父亲说戴了。

我对B说，你爸说他戴了。

B说他肯定没戴，他就是太好强了。他们都是这样的。

我说我疯了。

我说我真疯了。

我说B你真行你把我逼疯了。

B说我才疯了呢，我这儿乱得一塌糊涂。

我说我走了，再不走我就要撬你爸妈家的门了。

B说那你走吧，别管了。

我把已经凉得差不多了的粥和捞面挂到门上，一边挂一边隔着门喊，叔叔我走了啊，您尽量挪一点儿吧挪到床上躺着，别老坐着，躺一会儿再看看是不是还能挪到门口拿个早饭，挪到了就有早饭吃了。

门后面B的父亲说我不饿。

我说你女儿马上就到了。

门后面B的父亲说，哦。

我赶紧走了，我的头都要炸了。到了楼下，我终于哭了出来。

7

我哭完就回家了。我在回家的路上微信我爸妈，老家冷不冷？我妈说还好，尽管你爸一到家就把所有的厚衣裤都翻出来套在身上了，出门的话还得再套一层。我爸说就是在冰箱里生活一段时间嘛。他还加了个笑脸。

我说你们为什么不肯留在香港呢？香港不冷的。

他们说我们为什么要留在香港呢？不冷又怎么样？

老家有什么好的呢？

老家有什么不好的呢？

再次回到一开始，我跟我爸妈每天的对话练习。

8

B打来电话的时候已经中午，B说粥和面很好吃啊，谢谢你啊。

我说你吃了啊？

B说我跟我爸一起吃的。

我说哦，可惜冷了。

B说没关系啊，我到我爸这儿的时候真是快要饿死了，多亏你送了饭。

我说那你快去忙吧。我挂了电话。

我自己一天都吃不下饭，我也不饿。

我爸妈在香港的时候，只要我不吃饭，我妈就叫我爸送饭过来，坐在饭桌的对面看着我吃下去。

我爸妈离开香港了，也没有人管我吃不吃饭了。我妈在微信上问我有没有吃饭，我就说吃过了，她也看不到。

9

我打电话给C。每个人的情况都不太一样，除了我们都是独生子女，而且我们的父母都老了。

我说C你又去深圳了？

C说每个星期都去啊。也只有去深圳才舒服一点了，C说。

我说你家工人那么会做，你还到了深圳才舒服？

那当然是跟爸妈在一起最舒服啊。C说，你爸妈回老家了？

我说是啊所以我才打电话给你。

C说那你悲惨了，你没饭吃了。

我说我爸妈不在我就没饭吃全世界都知道了？我说你们真当我什么都不会？我要不会我怎么活到现在的？

C说要不是有你爸妈，你肯定活不到现在。你不是没饭吃你是不吃饭，叫你出来喝茶吃饭你都不出来，你是抑郁症吗？

我说我出来我就不是抑郁症了？我是不想见到那么多女人，叽叽喳喳的，鱼塘都被你们承包了。

C说这就两个症状了，不吃饭，嫌人多。

我说总比师奶标配好吧，嘴碎，暴食，韩剧，性幻想。

C说要不是跟你十几年我早就直接拉黑你了。

我说又不是说你。

C说我昨夜就是看韩剧看到半夜三点，还叫工人煮了一碗餐蛋面吃了。

我说你性幻想没？

C说难怪太太们都跟你绝交了，你能不发神经病吗？

我说就许太太们默默地反着伦理，倒不许我说出来？

C说我生气了。

我只好说对不起。

C说我这些天就跟D在一起。

我说哪个D？

C说就是那个已经跟你绝交了的D。

她想干吗？我说。

C说D就是问问怎么把她爸妈也搬到深圳去，好照顾一点。

怎么搬？我说，虽然D是跟我绝交了，但我觉得她爸妈要是不想来就不要勉强。

你怎么知道人家爸妈不想来？C说。

你又怎么知道人家爸妈想来？我说。

C说我也就给一点社保医保什么的讯息。

医保转到深圳麻烦吗？我说，怎么弄？退休金呢？怎么转过来？

C说你爸妈不想来就不要勉强。

我说好吧。

10

A的父母也在深圳，可是A很少去深圳，A的父母也不来香港。A说她父母年纪都很大了，来来回回根本就是不可能了。

如果我爸妈愿意住到香港的隔壁，我是这么想的，就算是东莞中山，我也三天两头地跑过去。

可是我爸妈只愿意待在老家，哪儿都不去。

A说的，他们不应该有自己的生活吗？

所以跟A谈一谈还是能够得到点什么的。比如我跟A讲二胎了哦，咱俩弄个补习社啊，小孩的钱，肯定有的赚。A说补什么习还社？咱俩得弄个养老院，如今是养老院急缺，做什么都不如做养老院。

我说对啊切身体会啊，我们急需养老院。

A说深圳拿一块地，我们就盖养老院。

我说对。

A说找投资人，肯定都愿意投养老院。

我说对。

A说我就说说的。

我说这很好玩吗？

A说我们还是出去吃饭吧，讲这些有的没的。

11

尽管D已经跟我绝交了，我还是给D打了一个电话。

D接到我的电话很明显地愣了一下。

我说对不起，我太抑郁了，我这么抑郁还拉着你一起抑郁，很对不起啊。

D说没关系，你抑郁不是你的错。

我说那我太感动了。

D说可是沉醉在抑郁里还很享受，就是你的错了。

我说好吧。

我就直接地问D你想你爸妈搬去深圳？

D说你怎么知道的？

我说我也想啊，我只是想想的，虽然我每天都会想。

D说不是深圳，是江门。

江门在哪儿？我说，在香港附近吗？

D说算吧，可以坐船。

江门有什么吗？我说。

什么都没有，D说，可是北京的房子卖了就可以在江门买个独幢别墅，前后花园，还有船。

船贵吗？我说。

还好，D说，他们也买了个湖。

所以你爸妈现在有一个湖和一个船了？我说。

是啊，D说，湖上面还有个亭子。我周末就去看看他们，空气真的好多了，我妈以前嚷嚷的各种身体不适都没有了。

我说谢谢你啊D，就算是我抑郁到使劲把你往下拽的时候，你都保持着乐观进取的人生态度，我敬你一杯，如果我手里有酒。

D说没关系，你以后也会好起来的，不过你别再打电话给我了，你拽人的力道太大，我吃不消。

12

我爸是这么说的，因为他只有一个女儿，他只好把我这一个女儿当两个养，既是女儿，又是儿子。所以我家的煤气罐都是我换的，我说的是那种，真的煤气罐，架在自行车后架上，空瓶送到煤气站，再把满满的一瓶架回自行车，蹬回去。路上我得经过三个红绿灯，逆行两次，过一个桥，才能够到达那个煤气站，等红绿灯的时候我用一只脚撑住地，我也撑得住，十五六岁，腿最长的年纪。我也很喜欢做这样的家务，这让我觉得我什么都会，没有什么是我不会的。

我爸说的，我以后的生活都不会让他担心了。

我会换灯泡，我也会通下水道，我什么都会，我就可以一个人吃饭，一个人去散瞳，一个人去医院做手术。我从来不担心自己，我什么都不担心，可是我长大了我爸妈长老了，我开始担心他们。

我听了一堆负面新闻，基本上是C传播的。

C老在朋友圈转老年痴呆的老年人走丢了，还附照片的那种。可是我根本就不觉得走丢了的老年人靠朋友圈转发转发就找得回来。

C还转保姆虐杀空巢老人的新闻，基本上是三天一转。我又不能屏她，我做不出来。

C还专门打电话给我说她深圳邻居家的老头儿天天一早出去遛弯儿，认识了一个四十多的女的，就跟咱们一样大的一个女的。我说跟你一样大，我还没到四十。C说快了快了你别着急你也别打断我。C说那个老头儿也七十了吧，居然就当那个四十多岁的女的红颜知己了，什么话都要跟她说，领了退休工资都第一时间给那个女的送去，家里闹啊，老伴闹，儿女闹，没用啊，他就铁了心的，他也不离婚，他就是要去跟那个女的。我都在楼下撞见过一次那个老头儿，那个满面红光，怀揣着退休工资袋的得意扬扬的样子。

如果电话线可以传输一个表情符号，我此刻只想传一个一头黑线过去。

C讲完邻居老头儿就说，来我家吃饭吧，我从深圳背了好多好吃的。

我说不去，C就说，你老不出来，你抑郁症吧？

我跟C也回到了一开始，对话练习。

但是她肯定也是会影响到我的，我现在相信D说的拽人的黑暗的力量了。

我打电话给我老家的爸妈，问他们有什么新闻吗？有老同事走丢了吗？有家里找了无良阿姨打人杀人还偷东西吗。

我妈说这个无良阿姨是一直有的，我的同学某某某就遇到了，老母亲九十多了，痴呆了，高薪请了一个生活助理，她也是三天两头要去看的，还是发现了她妈妈身上有伤，有一次故意折回去，就撞见那个生活助理在抽她妈妈耳光，抽了一个又一个，一个又一个。

我说妈你这个语言你好去写小说了。我妈说这是生活啊，我同学的妈妈年轻时候很漂亮很聪明的，钢琴弹得好得不得了，如今要过被阿姨抽耳光的生活，什么尊严都没有了。

我爸说老同事走丢了的倒也没有，倒是有个老同事非拉我去什么营养品推广会，送盒饭啊送金秋高铁一日游啊好多东西送的。

我说爸你就去了？我去啊，我爸说，这帮骗子，我就看看他们搞什么。

还送洗脚的呢，我妈说。

妈你也去了？我说。

我也去，我妈说，我也看看他们搞什么。

你们买什么了吗？我说，要买什么先电话我一下啊。

我们什么都不买！我爸用吼的，那帮骗子！

都是用的年轻人，我妈说，利用老年人心理，一口一个干爸干妈，贴心啊，真的给你洗脚的，一边洗一边陪你聊天，洗着聊着干爸干妈就喊成爸啊妈啊的了，子女不在身边的老年人就上当啊。

你们也没上当啊，我说。

心里难过啊，我妈说，还是会想到你啊，你不在身边，我们又要你过得好，我们难过啊。

我不说话。

你爸那个同事老杨买了好几万，我妈说，中了邪似的。

反正吃不好也吃不死吧，我说。

是啊，我妈说，当老杨是老年痴呆，结果他来一句，我就当是花钱买一声叫爸的吧。

杨叔叔家的女儿也是在加州的吧？我说。

是啊，我妈说，当年还叫你给那个老不结婚的女儿找相亲对象的。

我说是哦，那她现在结婚了没？

我妈说谁知道，从来不回国的，老杨现在是一个人了，他太太去年过世了。

我说哦。

你那个同学叫什么来着？刘芸是吧，她也是从来不回国的，我妈说。

她回啊，我说，回得少，再说回国干吗呢？还拖着大大小小的孩子，飞都要飞十几个小时。

老人会想要看看孩子的啊，我妈说，到底是中国人。

所以她说圣诞节假就回去，我说，前些天跟她联系了一下。

那你呢？我妈说，你圣诞节假怎么说？

我说我倒也是想着回一趟家，能跟刘芸见个面，我跟她都十年没见了。

然后呢？我妈说。

我说昨晚她又跟我说，票都订好了，可是她妈妈的腿被车撞断了，现在躺在床上，没有人服侍，家里还有爷爷奶奶外公外婆，一直都是她妈妈服侍的，现在都焦头烂额。她本来想着带小孩回老家她可以休个假，妈妈不能动了，没有人帮她看小孩，她回去不是凑忙嘛，连出来跟我吃个饭都不可能了。她思来想去，这个圣诞节就不回去了，票也退了。

我妈说哦。

我说我也不回去了吧老家这么冷。

我妈说哦。

我有一句没跟我妈说，其实我的同学刘芸还跟我说，她妈妈整天躺在病床上心里恨啊，就说了一句，生个女儿白生了。

说完又马上后悔，叫这个女儿不用担心她，也不要再赶来赶去了，带着小孩。

刘芸还是哭了，刘芸说你说我们爸妈生我们有什么用？这种时候我们都帮不到家里。

我说别哭，我们不回去添乱就好，多寄钱。

刘芸说这个时候你还笑得出来。

我说我是强颜欢笑啊，不笑还能怎么样啊我们。来，笑一个。

两　天

1　一天A

睡前我扫了一眼朋友圈，看到我的朋友吕贝卡写了三个字：崩溃，哭。

我就点了一个赞。然后就去睡觉了。

到了第二天早晨，我突然觉得不放心，就给吕贝卡打了一个电话，她没接。等了一会儿，她给我发来一条微信，生日快乐。我才想起来我生日，不过是农历的，我自己都不记得我的这个农历生日。

我就说好吧既然是生日，咱俩开个气泡酒唱一下歌吧。

她说好，等一下拎个蛋糕过来。

我接到吕贝卡的第一个电话是她搭错车了，正要搭回来，第二个电话是问我家几号她居然给忘了，第三个电话已经快要中午，她在我家楼下的面包店打电话给我，巧克力的还是水果的？我说随便。她说你这一辈子都是随便的吗？我只好说，巧克力。坚定地。

很好看的巧克力蛋糕和很好看的吕贝卡，除了脸色不大好，眼睛还是肿的。

你哭什么？我的第一句话。

我以前的老板死了，她答。

我想的是要是我老板死了我可是不会哭的。我当然没说出来。

你跟你老板爱过？我很小心地问。

吕贝卡瞪了我一眼。我老板教了我好多，甚至教会我算命，她说。

那他怎么不算一下他自己的命？我是这么想的，我当然更没有说出来。我默默地开了一瓶白葡萄酒。有一个老板死了，我都不好意思开气泡酒了。

还去唱歌吗？我鼓足勇气，问了一句。

不唱，吕贝卡坚定地说。

好吧，我说。

喝一口白葡萄酒，我家也没有配的东西，起司或者火腿，甚至葡萄，我的冰箱一直都是空的。我就说如果去Neway唱K，咱俩就可以叫点东西吃了。

我不吃，她说。

好吧，我说，再说唱K这种东西也不好玩，就跟你们那些太太老打牌似的。

你就跟打牌杠上了是吧，吕贝卡说。

是，我坚定地说，要么追韩剧要么打牌整天吃吃喝喝。

不打牌不追剧干什么呢？吕贝卡说。

干点什么啊，我说。

干点什么呢？吕贝卡说。

干点什么，我说。

这不就是在干点什么，打牌，追剧，吃吃喝喝，吕贝卡说。

杀了我吧，我说。

你生日哪，吕贝卡说，生日快乐。

好吧我神经病好了吧，我说，我自己说，你不用说了。

吕贝卡无力地看了我一眼。

我就是干了点什么，有个以前的同事来香港玩，我请她吃了个饭，她把我加进了同事群，我就知道了这个消息。

然后你就哭了一夜？我说。

吕贝卡点头，太突然了，十多年没有联络，上来就是这个消息。

你也可以当你没听过这个消息。我说，你就当你没进这个群，没听过这个消息。反正你和你老板以前没有联络，以后也不会再联络，你就当他还活着好了，活在别的地方。

吕贝卡生气地看着我，亏你想得出来。

喝酒。只有酒，也没有东西配，我想起来冰箱里可能有一块牛油，可是我不能用牛油配白葡萄酒，牛油配什么呢？我想不出来。只好惋惜地叹一口气。

我们出去吃饭吧，我说。

我不饿，吕贝卡说。

那我去买个外卖回来吃吧，我说。

不要，吕贝卡说。

那吃蛋糕吧，我说。

好，吕贝卡说。

于是我在蛋糕上面插了一支蜡烛，我当然没有打火机，我拎着另外一根蜡烛在炉子上点着了火，然后再给蛋糕上的那支接上火。然后我犹豫了一下，要不要去拉上窗帘。可是拉了窗帘以后呢？两个女人一起唱生日歌？好像也有点做不出来。

我和吕贝卡就安静地看着蛋糕上的蜡烛，烧了一大半。太阳光把蛋糕晒得闪闪发亮。

你四十了吧？吕贝卡说。

四十，我说。然后我吹灭了蜡烛，都忘了许个愿。

我们开始吃蛋糕。白葡萄酒配巧克力蛋糕。

我想起来我有过一个朋友，我拎着一个起司蛋糕去她家玩儿的时候，她很欣喜地去煮咖啡了，我说你煮咖啡干吗呀？她说这么好的起司蛋糕，不用最好的黑咖啡来配它，就对不起它的好。

还蛮搭的是吧，我说。

我的那个旧同事，吃着饭，说起十几年前在公司的那段初恋，竟然当场失声痛哭起来，吕贝卡说，也四十岁的人了，我们都以为她放下了。

初恋肯定是放不下嘛，就是八十岁也放不下嘛，我说，还痛哭，肯定是分手的时候对方的态度不好。

根本就是没态度，吕贝卡说，也是公司同事来的，也在群里。

什么叫作没态度，我说。

就是一夜之间，不理她了，吕贝卡说，那男的还跟我一个部门。

为什么啊？

不为什么，吕贝卡说，就是突然不爱了。追的时候倒是猛烈追的，花样百出，什么小姑娘都招架不住，前后两个月。

不爱就去说清楚不爱了嘛，态度要好一点，我说，两个月算长的了，我还见过一个只爱了三天的。

但他觉得没什么好讲的啊，吕贝卡说，他就是讲都不想讲，就自己走掉了。

男的都这样吧，我说，女的肯定想不通啊，要崩溃的好不好。

想了十七年，吕贝卡说，要不是那个男的在群里说了个笑话，那个女的还在研究这个问题。

什么笑话？

这个男的当年有个追求者的，吕贝卡说，是女的追他。

然后呢。

那个女的才真崩溃了，提了一个灭火筒找到我们公司。吕贝卡说，而且是全裸地，站在我们公司大门口。

我说，啊？

这个事儿吧，当时很轰动。吕贝卡说，但是时间长了，大家都忘了。要不是这个男的又在群里说了这事，说完还哈哈哈了三声。

你的旧同事也在群里？我说，那个男的也知道她在群里？他还说了这个，笑话？

当然，吕贝卡说，所有的人都在群里。

要是我也会在饭桌上哭出来，我说，这个男的太贱了。

关你什么事嘛，吕贝卡说。

我说我早上做了一个梦，下大雨，等出租车的人龙好长，还好我排第一个。一辆空车过来，排我后面的一个男的冲出去抢了那车。我忍不住大骂——贱男人！所有排队的人都指责我，男女老幼，他们说他抢那个车是为了把更新更好的车留给我。我就气醒了。

生日你做这种梦？吕贝卡说。

梦到下雨会发财吧？我说。

群众也不会这么恶劣吧，善恶还是分辨得出来的。吕贝卡说，你总是把人都想坏了。

那你们同事群的群众都说什么了？我说，听了这样的笑话。

没有人回应，吕贝卡说，大家都不说话。

你看你看，我说，群众。

生日讲这个干吗，都是别人的事儿。吕贝卡说，喝酒喝酒。

一大口酒，吕贝卡的眼泪都出来了。

我说这个算什么，我来给你讲一个，真故事来的。女的在澳州，男的在香港，感情算稳定，女的是医生，休假会来香港，平日就是网路做爱那样维系，直到有一天这个男的寄错照片，其实很微小的错误，女的马上就觉得有点问题，然后就去追查，才发现这个男的注册了一个一夜情网站，跟无数女人发生性关系。

什么叫作网路做爱？吕贝卡说。

我怎么知道，我说，我也是听来的好不好。

网路怎么做爱？吕贝卡说。

我说重点是，我的重点的是，会从一张寄错的照片挖出一个真相，女人的直觉有时候真是很神的。

吕贝卡说咱们出去吃东西好不好。

我说都下午了，下午茶时间了。

下午茶吧，吕贝卡说，顺便去一下银行，快过年了，我得换点新钞包红包。

你还要不要再听一个故事？我说，有一个女的，陷入一场真正的爱情，从美国跑到香港，美国的一切都扔掉，为了一个说好了的在一起。然后那个男的呢，不见了。

你都打哪儿听来的？吕贝卡说。

故事太多了，我们的想象力都够不上这个地球的真疯狂。我说，要不是追剧打牌吃吃喝喝转移了你们的注意力，你们自己制造的故事肯定比我听来的多多了。

所以你没有朋友，吕贝卡说，你这个爱好也很伤害人的好不好。

你换新钞也帮我换一点好不好？我说。

不好，吕贝卡说，你包红包干吗，你都没有人送。

好吧，我说。

我在汇丰银行外面站了一会儿，换新钞的人果然很多，每个人都有很多红包要送出去，一个红包二十块钱，每个人也都会收到好多红包。

等了吕贝卡换了新钞出来，我们一起进了银行旁边的茶餐厅。

要个面吧，吕贝卡说，生日。

我说太感动了，至少还有你，我的这个生日就有了蛋糕也有了面。

我是说你吃个面吧，吕贝卡说，我想吃个泡饭。

好吧，我说。

我的面都凉得差不多了，吕贝卡的泡饭还没上桌。

你先吃吧，吕贝卡说。

那我先开动了，我说，你教我用日语说这一句好吗？

吕贝卡就用日语说了一遍，我跟了五遍都没会。只好说，算了。

你日语倒没忘啊，我说，我英语忘得差不多了。

这怎么能忘，吕贝卡说，在日本十年啊，我也不信你忘了英语，美国待了十年。

九年，我说。

都跟一场梦似的，吕贝卡说。

香港也待了快十年了吧，我说。

第二场梦，吕贝卡说，梦叠着梦。

你当年为什么去日本啊？我说，既然以前的公司做得好好的。

吕贝卡把手机拿出来，给我看一个人的朋友圈。我就看到了一个保持得还不错的老男人，非常丰富多彩的日常生活。

帅吧？吕贝卡说。

完全不觉得帅，我说，旧同事？这次加上的？

嗯，吕贝卡说，断了好久的联络。

我说同事群怎么也跟同学群似的，一组起来就能拆散好几对。

吕贝卡白了我一眼。

那一年，吕贝卡说，我被公司派到北京，他留在广州，我们算是暂时分了手。

分手还有暂时的？我说。

没有好好地谈一下，吕贝卡说，我这边就当是暂时分了手。

这就是大家的问题，我说，不肯谈一下。有的男的就觉得女的是会自己想通的，让她足足想十七年。

有的时候会是男的想很久，吕贝卡说，半年以后，他到北京来出差，我给他买了一些洗漱用品，还有一件睡衣。

睡衣出问题了？我说，我预感到这件睡衣要出问题。

吕贝卡又白了我一眼，说，他后来再也没有来过，我也没有机会回广州。差不多有半年了，我家一个亲戚带着孩子来北京玩，住在我那儿好几天，我想那件只穿了一次的睡衣放着也是放着，就给那个亲戚家的小孩穿了带走了。

他又来了？

对，他又来了。吕贝卡说，他站在洗手间里发了半天呆，我知道他在想睡衣我给谁了的问题，但是他没有说出来。如果他问我一下，我会告诉他，但是他一句话没有说，他就走了。

你就去日本了？

我就去日本了，吕贝卡说，十年。

吕贝卡的泡饭终于来了。我的面都凉透了。很不好吃的面，我只吃了一口，到底是生日，我得吃面条，有一点仪式感。

他说他想见我，吕贝卡说。

别见了，我想说。我当然没有说出来。

如果他这次问我，我也许会讲一下那件睡衣的问题，吕贝卡说。

睡衣的问题，我说，有意思吗？

好吧如果十多年前没有讲，吕贝卡说，现在更是没有讲的意思了。

那你还见他吗？我说。

我想想，吕贝卡说。

你想也不要想一夜想崩溃好不好？我说，更不要哭。

我是哭我的老板好不好，吕贝卡说。

我说所以你哭得搭错车还忘了我家门牌号？

吕贝卡不说话。

我看着她在她的泡饭里捞出了一根长头发，她把卷着头发的那勺泡饭倒到桌上。

还吃吗？我说。

吃，她说。

但是她没有再吃。我接一个电话的时候，她站起来走去柜台买单。我只好一边听电话一边拿包跟住她，面和泡饭都冷在桌上。

我们走过一个天桥，到了一家甜品店的前面，甜品店关着门，门上的通告写着我们就是只做西式甜品的，你要吃中式糖水去其他地方吃，别再敲门进来问，很烦的。

我觉得这个通告写得很清楚，就很欣赏地又看了一遍。

吕贝卡进了甜品店隔壁的一间蛇王海，或者海王蛇，这个店肯定存在了十年以上了，从我第一天到香港，我就注意到了这个店，却是我第一次接近这种店。怎么会有人真的去买蛇做的汤？我是这么想的。但是确实真的会有人来买蛇做的汤，比如我的朋友吕贝卡这样的人。

九十八蚊[①]，我听到店里面的人说。吕贝卡说了谢谢，拎着一个简陋胶袋出了店门，我看了一眼她手里的汤，也就是说，她会花一百块买一碗汤，那么这碗汤肯定是非常好喝的。

① 粤语中的蚊即普通话里的元、块。

这一天就这么记完了。

后来？后来我们在蛇王海或者海王蛇前面分了手，各自回家。我买了一把花给自己，不是因为生日，只是因为要过年了，年花也是仪式感的一部分。回家开了手机，吕贝卡发了那个想睡衣问题想了好多年的男人的照片给我。帅不帅？她又问了我一遍。我当然没有回复她。就好像那个让我扔掉美国跑到香港的男人，竟然也在我农历生日的这个下午茶的时间出现了，他在电话里说他想见我，我当然没有回复他，我直接挂断了电话，都忘了问一句想了快要十年的为什么。

2　一天B

情人节的前一个晚上，格蕾丝打电话给我，要我去北角见她。我说不高兴。她说有礼物给你的。我犹豫了一下，说，还是不高兴。

那你明天能来吧，格蕾丝说，情人节啊。

我说好吧。

到了情人节的早上，我觉得我这一天还挺美好的。我要去北角见我的朋友，她说有礼物给我。我当然也给她买了礼物，而且是两个星期前就买好了的。

我手里的活肯定做不完了，我还熬了个夜，熬夜有时候是有效的，这一次无效，会不会是因为情人节？我是干点活就去瞄一眼手机，当然什么都没有，一个短信都没有。平日都没有，情人节就会有？情人节是老中医？包治百病？

我就去睡觉了，反正也做不完了。

早晨爬起来还是做不了，情人节。我就去北角了。全是人，地铁上全是人，人跟人，贴在一起，每个人都使劲收着自己的肚子，要不肚子弹到别人的肚子。

工作日，每个人的工作日，情人节当然不放假，情人节又不是公众假期，复活节肯定是一个公众假期，情人节肯定不是。

九龙塘转车，更多人，贴在一起，有时候是背对背，这一次没有，我得跟一个人面对面，要不是他比我高一头就真的是脸对脸。不能左一点也不能右一点，左或者右都是人的脸，而且是跟我一样高的脸，只好专注在眼前人的脖子和衬衫，深蓝色，咖啡纽扣，扣得很紧，一定是一个天秤座。然后就到了香港岛，再下去转车。换一个人的脖子，白色衬衫，傲慢的下巴，一定是一个金牛座而且A型血。

我想的是，格蕾丝这个礼物最好值得我跑这么一趟，要不就是在她的学生面前我也是会打死她的。

格蕾丝的学校还在山里，必须搭小巴。香港的小巴，如果你爱看电影你就知道了，香港的小巴是可以拍电影的，既然你都看了香港的小巴电影了，我就不说什么了。

总之我跟小巴司机说什么他都不理我，情人节哎有没有搞错。

我说唔该请问去到英皇国际学校系不系搭这班车？他不理我。我说司机你到站叫我一声好唔好唔该晒？他不理我。我不说了，我看着车窗外面，全是有钱人的独立屋。独立屋转瞬即逝，每个弯都转得太急，我这个从来不晕车的人都晕了。

一个急刹车，坐在司机后面第一排座位的我差点从前车窗滚了出去。

小姐，司机说话了，到了，你下车吧。普通话，还是上海口音的。

我趺趺撞撞地下车，我想的是，你刚才要理我一下我也不至于跟你讲上海口音的广东话吧。我们一起讲普通话好伐啦，一起上海话也可以的。

格蕾丝风情万种地等在门口，长衣长裙，我摇摇晃晃地向她走去，跟她比起来，我简直是蓬头垢面的流浪汉。

格蕾丝往我的手心放上了一颗草莓蘸酱巧克力。学生做的，她说。我马上递上了我准备的礼物。

什么呀？格蕾丝没有马上打开来。

身体霜，我说，玫瑰的。

你太甜了亲爱的，格蕾丝说，进来吧。

我跟着她到了学校食堂。想吃什么？格蕾丝说。

我说随便。

她说你这一辈子都是随便的吗？我只好说，你吃什么我吃什么。

我们就一起吃炒面了。

我看了一下她的盘子，面条上面两颗巨大的花椰菜。

我的盘子里有三颗，比她还多一颗，我把它们都吃下去了。

你每天就吃这个？我说。

还可以啊，她说，我这不是天天吃？

可以可以，我说，你看我全吃光了。

格蕾丝就拿出了一个粉红心的盒子，我看着她。她把盒子打开，说，情人送的巧克力，跟你一起分享。

我沉默地拿了一个，吃了，又拿了一个。

昨天晚上他带我去太平山顶了，她说。

什么山？我说。

太平山啊，太平山，她说。

我没去过，我说。实际上我哪儿都没去过。

他说他有多爱我我都不知道，格蕾丝说。

我不说话，我心里想的是，有病，他爱你爱得你不知道？

我当然没有说出来。你爱他吗？我是这么说的。

没有他爱我那么爱他吧，格蕾丝说。

我说好吧，可是不应该是今天晚上吗？今天才是情人节。

他有太太的，格蕾丝说。

我说哦。

他太太怀着孕，格蕾丝又说，下个月生。

我说哦。

情人节总得陪自己老婆吧，格蕾丝说。

是啊，我说。

巧克力好吃吗？她说。

好吃，我说。又拿了一个。

再拿一个啊，她说，你多吃点。

我抬头看了她一眼，说，不要了，够了。粉红心盒子装的巧克力，我吃掉了一大半。

那我不送你出去了啊，格蕾丝说，有课。

不用不用，我说，我认得路，自己走就好。

一出校门，就有个小巴过来。我马上招停了车，都没有顾得上看一下站牌。所以就算是再来，我仍然不知道我应该在哪一站下，可是我不想再来了。

下午我有个物理治疗。可是现在距离我下午的预约还有两个小时，这两个小时，我不知道去哪儿。要不是我安排给我的朋友格蕾丝的时间太多，我也不会多出来这个时间。

我打电话给我物理治疗师，问她可不可以提早一个小时去。她说不行。

一路上我想了很多可以去的地方，可是没有什么地方可以去。我从来不逛街，我也不买东西，我坐在诊所的楼下，一间麦当劳，多出来的时间。

情人节的中午，麦当劳熙熙攘攘，香港的大年夜，麦当劳也是熙熙攘攘的。

一个人坐在我的旁边吃炸鸡翅，吃得吱吱作响。我肯定不好意思看他，我不好意思看任何别的人。我要了一杯冻橙汁，可是不敢喝一口，不然治疗师会说我水肿。我只是不停地刷手机，还是没有，什么都没有，微信或者短讯。

距离预约还有十五分钟，我上了楼，签了名，跟一个坐得笔直的女人坐在了一起。

她马上就进去了，她的治疗师一定会表扬她，真的坐得跟一支铅笔似的。

我又等多了几分钟，我的治疗师才喊了我的名字。

香港的物理治疗师肯定是要比美国的治疗师合算得多，她会说我水肿，跟个中医似的。我就有了错觉，花了物理治疗的钱，可是还看了中医。

不要喝任何冷的东西。她是这么说的，水肿。

冰淇淋呢？我说，冰淇淋可以吃吗？

任何冷的东西，她说，喝的或者吃的。

肿就肿吧，我说，我的问题是疼不是肿。

如果每次我跟你谈了你还是不改变你的姿势，治疗师说，我还有什么要跟你谈的呢？

我想的是我要是能改我还会来吗？一周一次，每次四百八十元。我当然没有说出来，我说的是，你要我去喝薏米水吗？

你竟然知道薏米水了？治疗师说，不过你现在不要跟我讲薏米水，你要改变的是你的姿势，坐的姿势，站的姿势。同时她再一次示范了一个正确的姿势，她站到一堵墙前面，把自己的背笔直地贴在上面。我看着她。

然后她离开墙，坐到一张转椅上，上半身笔直，同时她把她的背扭给我看。

我看着她。

你来做一下，她说。

不要，我说。

好吧，她说。

你的电脑的高度在哪儿？她又问。我上次问过了吧。

我说你问过了。

哪儿？

我的膝盖的，高度。我说，我把电脑放在我的大腿上面。

你没有桌子？

有，我说，但是我要把电脑放在腿上。

这是顶重要的一点，她说，你不要把电脑放在腿上。

你上次说过了。

对，我说过了，她说，你可以不把电脑放在腿上吗？

我尽量，我说。

好吧，她满意地说，现在趴上去吧。

我趴到了治疗床上面，她给我贴上了磁贴，然后开动机器。我看着她的小腿，浑圆的小腿，她自己的每一个姿势就是对的？我就不信了。

机器的节奏都没有变化，拉紧，再松开，拉紧，再松开。我想的是，这个机器是要给我的肌肉一个错觉，它放松了，它放松了，它就真的放松了。

如果我今天还是交不出来，我的老板肯定不高兴，然后换人，也不是第一次了。我想的全是这个。

机器停下来了，我又等多了几分钟，我的治疗师才赶了过来。她刚才肯定又在教育另外一个客人，都跟你讲了拉伤了，你要暂停一切运动，你又上山了？你只是行个小小山？你要搜救队去山里捞你吗？

这就是我喜欢我的治疗师的地方，她只是一个物理治疗师，可是她有时候说中医的话，她还会给你做一点心理辅导。

你得把钱花在这些辅导上面，姿势辅导，婚姻辅导，你的婚姻和你就会长命一点。

下下周见，我的物理治疗师是这么说的，下周我休假。

我出了诊所，天还很亮。香港情人节的傍晚，天还很亮。

我当然不逛街，我也不买东西，我直接回家了。

晚上我还会出来吗？我问了一遍自己。

不会，我是这么回答的。

那就现在吃点东西吧，晚上不出来了。

好吧。

楼下有一排四家馆子，一家台湾面店、一家意大利馆子、一家泰国馆子和一家香港茶餐厅。

再往下一层，一个超市、一家茶楼和一家日本馆子。

我经常是再下一层都懒得下，超市我也不去，我在网上买杂货，他们送到门口。

很多时候我四家都不想吃，很多时间我四家都想吃，我就每一家都买一份外卖，吃三天。这么宅了七年，是不是还要宅到七十岁？

我去了意大利馆子，他家有全日早餐，也就是说，即使是在下午，你也吃得到早餐，土司炒蛋、豆子和蘑菇。

我要了一份巧克力窝夫，带冰淇淋的。我吃冰淇淋的时候完全不会去想我水不水肿，肿就肿了，我还能更肿吗。服务员往我周围的桌子放留位的牌子，每一张桌子，都被预订了。这种事情就是大年夜也不会发生，神经病情人节。

大年夜我去了香港茶餐厅，桌子都是空的，比平日还冷清，人都去哪儿了？待在家里不出来？茶楼？火锅店？我不知道他们都去哪儿了。格蕾丝的每一个大年夜都去日本馆子。你不是总嫌人多吗？格蕾丝是这么说的，我的办法就是去吃寿司。真的，一个人都没有哦，开心死了我都要。

你也去啊，你家楼下不就有一间？格蕾丝说，香港人觉得大年夜吃生的冷的不吉利，所以他们都不会去日本馆子的。

是不吉利。我是这么说的，我宁愿不吃。

我还是去了香港茶餐厅，也没有什么人，我要了一个酱爆虾球配饭，希望饭是热的。平日五十八的一个菜，大年夜卖一百五十八。

我的隔壁是一对男女，要的是一碟鱼和一个煲，看不出来什么煲，两个人的脸色都很凝重，没有一句话。

隔壁的隔壁也是一对男女，只要了一个煲，从那两个人的脸色看上去，那个煲一定难吃死了。

我的菜来了，一整棵西蓝花，分成四瓣，真的是一整棵，去滚水里滚过没有？我不知道。西蓝花上面摆着六个虾，一二三四五六，肯定是生的，因为它们都直挺挺的，没有弯起来，更没有弯得像一颗球。它们直挺挺的身体上面，也没有酱，白花花一片，没有酱，肯定也没有爆。厨师回乡下过年了？那就宽容一切吧，到底过年，我是这么想的。

我吃了一棵西蓝花，还好米饭是热的。

我妈说过大年夜要吃饭，但是大年夜不要吃泡饭，要不明年一年你一出门就会下雨。于是我只关心我的饭是热的，而且是干的。

这一盘情人节的甜点也是吃得连滚带爬，我一离开桌子，服务员就赶紧收走了盘子，摆上了留座牌。

我在台湾面店旁边的阿信屋买了一瓶梅酒，配盐醋薯片，可是找不到盐醋薯片，有任何口味的，只是没有盐醋的，那就得喝啤酒，可是我不喝啤酒，可是没有盐醋薯片，梅酒也喝不了了。

有一年台风夜，我出来囤点什么，实际上我不需要囤什么，不就是台风，也可以不吃，货架完全空了，饼干和面包，什么都没有了。我就拿了一包酸奶油薯片、一罐雪碧和一壶二锅头，对，瓶子做得像壶，进口的，二锅头。排我前面的人还好意思回头看我，他自己买了一盒套套，还在收银台前面拿了一盒口香糖，我看得太清楚了，套套和口香糖，台风夜。

刚刚到香港的时候，我去澳门的赌场还会被要求出示身份证，一边掏身份证，一边心里暗暗地美美的。这才七年，我就是买一吨酒也没人管了。

我带着一瓶梅酒回到家，看了一下手机，还是什么都没有。

我从冰箱里拿了一只橘子，坐到阳台上，橘子也是冷的，那又怎么样。如果我能够完成，我就会吃掉这个橘子，如果没有，再把橘子放回冰箱。

我把电脑放到腿上，看了一眼橘子，开始工作。如果今天十二点没有交出去，我就没有了橘子，而且我肯定会丢了这份工作，反正也不是我第一次丢工作了。我当是我丢掉了工作，不是工作丢掉了我。

天全黑了，月亮圆不圆，我不知道。我不想看。

微信来了，他说他不能给我打电话了，他知道他是一早答应了的，可是老婆查手机查得特别勤快，今天。

我安慰他说查手机算好的了，我认识一个人，下班以后就得把手机放老婆那里，而且他老婆还去他单位接他下班呢。我说完这一句，加了个笑脸，发出了。要是这条回复没赶在一分钟内发出去，收到的就指不定是谁了。

他回过来一个晚安。

我呆了一下，晚安。这才九点半，晚安。这是一个约定，晚安就是再见，再见太难听了，只好说晚安。如果他说晚安，今天就结束了。有一个晚安也真的太好了，有时候我等一个晚安都等成了早安。他可能是真不方便，可能就是真忘了。

我看了一眼橘子，继续工作。我很有可能完成，那么我就不会丢工作，至少这一次不会了。

三分钟以后，我突然暴怒，我后来想一想，只会是月亮的原因，我不是狼人，但我是一个女人，月亮对狼人和女人的影响肯定都是巨大的。

我关了电脑，站了起来，把橘子放回冰箱。

然后我坐在地板上给他发了一条微信，你有没有见过有人只要一个电话做情人节礼物的？我才不管收到这条微信的人是谁呢。

他没回。

我给他发了一个红包，520，我也不能发521或者522，微信规定的，520，神经病微信。

他没收。

我又发了一条，你知道每天早晨醒来时候胸口思念的痛吗？那叫什么？

他回了一个字，爱。

我就哭了。地板太凉了。而且那句话还是我看电影看来的，我要是个作家多好，我就出口成章了，每一句话都感动死人，金句王。可是我不是，我只是个中老年，程序员，我的活可以在家里干，但是工资少一半儿，我的老板用视频电话骂我，跟在公司现场骂的效果没有什么不同。

我一边哭一边看着他把红包收了。

我哭得更厉害了，我做人太失败了，我这个女人干的都是男人应该干的事。只能怪自己，女人把男人应该说的话都说了，女人把男人应该干的事儿都干了，让男人们干什么呢。

我还在红包里写了这么一句，当是今天一起看了场电影吧，然后戏院门口卖花的大婶跟着你，你只好给我买了一枝花。

我要下得去手的话就给自己一个耳光了。我下不下去手，我把梅酒拿了出来，冰箱里待了几个小时，它也是冷的了，它的冷足够让我肿成一个猪头。

我拧开瓶盖，一手叉腰，一手握住瓶颈，灌了一大口。然后，噎到了。如果这个世界上有被酒噎死的人，我肯定是第一个。

我灌了第二口，再一次被噎到。

这是从来没有发生过的，我意识到是我的姿势，我的姿势出了问题。我放下酒瓶，去厨房取了一个水晶的香槟杯，慢慢地坐了下来。我把梅酒倒入了香槟杯，它看起来竟然很像香槟。我捏住香槟酒杯，轻轻摇晃，喝了一口梅酒，然后是第二口。我还有一盒乐天杏仁糖，一颗糖，一口酒。

一瓶酒喝完，我还不醉，糖倒全吃光了，绝望透了。

我想打电话，可是打不出去，要是他老婆接电话，他死了，我也死了。我就给格蕾丝打了一个电话，她接了。我说我的礼物呢？你说的要给我的情人节礼物呢？

她好像在山上，电话断断续续。

我的礼物呢？！我又问了一遍，用吼的。

我跟你分享的巧克力啊。她是这么说的，道德线下面的下面，脏秘密，我没有任何人可以讲我只能跟你讲，我还是个老师。但是巧克力太甜了，巧克力又没有罪是吧。

我看了一眼窗子外面，月亮太圆了，月亮圆得我都可以去死了。

这一天就这么记完了。

小故事

他们相爱，决定结婚。他们还去看了婚纱看了房子，他们说墙壁要刷成蓝色的，地毯要换成白色的，他们还说那个朝南的小房间要布置成未来宝宝的婴儿室。他带她见了自己的父母，接下来是她带他见她的父母，可是他再也没有出现。她等了又等，等到后来她开始找他，找不到，他躲着她。被抛弃的女人眼泪汪汪又不死心，故事里的女人总是不死心，她每天都去找他，只问一句为什么。这个男人只是沉默，不说一句话，不管她说什么，他只是沉默。他很快跟别的女人结婚，有了孩子。她还是单身一人，直到现在。原因其实简单，她的父亲曾经与他的母亲相爱，可是她的父亲突然抛弃了他的母亲，娶了她的母亲。他的母亲见到她第一眼，就已经是这样的结局。

故事讲完了，这个让我们晕头转向的故事，那个年代的人就是那样的。

那就再讲一个吧。

他们相爱，决定结婚。有一天他突然对她说，我们分手吧。她说好吧。他们就分手了。一个月后，他的朋友对她说，他只是试探，他并不想真的分手，他一直爱着你。她只好笑笑。直到一年以后，又有人对她说同样的话，她就去了英国。他很快跟别的女人结婚，有了孩子。她还是单身一人，直到现在。

再讲第三个故事也是一样，相爱的男女，他们就是不能够在一起。

其实这些年我听到的故事很少，我跟小树认识十年她也只告诉我第二个故事。她是笑着说那些话的，她的脸上没有一点点悲伤，就像是在说别人的故事，而且还很好笑。

那是冬天，小树已经回到中国，彻底地，她说她的箱子超重了，她不得不为那些超重的部分付钱，可是她宁愿扔掉钱也不扔掉箱子里任何一本书。所以小树和我是完全不一样的人，我会扔掉书，只扔掉书。其实我经常扔掉东西，一切旧的东西，我扔起来坚决，什么都不留下。我们是不一样的人，如果我爱的男人用分手试探我，我说好吧，然后我就把他忘掉了。小树不会，小树说好吧，然后不结婚到二十九岁。

小树三十岁的时候结婚了。

小树最好的朋友是小叶，不是我。小树、小叶还有我，我们三个在一起只是吃饭，福记的底楼或者福记的二楼或者福记的三楼，每次吃饭不是小树付账就是小叶，她们轮流，今天是小树明天就会是小叶，她们从不弄错，我就变成了一直蹭饭的那一个。无论我想把自己放在哪里，我都是多余的那一个。她们说的那些话和那些人，我都不认识，我甚至不明白她们为什么要笑，起先我还会问为什么，后来我就不说话了。她们相视而笑，两个亲密的朋友，为什么我要在其中。

小叶结婚的时候小树已经去英国了，小树也许会打一个祝贺电话，其实电话也是多余的，如果我没有看错她们的亲密。小叶没有寄喜帖给我大概是因为我也不在中国，而且她和我到底也不是朋友，对她来说，我不是她的朋友也不是她朋友的朋友，我只是小树那边的人，而我和小树，我也不大明确我和她的关系。

我还以为小叶是不会结婚的，她说她的男朋友是外地人，不被父母承认，她说他得了重病，重得快要死了。然后小叶就和他结婚了。

小叶结婚的时候小树在英国我在美国，我们没有喝到喜酒也没有付出红包。我们不在中国的日子里，我们都认识的人纷纷开始结婚，生小孩，小孩们过完满月和周岁，我和小树相继回国，我们没有参加任何一个人的喜宴也没有赠送给任何一个人一分钱，这里面唯一的坏处是你会很放松很放松，没有一个又一个人的结婚和生孩子催促你，你一直放松到中年妇女都浑然不觉。

后来我在大街上看到了小叶，我问小叶你丈夫的病怎么样了，小叶奇怪地看着我说，他有什么病？他什么时候生病了？

我经常犯这种错误，我曾经以为有个人生了脑癌，就要死了，我在他死前见他，他很坚强，令我泪下，可是十年以后，这个人仍然活着，还很活泼，没有任何人听说过他与癌有什么关系。我的硬盘真的出问题了，不仅仅是丢失还有错误，所有的别人都没有病，我有病。

海归小树很快找到了工作，我还在找我的档案，它不在我原来上班的地方也不在人才交流中心，没有人知道它在哪儿，也许它从来就没有存在过，我一直在找它，那里面有我的入团申请书也有我的入党申请书，不仅仅是这样，我要找到它，它是我与中国的联系。

十年以前，我认识的人都写小说，所有的人都在写小说，而且是长篇小说，说不定比印度的电影还要多，现在这些人都去写剧本了，所有的人都写剧本，就连小树，她的新工作也是剧本，那些剧本令她发狂。不是不是，我并不是轻视剧本，我只是想说，既然你写剧本你就得承认，你为了钱，可是写小说就不是为钱吗，大家都为了钱，大家的钱都是劳动所得，光明磊落。不劳动就有钱，是犯罪。

每天扛包的人和每天写字的人也没有什么区别，大家都会得颈椎的病。《爱的教育》说的，你既然选定了你的职业，就要尊重它。

冬天，我和写剧本的小树一起混泰州驾照，是的是的，我们在美国和英国的驾照并不能保证我们在中国也会开车。我们的师傅又过生日又过春节，我们送给他芙蓉王又请同班同学吃鸦片鱼头。我和小树每天见面，我就有了错觉，我以为小树成为了我的朋友，可是这个朋友只给我讲了一个故事。

小树很艰难地把车泊进一个平行四边形，说，有个男人半夜三更打电话给她，问她要不要去红梅公园散散步。

我说你不去吗？

小树说，有病。

我至今都没能够把车平行着泊下。

一个风韵犹存车开得比师傅还好的女人喜欢师傅，她每天都来见他，他却不要见她，她的丈夫还是认得他的，可是她要见他，一天都不能少。我和小树买到泰州驾照的那一天就把他骗了出来见她，他很紧张，手脚都没有地方放了。

我和小树在那一天特别亲密，像真正的朋友。说到爱情，我们都忘了去想一下道德。

我在美国时只与小树通电子信，她会寄我照片，她脚边是房东的猫，还有她和同学，我给她找出最帅的，她说我找的全是同。她的信里总是坏消息，比如我的前男友又在新浪微博骂我，比如有个她认识我也认识的人撞到树上死了。

其实小树有真正的爱情，就像小叶的那些爱情，可是她们都不告诉我。小树没有跟那个男人半夜去公园散步，小树跟他结了婚。

你能够想象的真正的爱情一定是这样，相爱的男女，可是他们没能够在一起，直到十年以后，甚至五十年以后，他们又见面，玻璃之城的结局是这种，他们一定要一起死去，死的时候一定要有烟花，他们回到从前，年轻的他和年轻的她，手拉着手，笑啊笑啊，然后他们就永远在一起了。

张爱玲的结局是这种，那也没有别的话可说，唯有轻轻地问一声，噢，你也在这里吗。

小树的结局是这种，她低头，飞快地走掉，而那个牵着小孩也牵着气球的男人，他有点迷惑，他在想他一定在哪里见过那个比风还快的影子，他仰起头来仔细地想了一想，可是他想不出来，他只能不想了。

就是这样的世界，两个相爱过的男女擦身而过，他们甚至没有回一下头。如果你觉得太残忍，我就安排那个男人回一下头好了，因为他的心里面突然疼了一下。可是他找不到疼的原因，所以他没有回第二次头，他只是突然疼了一下。

其实我也想过我自己的结局，一定是这种。

听说你离了，还会再结吗。

不会，如果我再结就一定是你，可是我不会再结了，你呢。

我？我也不会再结了，因为我不会离。

这还是十年的见面，如果是三十年就不会有这种结啊离啊的话了，那时候大家都在天堂里飞。

如果说真有什么是真的，她们会是自动扶梯上两个单薄的背影，手拉着手，她们是纸火锅后面的两张小脸，靠在一起永远不争吵，她上台阶的时候会抱她，她在沙发上写字的时候她会亲吻她，后来她们分手，一个结婚生小孩，另外一个生病，瞎了眼睛，她又回去她的身边，什么都不要了。这样的爱，是不是真的？

有个故事说整个世界就是神的梦，人是幻象，人看到的种种更是幻象，神醒了，世界也没了。所以人这么爱来爱去，到底还是一个梦。你是不是开始担心这个世界会突然没了？其实故事里也说，头就是尾尾就是头，开始就是结束结束就是开始。神醒了还可以再睡，世界又开始了。

再回过去说小树的那个结局，其实还不是最残忍的。我可以安排小树和他一起吃个饭或者一起喝个茶。相爱过的两个人，怎么可能隔了十年就不认得了呢？真实一点的说法是，就是烧成灰他们也互相认得。

小树已经在前一个局喝了一点酒了，否则她是不可能去见他的，小树这个人物，一定要安排她和前男友见面，就一定要找到一个合理的理由，比如她喝了一点酒了，比如她那一天特别脆弱，比如她需要一次放下。好了好了，不管有什么理由，她和他，已经坐在一个小饭馆里了，不大但是还算整齐的小饭馆，他们都是第一次去，所以他们都不知道吃什么好，至于他们谈恋爱时去过的那些饭馆，怎么可能还在那里？都说了是隔了十年了。

小树不说什么，小树一直就是这样，不说什么。

说话的是男人，男人没有喝酒，神志也清楚，可是喋喋不休。为了这个见面，男人下午就从家里出来了，男人在外面闲逛了几个小时，只是要这一刻，晚上十点，见到她，因为这是一个星期天的晚上。男人这些年来从没有在星期天的晚上出过门，为了使这个晚上的出门变得合理，男人跟老婆吵了一架，得以摔门而去。男人宁愿接受更严厉的处罚，只要这处罚放在第二天，他只要今天，即使只有一分钟，他也做。

幸好很多旧情人只是见一面，如果是要见很多面，天天见面，男人天天要跟老婆吵，天天把孩子扔在家里，世界都乱了。他只是不能拒绝她要求的时间，就是她说凌晨三点，他也是会来的。

现在她就坐在他的对面，她看起来和十年前没有分别，她口红的颜色都没有变。他就有了错觉，以为还在昨天。他就喋喋不休起来。

小树没有去英国之前是不吃辣的，现在的她只要一天没有辣椒就会睡不着觉，辣椒变成了小树的香烟。小树到哪里都只点两样，不管菜单上有没有，不管厨子做还是不做，她只点两样，夫妻肺片，丝苗白饭。

我也吃辣，他说，我一直都是吃辣的，我也叫我太太吃，现在她也吃辣了。

她不说什么，她甚至没有问一句他的孩子。

其实我只是想结婚一年，我认识我太太只有一个星期我就和她结婚了，我就是这么打算的，我就和她过一年，他说。

她觉得菜太咸了，连葱花都太咸了。她是再也不会在这里吃饭了。

你看你现在都变得懒了。他说，以前的你多么进取，整个人都是向上的，现在的你看起来就像是停在这里不动了。

她把漂浮着的厚厚的辣椒碎末扫到旁边。

结账，她突然说。

有胡子的小老板正在邻桌接受一根香烟。她叫过结账以后他慢慢地踱过来，看了看桌上几乎没有动的菜。

就来就来，他说。他也不笑，他是很少见的不笑的小饭馆的小老板。

手上生满冻疮的小姑娘从厨房里端出了一盆赤红水煮鱼，不笑的小老板用保鲜膜包裹那个大盆，全部裹好以后他拎着那个盆出了门。

她不说什么，她已经在等菜上花了半个钟头，因为小老板说的，只有一个厨子，既要抓锅又要炒菜。

小树去英国实在是匆忙，所以她离开的时候，没有人在机场上哭，可是她回去过了一下春节又要离家的时候，她妈妈突然哭出来了，她也哭了。

小树是这么说的，因为我妈哭了，我也只好哭了。

其实我收到过小树一封没有坏消息也没有照片的电子信，小树在那封电子信里说，在国外，就算是身边围满了人，我的感觉也像是只有我一个人。小树是写剧本的又不是写小说的，而且和我也不是那么熟，她能写这么一句话给我，就是对我最大的信任。可是我不知道怎么回复，我就假装我根本就没有收到那封信。

小老板空着手回来了，水煮鱼外卖送盆，小树是这么想的。

结账，小树又说。

她坚持自己付账单，她说下次再换你付好了，她心里清楚得很，没有下次了，再过十年三十年都没有下次了。

既然十年前不是这个男人，十年后怎么会是这个男人。她相信自己做什么都是有自己的道理的，不管是在十年前，还是十年以后。

他突然说，其实，我从来没有想过要得到你。

她笑笑。

他说这句话也许是和十年前说那一句我们分手一样，试探她，可是和十年前一样，这样的话没有什么用，十年前这个女人还会说，好吧。现在这个女人只是笑笑，连话都没有了。她就像是没有听到，他说的所有的话，她都没有听到。

他就想再说第二遍。

可是她没有给他时间说更多的话，她礼貌地离开了座位。男人要去哪里，回家还是不回家，或是继续游荡，她不关心，她是真的不关心。

就是神醒了又睡，睡了又醒，这两个人还是不可能在一起，即使是幻象，他们也不在一起，这样的结局是不是比在大街上擦身而过更残忍？

可是，是的是的，和十年前一模一样，这样的话又怎能不让这个女人记得。她只是说不出来，她不是我写的这样，可以爱也可以不爱。

如果他爱，她也爱，如果他不爱，她也不爱了。

那你十年前是爱还是不爱呢？我看到的幻象是爱。那你十年后是爱还是不爱呢？我看到的幻象还是爱。幻象再过一百年都不会变，变的是我，我不爱了。

小树直到现在才看到十年前她没有看到的，她不爱了。

好了好了，小树的爱情说到底就是这样了。

这个故事讲完了。

失败小说

1

她在铁丝网里面走，脚下的路又弯又窄。网外面一只怪兽，长得像豹，又不完全像，眼睛是绿的，舌头是红的，它的身体紧紧靠着铁丝网，长毛从网格的空隙钻进来，它的眼睛定定地盯牢她，似乎在笑。她往前走，直到转了个弯，突然空旷，已经是铁丝网的尽头。这才知道，从来就没有保护和安全，走到最后，总要把自己暴露。怪兽是一早知道了，于是它等待在那里，不慌不忙。她想哭。它也没有直接冲撞过来，它像人类那样温柔地靠近了她，伸出舌头舔她，舌头很温暖，柔软，没有恶意。然后它缓慢地咬下了她的胳膊，安静地咀嚼，咽了下去，然后是腿，再是其他。她看着它，却感觉不到丝毫疼痛，一点也不疼，只是悲伤，悲伤的眼泪一滴一滴落在怪兽厚厚长毛的身体，它抬头看了她一眼，温和地一笑，和着她的眼泪又吃下了她的另一只胳膊，像是世界上最幸福的事情。

回忆梦是为了记住，过几秒它们就会消失，一干二净，回忆梦，也不过是让梦再留多几秒。没有一个梦会被永远地记得，除非那个梦真实地发生了。

她依稀觉得他在亲她，像梦里的野兽，温暖的舌头。

她往后仰去，他放开了她。弯曲的身体，不敢再动一下。

她醒的时候他已经走了，烟缸里半支烟，还未完全熄灭。她盯住那半支烟，头颈刺痛，好像脖子断了。她翻了个身，摸到一条沉甸甸的手臂，已经没了知觉的手臂，她握住那条身体之外的手臂，又把梦境回忆了一遍。头颈刺痛。

2

她站在医院大厅，面对挂号窗口。悬空的电视下面站着一对男女，清晰的对话。

要是真怀上了怎么办？

你犯什么愁呢，好像怀上孩子的不是我，倒变成你了。

你竟然说这样的话，怀上了是两个人的事情，我又不是强奸你。

电视里正在播一个电影，一个扎小辫的男人，对住一个披头散发的女人。给你钱，你把它（他？她？）做了哦。怎么，还赖上我了？

台词影响了女人的情绪，她都要哭出来了。

好吧我说过，怀上了我们就结婚，生下来，我说过。男的叹气，眼睛看去别处。

可是我们怎么结婚呢？女的声量高起来，我也不要堕胎！我要生下来！可是我们怎么能结婚呢！

她站着，左手托住自己的头，脖子已经撑不住头了。

她给崔西打了一个电话。

你在医院？你怀孕了？崔西说，你最怕怀孕了。

没，她迅速地否认，停了一下，说，我为什么怕怀孕？

崔西在电话那头笑。

我落枕了，一路歪着脖子到了医院，她说，我现在给你打电话，我的头还歪着。

好吧不是怀孕，崔西说，那你赶紧进去吧。

可是我一个人根本就进不去。她说，我闻到医院的味道都会昏过去，我们小学时候是不是传过一阵谣言？要打一种针，女生打在肚子上，男生打在脑门上，打了针，所有的男生都变傻了，所有的女生都不会再生小孩了，你还记得吗？

我不记得了，崔西说，你还是快进去吧，再犹豫来犹豫去，会被别人以为你在犹豫堕胎。

我刚才见到一个女孩要去堕胎，她说，他们还在讨论，可是她一定很痛苦。

当然，崔西说，很多时候讨论就是痛苦。

3

她和同学们在体检医生面前脱得只剩下内衣内裤，发育了一点点的女生身体，按照指令下蹲，双手平举。她缩在角落，含着胸，不想让任何人看到自己的身体。她刚刚从门后的镜子里看到了自己，一根一根肋骨，惨白的皮肤。她在那个瞬间觉得羞耻。

她第一次看见崔西的身体，崔西的肚脐眼浑圆。

4

拿女人的鞋盛酒，崔西说，神经病。

她抬头望了崔西一眼。

你知道那个脚是怎么小的吗？崔西说，把前掌折断，然后再折叠。

为什么？她说，你看的什么书？下午要测验你不温书？

男人抚摸女人粉碎了的脚骨才产生强烈的性欲，崔西说，一直到今天。

5

她关掉电话，回家，脖子持续地疼。

出现了一辆公共汽车，车门开了。

她正在注视公交站牌下面一只拱垃圾堆的动物，似猫似狗，又长了一张狐狸脸。一个男人跑过来，抱住似猫似狗，搂在怀里，似猫似狗舒坦得把肚腹都露出来，嗯嗯啊啊地叫唤，像猫，又很快挣脱出来，脚着了地，重新去拱那堆垃圾，又像狗。

她艰难地转过了脖子，望着那辆突然出现的公共汽车，没有人听见它的声音，它就像是空气变的，出现了。开着的门，又像长满利齿的嘴，要把进入它的人都细细啃咬一遍，才囫囵吞下去。

她上了车。

每个人都挤在一起，车厢的后部却是空的，不知道为什么，他们都不去后面，他们集中在车厢前部，像抽干了空气的贮藏袋，两个人合并成了一个人。她从这些人中间挤过去，脖颈剧痛，伴随强烈的恶心。她开始后悔，她想着只要车一停就下去，立即下去。公共汽车缓慢地朝前开，也许只是几米，她都要昏过去了。

集体的力量，没有人动一动，她徒然挣扎了一番，只把自己塞进了更加紧密的一个贮藏袋，各种各样的臭。她勉强拉住扶手，缓慢地颠簸。

一只手游了过来，从背面到前面，扣住了她的胸。她的血都涌上了头，她努力挣脱，那只手却活跃起来，又往下滑。

她挣扎，松了扶手，但是双手马上被另一只手钳住，铁一样的牢固，接下来是腿、腰，什么都被钳制住了。她开始明白自己陷入了一个圈套，一个集团，什么都安排好了的。惊恐的猎物。

她一下子就把他辨认出来了，油汗鼻尖，充血的脸，那只手已经在同伙的帮助下准确地进入了她的两腿之间。

血凝在头部，她开始神志模糊，她的眼前出现了很多光，交叉着干扰着，飞来飞去。

梦。铁丝网。怪兽。

前方。危险。撕裂。

独自一人。阴沉的天。冷笑的怪兽。

一个流血的妓女。他们殴打她。

血像蚯蚓，漫延。

她用力挣扎，却令他更兴奋，他的手指滑进了她的里面。

她颤抖得厉害。她确定了他们是一个团伙。他们轮流，进攻，互相支援。

她的手脚仍然被钳制着，手的力量巨大。她没有再反抗，她完全不动了，她缓慢地偏了一点头，注视他的眼睛，注视。他撤了手。

她在瞬间的溃散中逃离了密封袋，车门开了，她跌跌撞撞地下了车。

6

我今天去医院了，她突然说。

他停了一下。

落枕，她说，没别的。

他说哦，翻身下床。

她躺了一会儿，听着他淋浴的声音，给崔西打了一个电话。

我以为我再也不会碰到这样的事情了，她说，可是我又碰到了。

什么事情呀？崔西迷迷糊糊的声音，你又半夜三更打电话吵我。

我们中三时候的事情，一模一样。

嗯？

秋游，记得吗？她说，咱俩掉了队，都是你的主意，你说跟班里那帮俗人在一起太没劲了，我们要自己玩，我们就拐上了一条完全没有人的小路，我们从石头台阶走下去。你在听吧。

嗯。

一个男人从台阶下面走上来，只有他一个人，我们两个人，再也没有第四个人，他走上来，我们走下去，台阶又很宽，我们和他一点也不搭界，但他抬头看了我们一眼，你记得吗，他看了我们一眼，又埋下头。我们从右边走，他从左边走，台阶非常宽，根本也不认识的，我们和他擦肩而过的瞬间，他伸了手，摸了我，又若无其事地走过去了。我当时呆掉了，站在原地，像被雷电打中了那样一动也不动了，我也忘了发出任何声音。你叫了一声你记得吗？你一边叫一边发抖，我转头看他，他若无其事地走着，很慢，好像什么也没有发生，就这么走掉了。

嗯。

回来的路，我又被袭胸，你知道的，你就在我的旁边，那双拥挤公共汽车里摸了我的胸的手。你和我在一起，为什么你一点事也没有？我一直在想这个问题，为什么你和我在一起，一直和我在一起，我经历的事情你没有经历？

嗯。

崔西？

亲爱的睡吧，也让我睡吧，崔西说，我们每个人都是不一样的。

她挂断了电话。他还在淋浴，漫长的淋浴。

7

她又去了医院。奇怪的是电视里又在播放那部电影。一个扎着小辫的男人，对住一个披头散发的女人。

在她挂号的同时，扎着小辫的男人又说，给你钱，你把它（他？她？）做了哦。怎么，还赖上我了？

脖子疼，挂什么科？

伤科。窗内不耐烦的声音，扔出了挂号牌。

医院的气味让她头昏脑涨。她在一条人龙的最尾站了一会儿，他们都在排一个老医生，老医生慈眉善目，讲话慢条斯理，看一个病人不少于十分钟。

她望了一眼诊疗室，老医生后面的桌子还坐着一个年轻医生，空闲到翻杂志。

她就走过去，病历放到他桌上，桌旁的椅子，坐了下来。

他倒受了惊，定定地看着她。

你是医生吗？她说，你看病吗？

他慌乱，杂志塞进抽屉。

脖子疼，她说，好像断了。

问题不大，他说。

不大吗？她说，我的头都要掉下来了。

你要多活动，他说。

我要多活动，她重复他的话。

他的手准确地按住了那个点。

她想的是，为什么脖子疼，穴位却在肩上呢。

手的力量加大，她躲闪了一下，更大的力。她闭上了眼睛。

过程就是痛的，他说，痛过之后就好了。

她沉默了一下。

医生，她说，你的手累吗？

8

睡得迷迷糊糊，依稀听见门铃响。她挣扎着爬起来开了门，他靠住门框，满面潮红。

你要说什么？他说。酒气。

我不说什么，她说。

做一下，他笑得诡异，做一下。

睡吧，她说，喝多了去睡觉。

好的好的。他继续笑着，我去睡觉。然后一把抓住她，压到床上。

突然吧，他说。跨到她上面，扣住了她的双手。

她挣扎，直到筋疲力尽。

关灯好吗？她发着抖，又尽力柔和。

不，他说。直接进入了她。

手就变作了蛇，从她的手指到手臂再游到脖子，停留在她的咽喉。窒息。身体发了冷。

9

庆祝？崔西说，身上来了就要请我吃饭？

是，她说，没怀孕，所以要庆祝。

你根本不爱他吧？崔西说。

爱吧，她说。

他肯定爱你，崔西说。

他要杀了我，她说，我晚上都不敢合眼，我怕我一睡着他就会掐死我。

你去看医生好不好，崔西说，别生气，我总觉得是你要掐死他。

他浑身上下都散发着杀气，她说，他站在那儿，我就看见他周身杀气腾腾，他的手伸过来，气焰就先碰到我。

你爱一个要杀你的男人？

爱吧，她说，可是我不要他碰我。

崔西说你看那边。

她转头。旁桌一个夜妆还没卸的小姐，为自己叫了一桌菜、一瓶酒，然后点了一根烟。

小姐一身黑，脖子都掩得密实，可是桌子下面的腿分得很开，有点太开了。

她们脏吗？崔西说，其实她们挺干净的，她们从来不和嫖客接吻，因为她们的吻还是贞洁的。

那我们怎么判断男人的贞洁呢？她说，他们又不会流血。

10

喝多了，他说，我都不知道我干了什么。

她不说话。

还生气？

没有了，她说。

他在电话那头松了口气，我一天都在给你打电话，你去哪儿了？

她的脑子里一片空白。

你干什么去了？他又问，整整一天的时间，你不可能总在大街上逛吧？

她关掉了电话。

11

倾盆大雨，剧痛加剧。她直接去了医院。

给我打一针吧，她说，如果可以马上不痛，我现在就要打一针。

打什么针？他说，我们不打针。

我这儿没有一种针是可以马上止痛的，他又说。

排着队的病人们突然都消失了，老医生也离开了。

下班了？她说。

下班了，他说，下午再来？

哦，她说。

你要吃饭吗？他说。

我不吃饭，她说，我下午再来。

我请你，他说。

我不吃饭，她说。

那我迟些吃饭，他说。手按上她的肩。

她听得见角落水池里水滴的声音，滴答，滴答。几分钟，却有几个世纪那么长。

你上次问我手累不累，他说，从来没有人会问这种问题。

她沉默。

你真的不吃饭吗？他说。

真的，她说。

你知道吗？他说，你问我手累不累，换了任何一个别人我都会觉得可笑，但是你说出来，我怎么是，心里一动。

我不记得了，她说。

医学院没有教你不可以与病人有任何工作之外的联系吗？她又说。

那不一样，他说。

有什么不一样的，她说。

我爱上你，他说。

她说谢谢。

12

我太羞耻了，她说，我总是赤裸着站在大街上，在我的梦里。

我都不做梦的，崔西说。

很多人看着我。

没有人看你，崔西说。

你不知道他们是谁，也看不见他们的脸，她说，他们围观我，他们衣冠楚楚，我什么都没穿，我在被注视之后才意识到这一点，我感到了羞耻，我在我的梦里羞耻。于是我拼命想找些什么来遮掩自己的身体，可是我什么也找不到，一丝布条也没有，我赤身露体，大庭广众之下，我蜷缩起来，越来越小，我想让他们看不见我，可是不管我怎么做，他们都看着我，他们什么都看得见。

他们？人？还是神？还是你自己？崔西说，你看了你自己二十年，还要看下去吗。

13

我要你为我怀一个小孩，然后把这个小孩做掉，因为第一个小孩总是不聪明的，应该把不聪明的小孩做掉，他说。

我根本就不想有小孩，她说。

你必须要为我怀一次孕，他说，印证我们的爱情，至少你也要怀一次孕。

如果我怀孕，我会把孩子生下来的，她说。

那倒不必，他说，第一胎总是会很笨，我们要生就要生第二胎，你明白吗？第二胎才聪明，第一胎要做掉。

神经病，她说。

你为什么恨我？他说。

我不恨你，她说，但是你有病。

你背叛了我，他说。

如果说背叛，她说，就是我满怀厌恶却要迎合你。

你又去医院了？他说，你又落枕了？

她不说话。

或者你是去确认你有没有怀孕？

她不说话，站了起来，往厨房走。

他从后面抱住她，你要干什么？

我整理一下，她说。

你不会是去拿一把刀吧？他说。

不会，她说，我只是去，整理一下。她发着抖。

我跟你一块儿去，他说。

放开我！她叫了出来。她掰他的手，用了最大的力。

他把她抱得更紧。你的眼神不对，他说。

我又不会杀你，她说，我有刀也只杀我自己。

还不如杀我，他说，你知道吗我有多爱你。

我不知道，她冷静地说，爱是什么。

14

你是不是问过我？崔西说，为什么做的时候会突然忘掉他的名字。

没有吧，她说。

有吧，崔西说。

我问的是，崔西，为什么做的时候会去想别的，她说。

为什么？

我问你啊，为什么？她说，我确定我爱他，可是我不要和他做，每一次我都很疼，撕裂了那么疼，我只好去想别的，痛苦会减少一点，直到成为习惯。

去看医生，崔西说。

看过了，她说，都查过了。

换个人呢？崔西说。

换过了，她说，可是我都不爱他。

为什么不试试？崔西说，也许会好，男人跟男人不一样的。

有什么不一样的？她说，男人跟女人都是一样的。

怎么会一样？崔西说，所有男人的眼睛都在大街上肏女人，我为什么不上街，因为我怕被目光强奸了。

你又神经病了吧，她说。

我很好，崔西说，你以为做了才算是做了？你只是想一想，你已经背叛了你的爱，做不做都不重要了。

我想什么。

谁知道你想什么，崔西说，做的时候还想别的，别的什么？

什么？她说。

另一个男人？崔西说。

有时候是一个木马，有时候是一个甜甜圈。她说，我想的不是人。

15

半夜，她的电话响。她看了一眼他，他翻了个身，又睡去了。她轻轻地起了床，拿着电话去了洗手间，关了门。

为什么打电话？她说，这个时间。

我爱你，他说。

你是要爱我，还是要我，她说。

爱你，他说，也要你。

不要再爱我了，她说。

你爱我吗？他说。

我不爱你，她说。

你为什么不爱我？他说。

因为我不爱你，她说，你不要再打电话给我了。

关了电话，她看了一眼镜子里的自己，披头散发的女人，眼尾都有了细纹。她看了很长时间。

她上床前又看了一眼他，他还睡着，姿势都没变。她缓慢地躺了下去。

怎么这么凉？他忽然说。

16

爱和性，你选哪个？崔西说。

有没有人又有爱又有性的，她说。

肯定有，崔西说，不知道在哪里。

我性冷淡，她说。

那是男人不对，崔西说。

我爱不冷淡，她说。

那是男人不对，崔西说。

17

她拉着他的手，公园散散步。天色阴沉，像是要下雨。

迎面一个卖伞的小贩，手伸到她面前，买伞吧？买伞吧！伞和手快要碰到她的胸。

滚！她喊出声。

小贩瞪她一眼，转身走开，又回头瞪她一眼。

他说一个卖东西的，你又气什么。

他靠我太近了，她说。

他都没有碰到你，他说。

可是他靠我太近了，她说。

可是他没有碰到你，他说。

她松了他的手，独自往前走。

你别太过分啊！他说。

18

你在想什么？

木马和甜甜圈。

什么？

蓝色甜甜圈，空心云朵，穿芭蕾舞裙的木马。

圆圈很多时候是完满和虚无的意思，有时候是甜的和轻的日子。崔西说，木马是死的，逻辑是死的，芭蕾舞裙是性幻想，两个一起分析，就是性幻想被逻辑杀死了。所以甜的和轻的太重要了。

你是活生生的，她说。

可是我好想死啊，崔西说。

19

你在做什么？

打电话，她说，崔西。

谁？他困惑地看着她。

崔西，她说，我最好的朋友啊，崔西。

从来都没听你提起过，他摇头。

而且你的电话都没有开机，他说，我只看见你自己一个人，在那儿说话。

如果蘑菇过了夜

如果蘑菇过了夜

我还是想跟你过一夜，他说。

我觉得没有必要，她说。

一夜，他说。

她不说话，她重新画了一遍唇，一点点橘色的红，衬得她的脸色不那么难看。

我先走了，她说。

车刚开出去，他的短信来了，爱你。

她看了一眼后视镜，手指滑了一下，删除了。

停了车，上了楼，面包放到桌上，小孩的校车也到了。她站在门口迎接，就像迎接她的丈夫。

大房子，可是没有工人，丈夫说的，这是你的工作，家务和小孩，你只管这个。她反驳不了。小孩刚刚出生的时候提过家里要个工人，就像邻居们那样，丈夫暴怒，你吃我的用我的还不满足？她再也没有提过。

小孩校车下来，书包交到她的手上，进了门。小时候还会叫妈妈，升了七年级，再也没有叫过她，像他的父亲，回来和出去，都是直来直去的，没有一声招呼。丈夫出去上班，她不能出现在他的视界，她只待在厨房，或者洗衣房，丈夫说的，早上看到什么都烦。听到大门锁上的声音，她才出来，从小孩出生开始，也有十五年了。

怀孕的期间，丈夫出了轨。可是不离婚，丈夫不离婚，她也不离婚，离了婚，她就活不下去了，丈夫也知道，所以轨继续出着，可是不离婚。

我是可怜你，丈夫是这么说的。

她笑了一笑，她竟然笑了一笑。

她从来没有工作过，二十一岁怀孕结婚生小孩。婚姻和生育就是工作，要是被解雇，她确实活不下去了。

今天是比萨之夜，小孩看了一眼客厅桌上的面包，说。小孩上国际学校，在家也只讲英文，她想过跟小孩说中文，几句也好，丈夫说讲英文，看电视都是英文，你跟安德鲁讲中文？你学英语的讲中文？她收了声。

要不要吃？她说，今天去到面包店，看到安德鲁最喜欢的小茴香籽面包刚出炉，就买了，要不要吃。

今天是星期五，比萨之夜。安德鲁说，叫比萨，请。

她说是的，星期五和比萨，我等会儿就叫。

一个七种起司比萨，一个辣肉肠比萨，普通尺寸，她在网站上下单，每个星期五都是这样，但是她看到了一个推广，红洋葱蘑菇比萨，她就多订了一个这样的比萨，红洋葱和蘑菇，她也不知道她为什么要点，她只接受不了比萨上面放菠萝，其他什么都可以放。

邻居家的大卫会在晚饭的时候过来找安德鲁玩，打电玩，吃比萨，比萨之夜，其实是两个七年级男生的电玩之夜。

大卫过来的时候比萨还没有到，可能是下雨，所以迟了。

门铃响的时候天都快黑了，真的迟了，她匆匆忙忙找了钱包，开门，二十块钱小费。

嘿，要给小费的吗？大卫说，我妈妈就从来不给。

她不说什么，接过了比萨盒子，同时说谢谢。她高中的时候就在咖啡店打零工，一点点小费都会让她和同事觉得幸福。她后来总会给小费，送比萨的，送寿司的，对她来说已经不要紧的几十块钱，对他们来说也许是很重要的，而且还下雨。

男孩们吃了比萨就去了房间，也没有打游戏，这个周末。

有个报告要写。安德鲁是这么说的，要找资料。

她点头，开始收拾桌子，家里没有工人，她就是工人。

蘑菇比萨都剩下了，甚至都没有被咬一口，男孩们连试都不想试。

她把比萨和果汁放进冰箱。取出一碗隔夜米饭，烧了一锅开水，给自己做了一碗泡饭。配泡饭的，只是一碟玫瑰腐乳。对她来说也够了。丈夫从来不回家吃晚饭的，她不知道他在哪儿吃晚饭。她习惯了丈夫不回家吃晚饭，她也只要一碗泡饭的自由。

她不看电视，看看书，有时候跟同学崔西通几句微信。

我只能把书放在车里。崔西是这么说的，趁塞车的时候翻几页。

她说是啊，你好忙啊。

只要找到机会我就看书。崔西说，红绿灯我都能看两行。

崔西已经离了婚。有一个白人男朋友，一早送了戒指，可是她不肯再结婚。

除非我哪天吃了药，我们就开车去拉斯维加斯结婚，崔西是这么说的。

崔西算是熬过来了。最坏的时候，两个女孩在电话里哭，她说她怀孕了只好结婚，她去不了美国了。崔西说你还是不要来美国的好，英语专业的到了美国就是没专业，直接失业。她结了婚，崔西也结了婚，崔西的ABC丈夫把崔西关在家里，真的是，关在家里，用一根锁链铐住的那种，只会发生在电影里。崔西熬了过来，建立了新的人生。崔西的人生，她想都不能够去想。离得艰难的婚，报了警，申请了限制令的那种，仍然一无所有，从头开始。但是至少崔西做出了一个决定，她还不知道她什么时候会做决定，什么样的决定。

安德鲁小学三年级，她才有空，上午九点到下午三点，这六个小时，做完了一切家事，买完了一切东西，多出来的时间，足够做一场爱。

所以她出轨的时间，比丈夫迟了十年，一个小孩从出生到小学三年级的时间，加上怀孕的那十个月。

她注册了一个一夜情网站，出了轨和想要出轨的男女那么多，超出了她的想象。

她一般两三次就换人，安全，也是厌倦。

只到他，他会说，一夜。

她停顿了一下，删除了他，他还会发那样的微信，爱你。太危险了。

他从后面抱住她。她看着窗外，蓝天白云的窗外。

她不用去想他是什么样的，很多时候她会搞混他们。每一个男人，好像也没有什么差别。没有一个男人能给她高潮，她也不用假装，他们又不养她。她也没有想过包养小男人，她知道那些女人，她有时候也去她们的牌局，她打牌始终不怎么行，又不能不去，彻底不去她就被彻底地排挤在了外面。

她在约会前做护理，给她做护理的女孩总是絮絮叨叨，她不挑剔，也不要求换人，美容院就总派给她那个说话说不停的女孩。

姐姐，我跟你说哦，我以前好漂亮哒，我的每一个男朋友都好爱我。

她说你现在也很漂亮。实际上她从来不看任何人的脸，她也不记得任何人的脸。

姐姐，我现在的老公也很爱我呢。

她说哦。

姐姐，我第一个男朋友和第二个男朋友还为了我打了一架呢。

她说哦。

姐姐，我现在的老公就是第一眼就很喜欢啊，他的条件算是最差的，可是我就要跟他。

你叫什么名字？她说。

樱桃，姐，我叫樱桃。

樱桃，你不要再擦那颗痣了，对，眼角下面那滴，小小的，那是一颗痣。

对不起，姐。

她说没关系。

做完护理，她只画一下口红，就去约会。

她要做完了再洗澡，连带着妆面都洗掉。

她看着窗外，蓝天白云的窗外。

她不动，如果她动一下，他就会硬，做一下。她没有什么期待，如果做一下，或者没有做一下，好像也没有什么分别。

她枕着他的右手，左手放在他的手心。她总喜欢朝着右边，他们说心在左边，朝右睡就不会压到心，她不知道她的心长在哪边，因为每一次心痛都在右边，她还是喜欢朝着右边。

窗外什么都没有。她在他的手心画了一个小小的圈，无意识地，他就醒了。他扳过她的脸，开始吻她。她睁着眼睛。甚至有点茫，呼吸都忘了。他又开始吻她的耳垂、脖子，又回到嘴唇。她有点喘不过气，好像太重了，又太疼了。她只好去想象他是把她当作糖，他的啜吸也甜了，但她还是糖，只是一颗糖。

他又吻了她的脸颊，吻了头发，她只好闭上眼睛。有的人很喜欢亲吻，有的人很喜欢抱抱，有的人就是做，三个小时，不停地做。都是有病的人。

他开始揉搓她的胸，她软了，变作蓓蕾。蓓蕾？樱桃？cherry？她竟然想到了美容院的那个女孩，她说她叫樱桃。姐姐只有一个男朋友太亏了吧。那个樱桃是这么说的，每个男朋友都不一样哒。他含住她，她湿了。脑子里却去想，不一样？有什么不一样的？不都一样。

他翻身把她压在身下，并不粗暴，呼吸平缓，就像是在吃一餐饭，每天都要吃的饭。手滑下去，把她托上了一点，就进入了她。抽插也是平缓的，平静到像吃饭。

他之前的他就不太克制，没有什么能够控制他，他还是一个海关官员。实际上她不太去管他们是做什么的，上了床，差不多是一样的。

他会把她的手都推过头顶，一只手按住她的手腕，身体压下来，像是吞没了她，又不着急吃掉她，他的另一只手盖住她的下面，抚摸和抚摸，她不知道他用哪个手指，也许是拇指和食指。她身下的床单都湿了。

想要？他会说，声调都没有变，甚至凝视她。

她不说话。

想要求我啊，他说。

她摇头。也不想笑，笑不出来。

他的手指进入她，应该是中指，即使是手指的速度和深度，她都有点承受不住。

她喘不过来，头发遮住了半边脸。

求你，她说，求你停。他的手指停留在探索的通道。

我不要，她又说，别再弄我了。

他进入她，狠狠地，她只能让自己更柔软一点，去承受他的撞击，一下又一下，喷射都是滚烫的。她去淋浴的时候就把他删除了。

他用网站的联系器不停地发讯息给她，她把自己设置成了不在线。三天以后他再也没有出现，他的头像也成为了永远的不在线。

她想过过关的时候会不会碰到他？这样的概率。她仍然低了头，每次过海关。如果我只是要一个高潮，我用振动棒好了。她对自己说，处理起来也方便。她低着头，凝视海关的手，他们都戴着手套，看不到真的手，戴着手套的手把她的证件推了出来。下一位，他们说。

大卫妈妈传短信给她，下周学校的旅行是去印度尼西亚的营地，你家安德鲁去不去？

她回复给她，为什么不去？学校安排的活动，怎么可以不去？

印度尼西亚那种地方，大卫妈妈说。

最好去，不管是哪里，她说，都算是上课。

好吧，大卫妈妈说，那我们家长要不要聚下？孩子们不在家三天两夜呢。

她回复过去一个笑脸。

她想的只是不用做饭，比萨也不用叫，丈夫下周也出差，丈夫经常出差，她不知道他去哪里，她的存在或者不存在，对他来说好像都没有什么差别。

她睡的工人房。工人房没有窗，终日要开灯，一张单人床，一个转身都困难的洗手间，床下面床旁边都是柜子，塞满了东西，丈夫的旧物，孩子的旧物。这样的房间，印尼的工人菲律宾的工人都是满意的，有的工人只能睡在客厅，或者跟主人的孩子睡，大卫家的工人，工人房堆满杂物，当作储物室，工人睡在厨房的地上，忙完就在厨房铺床睡觉，到了早上再把床铺卷起来收好。

安德鲁三岁前，她跟安德鲁睡，半夜要起来喂奶，三次四次，安德鲁直到三岁才睡整觉，她已经不能睡整觉，不用喂奶，仍然一晚要起床三次，去看看安德鲁睡得怎样。她不去大房间，房门是关着的。

我总是半夜醒，会吵到你。她自己说的，我去睡工人房。她的丈夫不说什么，她就去睡工人房了，她自愿的。

她宁愿睡工人房，一个可以买好包包好衣服但是睡工人房的太太。

她仍然睡得很轻。一个睡工人房的太太，时时刻刻担着心，丈夫和孩子，随时随地地召唤。

丈夫要是要什么东西，即使是凌晨三点，也会把她叫起来找的，如果找不到，就找到天亮，总会找到。

每天临睡前，她都不知道会发生什么事，这一夜会找什么东西。

比找东西更不能预料的是丈夫，有时候他还是会要她。

即使她睡着了，真的睡着了，他直接进入她。真的可以痛醒的。她捂住自己的嘴，不出声，单薄工人房，撞击的声音，特别响，她不出声，怕安德鲁听到，安德鲁当然听不到。她仍然捂住自己的嘴。

她很快湿了，身体像是会自动回应强暴，竟然还能高潮，她的丈夫能给到她高潮。愤怒，羞耻，痛哭，大笑，尖叫，麻木，合理的强暴，合法的强暴，各种强大的情绪撕裂了她，高潮迭起，她甚至去想了一下婚内强奸或者性虐待那些字眼，可是给到多重高潮的被迫性交，算不算强奸？

崔西不服从，真的被撕裂，反抗太激烈，ABC把她关在地下室。只要你服从，你就可以回到上面，继续过你的好日子。他还引诱她，你想想，你刚刚到美国时候的好日子？

崔西说你这个婊子养的。

他强暴不了她，如果她宁愿去死。

崔西没有提告他，她说崔西你有悲悯的心，崔西说拉倒吧我都后悔了，恶人永远是恶人。

她做了一个梦。她在铁丝网的里面走，脚下的路又窄又弯，一只怪兽蹲在网外，怪兽长得像豹，又不完全像豹，眼睛是绿的，舌头是红的，它的身体紧紧靠着铁丝网，长毛从网的空隙钻进来。它的眼睛定定地盯牢她，似乎在笑。她因为有了铁丝做的安全网，停止了发抖，继续往前走，她拐了个弯，来到一处空旷的地方，她发现再也没有铁丝的网做保护了，原本就没有安全的，再也没有安全了，走到最后，总要暴露身体。那只似豹非豹的怪物知道，于是它早就在安排好了的地方等待。她想哭。那只怪兽没有直接冲撞过来，它像人类一样温柔地靠近了她，伸出猩红的舌头舔她，舌头很温暖、柔软，没有任何恶意。它缓慢地，温柔地，咬下了她的胳膊，安静地咀嚼，咽了下去，然后是腿，再是其他，她看着它，却感觉不到丝毫疼痛，一点也不痛，只是悲伤，悲伤的眼泪落在怪兽裹满厚厚长毛的身体上。怪兽抬头看了她一眼，温和地一笑，和着她的眼泪又吃下了她的另一只胳膊。像是世界上最幸福的事情。

她醒了以后去接了水，吃避孕药。她的丈夫绝不用套，她要吃药，她不想生第二胎，她的丈夫也不想，没有人想。

她站在客厅，药卡在喉咙，她又喝了一口水。她的丈夫从房间走出来，去上班，她来不及退回厨房，只好站在原处，不动。她的丈夫没有看她一眼，径直走向大门，顺手，关了灯。门关上了，她站在瞬间的黑暗里。

第一个晚上，安德鲁在印度尼西亚的晚上，她看了一夜书，客厅的沙发，也比工人房的单人床舒服得多，只要丈夫出差，她都会蜷曲在沙发上，直到睡着。客厅也比工人房暖和，睡在工人房，从头到脚都是冰冷的，不是睡到半夜冷醒了想去死的那种冰冷，是睡到半夜冷醒了于是确定自己已经死了的那种冰冷。

她蜷曲在沙发上，甚至给自己倒了一杯红酒，她倒是很少喝酒，也不吃什么东西，如果安德鲁晚上去同学家，或者因为有活动在学校吃了饭，她也不吃饭了，她的午饭往往是三块亚麻籽饼干，也是晚饭。

他是唯一一个问过她有没有吃饭的男人。

爱你两个字是用新增联系人的方法发过来的，她删除了他，他仍然可以发来信息，即使她没有让他通过验证。

每一个傍晚，他持续地发来一个新增朋友要求，自我介绍里持续的只有两个字，爱你。

一口酒，她通过了他的验证。

一夜，她说，明天晚上，你要的过夜。

为什么一定要坚持过个夜？她当然不会去问他。

没有办法给到婚姻，长长久久。他自己说的，一夜也好，当是夫妻了一场。

她笑不出来，一夜情也可以当一出戏演的，他肯定也是经历了很多女人，都要演这么一场？

做护理的一个半小时，樱桃把她的故事来回说了好多遍。

她躺着，脸上敷着膜。

第一个男朋友好帅好爱我啊，什么都给我买，可是我厌烦了啊，我就找了第二个男朋友，也长得很帅的，第一个男朋友就半夜打电话给我妈妈哭哦，可是我真的不爱他了嘛，他都把我的人生安排好了，他自己是在华侨城做事，要我也去念个书，以后安排到公司，可是我后来不爱他了嘛，后来我也不爱我的第二个男朋友了，我就找了第三个男朋友，他也好帅哒。第二个男朋友和第三个男朋友还是互相认识的，我有点不知道怎么选择啊，我就干脆，两个都不要了。我就遇到了现在的这个老公，我就知道是他，我就知道我要嫁给他，他不是条件最好的，但我就是要他，他也最爱我啊，他把我放在第一位，女儿都放在我后面，然后再是他妈。

你有女儿？她忍不住问。

有啊。樱桃说，两个，大的都上小学了呢，但是我老公还是最爱我。情人节非要带我去买衣服，我说我要给女儿们买，他都不高兴了呢，我都说我不缺衣服了。

结婚七年了？

八年了姐姐，我老公还是好爱我，他挣的钱全交给我，自己一分钱都不留。

你为什么还要工作？她问。

我工作挣的钱就是我自己的啊。樱桃说，姐姐啊女人就要给自己存点钱，老公爱不爱都要给自己存点钱，常识来的。

她说哦。

她想起来给她做指甲的女孩，最多也只有二十岁，一边做一边跟她旁边的同事说，轰轰烈烈的爱情只会在年轻的时候发生一次。她看了她一眼，真的好年轻，可能二十岁都没有。谈恋爱就是发神经病。二十岁不到又说，全部的爱情都是发花痴。

小妹妹，她忍不住说，指甲油涂出来了。

对不起，姐。二十岁不到赶紧说，对不起。

没关系，她说。

在柜台签完字，等着电梯，她又折了回去，跟店长说，以后不要再派樱桃给我了，请。店长说王太不好意思啊，我也知道樱桃太多话了。她说你知道你还派给我？我在你手里买了这么多套票，她直接地说。店长的脸白了，对不起王太太，是这样的，我也教过她，真是教了多少遍了，客人也都投诉她，不要她做，真是没办法啊，单亲妈妈，很苦的。店长看着她的脸色，王太太你最善心了，从来也没有投诉过，你要是也投诉，店里就真的要辞退她了，她也不好找工作，申请了七年公屋都没申请到，算是我代她求个情吧。

她看着店长，没有什么表情。

可怜的，她以前的那个老公天天打她，店长又说一句。

她说算了，当我没提过。

进了电梯，崔西的微信发过来，我结婚了！然后是一张照片，她挽着比她高了两个头的白人男朋友，小教堂的前面，崔西只穿了一件小礼服，平底凉鞋，头上一个小小的鲜花花环。

她删掉你吃了药了？这几个字，只发出一个词，祝贺。

做完，她很快睡着了，皇后尺寸的大床，她蜷缩在最边，一个角落，也是习惯了的。他揽她过来抱在怀里，她横竖不自在，挣脱了他，又睡到最边去了，他揽了她第二遍，就把她弄醒了。只好再做一次。到第三次的时候她已经神志不清，他是爱她还是爱做她，她也分辨不出来，她的身体也不是她的了，随便了，她想的只是，就让我睡吧。

半夜三点，她醒了，同床的这个男人，她不认识，她贴近了看他的脸，还是不认识。这个睡着了的男人，睡在床的另一边，最边，保持了一个笔直的姿势，像一条咸鱼。她知道他有太太，可是这个熟睡的姿势，也像是一个人睡惯了的。

她从来不看韩剧，像她认识的那些太太们一样，她们活在韩剧里，相爱的男女，抱在一起。她跟着笑，心里想的全是，傻。

她想起来第三次做完，他应该是搂她在怀里的，两个人都睡着以后，自动地分开了，他去一边，她去另一边，中间一道巨大的空隙。这样地过夜。

她起了床，去淋浴，水冲刷掉一切，一切都没有发生。浴巾包住自己，站在镜前，崔西的电话来了。她的血涌上头，她这边的半夜，而且是国际电话，发抖的手按下通话键，崔西哭的声音，他打了我。她说报警。崔西哭得不能停，一切回到那一年，两个女孩在电话里哭。最坏的时候？她只觉得现在才是最坏的时候，跟现在比起来，二十一岁真算是美好的了，她的怀孕崔西的被铁链锁住，也好过现在。生无可恋。生不如死。

崔西，她说，你离开他，现在。只要有第一次，就有第二次，你知道的，你比我还知道。

我要回国，崔西说。

回，她说。

回国干吗？崔西说，你看看我，我还回得去吗。

她沉默。她知道她回不去了，她也回不去，她们都回不去了。

可是为什么？她说，新婚，他打你。

我太累了，我就想休息一下，崔西说，他非要做。

他强奸我。我咬了他。他打了我。崔西说。

她的眼泪涌出来。她从来没有为她自己流过一滴眼泪，可是她的眼泪涌出来。

突然想起来那只蘑菇比萨，扔了可惜，她只吃饼干当午饭的，仍然把比萨热了一下吃，只咬一口就全吐出来，蘑菇比萨坏了，只过了一夜，蘑菇就有了毒，只能扔掉。

抽烟的时候买一颗药

1

他突然就不回我微信了。崔西说，怎么哀求他他都不回，半个字都没有。

你疼吗？我说。

疼。崔西说，额头上起了一根青筋，抻着疼。

抻它干吗，我说。

不抻也疼，崔西说。

我说你们上床了？

他照样在朋友圈晒他的日常幸福，大幸福小幸福，崔西说。

我说你们上床了。

想不通啊，崔西说，他怎么没事了似的。

他是没事了啊，我说，你还有事？

太疼了，崔西说。

那要有个过程就不疼了？我说，他先是微你少了，然后是不微你了，最后才是不回你微了，就不疼了？

你的他就给了你一个过程？崔西说。

我沉默。

你不疼？

我保持沉默。

你疼吗？

我说要不要去吃湘菜？

哪儿？崔西说，哪儿有湘菜吃。

黄埔啊，我说。

黄埔在哪儿？崔西说。

就是红磡，我说，一个地方。

那你为什么不说是红磡要说黄埔？

我说我也不知道我是为什么。

乡村爱情都是套路，崔西说。

也不要这么说好吧，我说，乡村就没有爱情？

乡村有爱情吗？崔西说。

要不要去红磡吃湘菜？我说。

2

我在黄埔站迷了路。这是一个新站，我老是想着要来打个卡，然后我就卡在这儿了。四个出口，我把每一个都出了一下，最后我从A出口出来，大太阳下走了一圈，又回到了D出口。我站在D出口，给崔西打电话。崔西是早就到了，餐馆倒是我找的。

往前走。崔西是这么说的，一直一直往前。

我往前走，往前走，撞到一面墙，左右都没有路。突然想到金牛星座，撞到南墙都不会停下来，他会一直撞，一直撞，撞到墙倒。

我就站在大街上大笑起来。

我又走了十五分钟，太阳下面，重复的路和重复的路，才找到湘菜馆。透过玻璃窗我看到崔西已经把菜都点好了，但她撑着头，很疼的样子，肯定是菜上得太快了，人还没到，菜先到了。

我又绕了半圈，找到餐馆的门，凹过去的一个门，装饰了假的绿植，还有一块小黑板。这个门放在哪儿都不奇怪，只是放在香港，这可真是太奇怪了。

我进了门，朝崔西走去，她坐在最里的卡位，撑住头的手都没有放下来。餐馆的服务员完全没有搭理我，我就瞬间落入了中国内地，这个餐馆，和这个餐馆里的一切。

他突然就不回我微信了，怎么哀求他他都不回，半个字都没有。崔西说，普通朋友也不至于这样吧。

我看了一眼桌子，豆干炒辣椒，不知道什么肉炒辣椒，辣椒炒辣椒。

我坐了下来，说，可以要个不是炒辣椒的菜吗？

剁辣椒？崔西说。

所以就是上上个月，你说你要去爬山那一次？我说。

不知道你在说什么，崔西说。

过了四十岁就不能上床了你不知道吗？我说，一上就死。

崔西说你们上床了？

加单！我伸手，剁椒辣椒！

服务员站在柜台后面，不高兴地看了我和崔西一眼，动都不动，于是我怀疑我的单并没有加上去。

我开始吃炒辣椒，一点儿也不辣。我把它翻了个个儿，看不出来品种，反正是不辣的那种。

乡村黑魔法，崔西说。

我说你就是跟乡村杠上了是吧。

崔西说你的他就不是乡下的？

我说是啊，不是乡下的吸引不了我们啊。

他们都是那么长大的，我又补了一句。

我从小穿的裙子都是从香港寄去上海的，崔西说。

我觉得我得说我的裙子都是从巴黎寄过来的才能压过她。我只好说，就是，我们就是这样的。

他们是怎么长大的？

他们在田里干活，我说。

那为什么我们要爱上他们？崔西说。

因为他们不一样，我说。

我们身边全是和我们一样的人，崔西说。

所以我们不爱和我们一样的人，我说，我们讨厌我们。

还不如爱和我们一样的人，崔西说，总还有一条底线。

什么线？我说，谁都没有线。

你疼吗？

不疼，我说，我吃了药。

那你还要点主食吗？崔西说，米饭还是面条。

我说随便。

你这一生都是随便的吗？崔西说。

我只好说米饭。

加单！崔西伸手，两碗米饭！

服务员站在柜台后面，不高兴地看了我和崔西一眼，动都不动，于是我肯定我们的单都没有加得上去。

出门的时候我发现小黑板上写了什么，可是我看不懂，我把脸凑近了小黑板，仍然一个字都不认得。

我们为什么要来吃湘菜呢？崔西说。

3

我头疼了一夜，都起了撞墙而死的心。

早上收到崔西的微信，她拍了一张她和病床，白床单。

你自杀了？我说。

是啊，崔西说，吃药了。

我说什么药。

所有瓶子里的药，崔西说。

我沉默，多说一句都可能让她把所有的药重新再吃一遍。

要不是有的药片太大让我呕了一点，崔西说，就真的不用再活过来了。

我保持沉默。

他们偏要救我，崔西说。

你想不通之前先想想我好吗？我说，你要飞了我怎么办，我也去飞啊。

这不回来了，崔西说。

那是我们都在用力好不好，我说，所以我昨夜头疼到死，原来是你在吃药。

医院居然派人看着我，崔西说。说完拍了一张那个看守的背发给我。

你再想要吃点什么给我打个电话先啊，我小心地说。

打电话问你吃哪个药好？

这个我们再商议，我说。

嗯，崔西说，就是说一声，我还活着。

保证不死了，她又强调了一句。

做人要有信用，我说。

拉钩。

拉钩。

可是我想逃走，崔西说，可是有人看着。

逃到哪儿去？我说，逃回家啊？回家还得做饭。

也是，崔西说，想想真的不再兴奋什么了。

兴奋什么？

活着。

谁活着兴奋啊，我说，活着是长跑，呼吸慢一点。

好吧，崔西说，我练练。

4

头疼持续了四天三夜，直到崔西放出来。

约在一家韩国店，著名的把饭和鸡放在一起炒的店，不排队都吃不到炒鸡炒饭。

我在韩国店前面的满记停了一下，外卖了一份榴梿班戟。我也不知道我为什么要买榴梿。

等待外卖的同时，我要了一杯冰咖啡。

外卖到了十五分钟，我的冰咖啡还没有到。我只好觉得让崔西一个人排一下队也好。

又一个十五分钟，冰咖啡来了，冻成一颗一颗，叠在杯子里。服务员放下就走了，我在想要不要等待冰块融化，或者就直接把热牛奶浇下去？为了喝到咖啡，我还得喝到牛奶？他们为什么不直接给你咖啡呢？即使你要的就是咖啡，他们不倦地追问，要加水吗？要吗不要吗？你确定吗你真的确定吗？

非常巨大的一口锅，除了鸡炒米饭还有年糕。崔西坐在锅的后面，脸比锅还小，昏黄灯光，看不出来她的脸色。

我坐了下来，说，米饭和年糕？

也可以要面条，崔西说，如果要了面条就只有面条，没有年糕和米饭。

所以米饭和年糕是一起的，我说。

一起的，崔西说，都是米。

米和面不是在一起的，我说，要这么想，你就好了。

我就喜欢面，崔西说。

可是你从小是吃米的，我说，我们都是这么长大的。

所以我喜欢面，崔西说。

他们当米是甜点，我说，面才是他们的主食。

我愿意，崔西说，我又没有问他要过婚约，就是这样，他都害怕。

不是害怕，我说，是省事。

乡村爱情都是套路，崔西又说。

又来了，我说。

你想想看，他们真的是从一无所有，奋斗到今天，位置有多高，心就有多狠。

什么狠？我说，人人都是狠的。

我们不需要狠，崔西说，我们就失去了狠的能力。

我们生出来的时候就多抓着一把金子吗？我说，我们的金子也用得差不多了吧。

我们也没有奋斗的能力，崔西说，我们没有了金子，也没有能力，只好去死。

你能不去精神病院吗？我说。我是这么说的，从医院直接送去精神病院，这是限制人身自由，人应该有死的自由。

当然我不希望人主动去死，我补了一句。

不行啊，崔西说，自杀的人都要进去几天才能出来。

里面怎么样？我说。

里面还有人吃感冒药自杀的，崔西说。

有用吗？

没有。

那干吗还要吃？我说。

就是，崔西说，你吃的什么药？

我沉默。

你吃了多少？

一颗，我说。

有用吗？

没有。

那干吗还要吃？崔西说。

我说我不知道。

过了四十还要吃吗？崔西说。

不要，我说。

那干吗还要吃？崔西说。

可能还是会有一个可能吧，我说。

那你想要吗？崔西说。

我说我不知道。

你再不生小孩就生不出来了，崔西说，你还吃药。

你就生得出来？我说。

他不要跟我啊，崔西说，他有老婆小孩的，怎么还会要跟我。

你跟别人不行吗？我说。

已经来不及了，崔西说，我已经生不出来了。

那你就要吃药吗？我说。

崔西给我看她的手机，我以为我会看到她的那个男人，可是不是，是一个超市的天花板，飘着一只气球，鲸鱼，粉紫。

刚才拍的，崔西说，医生开给我抑郁的药吃到起幻觉。

真的是一只气球，我说，不是幻觉。

很多不同的药，崔西说，我不吃。接下来我还得定期去看心理医生。

保险公司包吗？我说，我的保险公司不包，我只好自己治自己。

我的包一点，崔西说，我以后好好做一个机器人。

两个机器人，我说。

我也不吃药了，崔西说，什么药也不吃了。

别说出去，我说，我最严重的时候是吃了一块抹布。

好吃吗？

没知觉了，我说，但我知道我的这个行为已经是到我的极限了。

那你下次吃点干净的，崔西说。

手里有什么吃什么了，我说，当时手里要有个榴梿我也吃了。

杀了我吧，崔西说，榴梿。

我把外卖往她的方向推了一推。

试试看，我说，如果你能吃得下去，你也就能活得下去。

那天醒来我只是大哭，干吗要救我？干吗要救我？！崔西说，护士就去叫了医生，医生就去叫了一个精神病医生。

不要回望。我说，再多一遍回忆，记忆会深化。跳过。

药片下去我就笑了。崔西说，想想一点也不伤心。奇怪吗？

那就当是被引诱的吧，我说。

就是被引诱，崔西说，黑魔法。

我叹了口气。乡村也有爱情，我说。

乡村有爱情吗？崔西说。

5

买单的时候我发现他们也收我九十分钟的钱，我就对收账单的人说，你们店长呢？

他说我就是店长。

我说你是知道我几时来的是吧。

是的，店长说，我领的位。

我的朋友九十分钟，我说，我比她迟三十五分钟，为什么我们的钱是一样的。

店长说可是你们是一起的。

我说可是我们不是一起来的。

店长说我不管你们是不是一起来，我也不管你们是不是一起走，我只管你们这张桌子开始有人的准确的时间。

差多少钱？崔西说，九十分钟和六十分钟。

一百块，我说。

给他算了，崔西说，你差钱吗？

我差钱，我说，不是刚说过我们的金子都用完了吗。

这是钱的问题吗？崔西说，你这不是在撞南墙吗？墙不倒你就一直撞？

我给店长看我的手表。

我待了十分钟对不对，我说。

我不管你待了几分钟，店长说，我们只有九十分钟和六十分钟两种。

加上我跟你说话的这一分钟半。我说，加上我的朋友多待的三十五分钟，我们一共待了四十六分钟半对不对？你为什么收我们两个人都是九十分钟的钱。

你的朋友坐下来的时候我给她选了，九十分钟还是六十分钟，她选了九十分钟，店长说，选好了就不能改。

可是我们不想待了！崔西站了起来，生气地说。

你待到九十分钟好了，店长说，我又不会赶你。

我们也没有吃东西，崔西说，我们什么都没吃。

你们吃好了，店长说，我又没让你们不吃。

6

回到家，我刷了一下微信，他当然没有给我微信，但是他在朋友圈说他咳嗽了。咳嗽真是太痛苦了，他是这么说的。这当然不算是晒幸福。

于是我马上下楼去买了咳嗽药，然后约了一个代购在地铁站。

一定要今天寄出吗？代购说。

一定，我说。

下大雨哎，代购说，我今天要住在香港。

那我只好自己过关去寄了，我说。

这个件很重要吗？代购说，晚收到一天都不行？

晚一天他就会多痛苦一天，我说。我当然没有说出来。

我直接上了地铁，去口岸，只带着那盒咳嗽药。

出了关我才意识到没有带人民币，我几乎要返回去拿钱，心都沉到底。又突然想到可以微信付快递费，才把心又提了上去。忽上忽下，心还真的疼了。

下大雨，简直是倾盆大雨，所有的水都郁结在街面上，排不下去。我等了一会儿，实际上我完全没有等，我就进入了大雨中间。顺丰店在海关大楼的对面，我还得穿过一个露天天桥。

如果我是一个机器人，我就是自动开启了自毁程序。抹布肯定不是我的极限。

必须要把寄件人的名字写上，快递说，不写不能寄。

什么时候的规定？我说。

一直是这样的，快递说，每个人都要。

于是我写了一个A。

身份证拿出来对一下，快递说，你叫A吗？

水滴不断地从我的头顶一直滚到脚跟。我一直不相信动画片里能够画出一圈水渍，可是真的是一圈水渍。抹布绝对不是一个极限。

身份证上什么名字，寄件人就得写什么名字，快递说。

我不是不愿意写我的名字，我说，我是真的觉得我不配写我的名字。我当然没有说出来。我默默地写了一遍自己的名字，每一个字都有点不认识。

我可以等到雨停，既然药也寄了，可是我也没有等，我回到了海关大楼，过了关，一个小时火车，回家。雨更大了，好像就没有停过。然后我发烧了。

四天三夜，我当然又没有等到一个微信。高温状况下我数了又数，一，二，三，四。

一个月前，快要过闸口，他给了我一颗药。我回到家才想起那颗药，他的微信也跟来了。

乖，把药吃了。

怎么会有药？

我刚才出去抽烟的时候买的。

你怎么知道这个药？

我当然知道。

你不止我一个女人？

我当然只有你一个女人。

那你怎么知道这个药。

我当然知道。

你肯定还有别的女人。

我没有别的女人。

那你怎么懂得买药？

天，别折腾了好吗。

我怎么折腾了我吃药我还折腾？

乖，把药吃了。

我把那颗药吃了，然后他再也没有出现。我跟他的对话记录就停留在那一天。

我总算把药还给他了。我想的是，就不那么疼了。

华特餐厅

我在预约的时间到达华特餐厅，一分不差。

七点四十五分，周小姐，两位，我对站在门口的接待员说。穿荷叶边围裙的接待员在预约名单里找了起来。我望了一眼餐厅里面，很多空位。

七点四十五分周小姐两位，她重复了一遍。

是的，我说。

请在外面等一会儿，她说。

我看着她。

准备好了会叫你的，她又说。

我又望了一眼餐厅里面，空荡荡桌椅，似乎没什么要准备的。

但我还是点了点头，站到了一个远处。因为餐厅的外面是一个升降电梯，一条长廊，不站远一点，好像也没有地方可以站。

这是一个高级餐厅，我又跟自己重复了一遍。为了请刘芸，我挑选的是我能够达到的最高级的餐厅。

柔和的米白色墙身配上深木色装潢、闪亮的黄铜装饰和华丽的古典吊灯，典雅大方，最适合大宴亲朋，一起舒适写意地享受开胃小菜和亲切周到的服务，更可以透过玻璃窗欣赏园林景致，眺望海上的动人景色。

这个餐厅在网上的介绍就是这样的。

精心烹调的西冷牛扒配鲜菜、慢煮牛仔柳蛋扁意粉、诱人的扒波士顿龙虾……在昔日维多利亚时代浪漫气氛中细尝滋味菜肴并向传奇人物华特先生致敬。

我真是迫不及待地想要跟刘芸一起分享这个时光。我都能够想象得出来，她坐在我的对面，心花怒放的样子。

七点五十五分，荷叶边接待示意我可以进去了。

我赶紧入了座，闪亮的黄铜装饰，华丽的古典吊灯，一切都很对。

我给刘芸的时间是八点整，我的提早，示意了我的重视。而且我要请的是龙虾。

我想吃蛇、青蛙和龙虾，刘芸是这么说的。回国的前一天，她把这一句发在了她的朋友圈。

我说我请龙虾。蛇和青蛙我也不知道哪里有。

除了我，没有一个同学回应她。我起先以为真是没有同学回应她，后来才想得起来，是我自己没有任何一个同学的微信。他们回不回应她，请不请她吃龙虾、蛇或者青蛙，我是真的不知道。

我也好久不去同学会了。上一次已经是十年之前，这十年之间，同学们开不开会，探不探老师，我也不知道，我假设他们一直在开会也一直在探老师，我不在，因为我肯定是一个阿珠或者阿花。电影《阿珠阿花的同学会》，没有工作也没有丈夫的阿珠和阿花，每天晃来晃去，为了去同学会，她们穿上了职业套装。编剧为什么要编这个剧，我是这么想的，所有的编剧都曾经是个废柴，受尽校园欺凌，所以他们才能够成为编剧，或者成为作家。

十年之前的那个同学会，我也穿了个职业的黑西装。

八点零五分了，刘芸还没有到。

我把菜单看了三遍。每一道菜都在四百元以上，但是这是一个套餐，有头盘，沙拉或汤，一个主菜，配菜和酱汁都有六个选择，而且，多加四十八元就可以得到一份甜品，Supplement $48 to Enjoy Dessert。

我给自己要了一份最便宜的是日海鲜，羊排的价格一样，但是海鲜肯定看起来更高级一点。刘芸，当然，我给她要的是龙虾，菜单上最贵的那一个，波士顿的龙虾，五百元。

田园沙拉或者龙虾汤，不是奶油汤不是红菜汤，是龙虾汤，我注意到了这一点，我毫不犹豫地给自己要了汤，海鲜配龙虾汤，太高级了。

我也要了甜品，一个香草冰淇淋，给刘芸的，只要加四十八元。

汤马上来了，南瓜色的汤面，一道高贵的白奶油花纹，是一碗真正的龙虾汤。可是我想的是刘芸不能再要龙虾汤了，她已经有了一个龙虾主菜，她得用田园沙拉去配那个龙虾，要不然就太土了。

可是刘芸还没有到，我得请服务员推迟刘芸的菜。我的手足足举了三分钟，服务员送来了头盘，我顺便提出了我的这一个要求。

雅致的维多利亚风格。望着服务员的背，我又想了一遍这个网上的句子，然后我用英文念出了这个词，Victorian，我的脑子里浮现出了更多的三个字，蕾丝边，蛋糕裙，泡泡袖。

我应该穿得好一点的，可是我没有，我想过穿一套职业女装，好像一放工就赶来餐厅的样子，可是没有，我穿了一件大衬衫，可以盖住肚子上的肉的那种，但我拎了我最好的包包，十年来这个包包都没有走样。

八点十五分了，刘芸还没有到。旁桌的客人落座了，一对年轻夫妇带着一个儿童。他们要的也是龙虾，还有牛扒，他们甚至给小孩也要了一份牛扒，还是肉眼扒。

我突然担心刘芸的龙虾，我又举起了我的手，我想的是请服务员暂停煮她的龙虾。

服务员一直没有来，我只好放下了手，我专注在我的头盘，一碟淡牛油和一个，面包？我把它转了个个儿，肯定了它是一个面包，只不过是做成了Muffin的形状。

面包的滋味，不可思议。

主菜也不可思议地来了，一块正方形，白色，我猜不出来它是什么鱼，我甚至猜不出来它是海里的鱼还是湖里的鱼。配菜是芦笋，我也有十年没有吃到芦笋了，我记忆里的芦笋还是绿油油很粗壮的样子，与面前的三根有很大的出入。但我也是绝对不会要炸薯条或者焗薯做配菜的，太粗鲁了，只可以去配牛排，同样粗鲁的红酒汁或者黑椒汁，又蛮荒又西部的时代，如同今天的土豪。我对自己说是因为季节，因为在香港，这就是芦笋现在的样子。

旁桌的客人正在试酒，然后他们果断地要了一瓶红酒，一整瓶。我想也许我也应该看一眼酒单，如果只是一杯气泡酒，只要一杯，为刘芸，也还在我的预算内的。我只是想想的。

刘芸的电话来了，她说她现在在餐厅外面，但是找不到餐厅的门，我马上从膝盖上拿下了餐巾，站了起来。

然后我把包包和一切留在座位上，走出去找刘芸。

我们在餐厅的大门口拥抱了一下，我感觉到刘芸的肚子很硬，而且她也跟我一样，穿了一件棉质衬衫，衬衫的下摆遮住了我们的肚子。

回到座位，一位荷叶边服务员正站在我们的桌子旁边，古典吊灯下看不太分明她的表情。可以上菜了。我趁机说，可以上菜了，谢谢。

刘芸完全没有碰她的头盘，那个Muffin，或者面包？于是她的那朵牛油花也没有坏掉。

好累啊！这是刘芸落座后的第一句话。然后她喝了一口水。

这才叫水，这是刘芸的第二句话。她是这么说的，这些天我就没有喝过一口好水。

我看了一眼水杯，我喝不出来水的好坏，餐厅们都往水里放柠檬，所有的水就都一样了。

这水，好吗？我情不自禁地说。

好啊，刘芸说，回国这几天，我连一杯好水都没喝上。

我突然想到我们可以不用叫酒了，我们甚至不用叫咖啡或茶，我们就喝这个水好了，水是免费的。我就把已经到舌尖的那一句“香港的水也是内地过来的”生生咽了下去。

这是什么？刘芸指了指我的鱼的旁边，一个红色的包包。

不知道啊，我说，就是个装饰吧。然后我把那个红包包切开了，果然是个装饰，我甚至看不出来它的材质，番茄？或者就是一件染红了的豆腐皮包包？我不知道。

刘芸的主菜恰如其分来了，一份，波士顿龙虾。配菜当然也是芦笋，尺寸和件数都是一致的，一个批次。

刘芸拿出手机拍那个龙虾。我看着她。

谢谢你啊，刘芸说。一边转动盘子，又拍了几张。我看着她。

你有吃到青蛙和蛇吗？我问。

没，刘芸干脆地说。

为什么？我说。

她不说话，继续地拍那个龙虾。

以前住波士顿的时候龙虾是最便宜的。我说，中国馆子各种做啊葱姜炒啊蛋黄焗啊避风塘啊还有四川水煮的……

你来香港有十年了吧，刘芸说。

十年了，我说。我把那一句“龙虾出了波士顿就要五百呢”生生咽了回去。

刘芸开始切那个龙虾，揪出一团白肉，并不比我的鱼大多少。然后她叉了一根芦笋。

我也觉得配菜里有个炒杂菌挺奇怪的。我说，那不就是brunch了嘛，还培根煎蛋配吐司呢。我假笑了一声。

刘芸默不作声地叉了第二根芦笋。说实在的，那些芦笋真的比她还瘦。

我注意到旁桌真是用炸薯条配牛扒！而且真的是那种细条儿的薯条，而且他们的红酒也真的喝掉了半瓶。

实际上我想的是我干吗不要牛扒呢，我不要那种跟龙虾同价的肉眼扒我要个最平的牛肩扒啊，八安士呢，只比精选海鲜多二十块钱，至少我能吃饱啊，我真是为了我的虚荣付出了代价。

我可以再看一眼菜单吗？刘芸说，再叫个主食吧。她是这么说的，没吃饱。

我的手又举了三分钟，然后，我也不知道我是怎么想的，我自己去餐厅门口拿了一份餐单回来。旁桌喝着红酒锯着牛扒的夫妇还有儿童肯定看我了，我也不是要生气，我对服务员不生气，我对餐厅不生气，我当然也不是要对刘芸生气，刘芸是我这一生最重要的朋友，不仅仅是同学，她也是我唯一的朋友，就好像阿珠与阿花、阿花与阿珠一样。

刘芸要了一份大虾带子龙虾汁Spaghetti，两百块，只是一堆Spaghetti，也许Spaghetti上面放一只虾和一个带子，龙虾汁，她可真是喜欢龙虾。

旁桌也要了一份，还要多了一份炸，薯，条！

现在的人为什么这么有钱呢？他们还这么年轻。我不知道。

Spaghetti剩下了，龙虾汁浸过的Spaghetti，一团，剩下了。我看着那团古怪颜色的意大利面被收走。

没吃完，刘芸抱歉地说，龙虾汁的面吃起来真的怪怪的。

是啊是啊，我连声附和，肯定不好吃。

没有人请你吃蛇和青蛙吗？我又追问了一句。

没有，刘芸干脆地答，反正我也不是真的想吃。

那你为什么要在朋友圈说呢？我说，我还以为这是你最大的愿望。

这是我最大的愿望，刘芸说。

我老公都没有请我吃过龙虾，一次都没有。刘芸平静地说，我的好朋友请我吃了。

我都不知道我为什么要羞愧地低下头。

不就是一只龙虾？我也不知道我为什么要有点结巴，在波波波士顿很很很便宜的。

刘芸笑了一笑。

你这次回去见到哪个同学了吗？我问。

没，刘芸答。

那你这次回去去看老师了吗？我问。

没，刘芸答。

有十年了吧。我说，我后来也再没有去过，同学聚会，还有老师家。

刘芸笑了一笑。

就好像阿珠与阿花。十年之前跟着同学们去老师的家，老师堆满书的书桌玻璃板下面压着很多张金色名片。做到银行的行长了呢，做到主任医师了呢，公司上市了呢，找的丈夫都是博士呢……老师眼眶湿润，为你们每一个人的努力感到骄傲。

没有工作的阿花冲着没有丈夫的阿珠使了个眼色，阿珠笑了一笑。

我没有时间。刘芸说，我没有去老师家的时间，我更没有去同学会的时间，我只是回去看一下爸妈，我只有这个时间。

时间这种东西。我说，挤一挤总是有的。

我把自己一分为二。刘芸说，一半给小孩，一半给爸妈，一半给孩子的又再分一半，四分之一给老大，四分之一给老二，分来分去，不想让孩子们说我不公平。

你都没有分一点给你老公，我说。

如果他能多分一点自己给小孩，刘芸说，我就不会分得这么累。

我倒是想分一点给你啊。我说，可是我也早被分掉了，我都没分给自己。

刘芸笑了一笑，你请我吃龙虾啊。

这是必须的。我说，又不是天天吃，难得吃一次。又是你第一次来香港转机。

孩子大一点了，我要开始找工作。刘芸说，希望多赚点钱，让父母晚年安心欣慰。

对啊对啊。我说，生小孩带小孩生第二个小孩带第二个小孩也有十年了吧，是应该出来工作了。早就应该这么想了。

可是我没有时间了。刘芸说，查出来肿瘤，肠胃上面的，不是很好。

还有甜品呢。我说，冰淇淋，香草的。我也不知道我为什么要这么说。

回去进一步检查，该手术手术，该怎么治怎么治，刘芸说，入院前见一下父母，所以突然回来。

“转身就是永别”，我想起来这一句，刘芸发在朋友圈的，发完“我想吃蛇、青蛙和龙虾”这一句以后她又发了这么一句，我理解为她是感叹父母们的年老多病，转身离别。我的方向有点错了。我们也四十岁了，我们自己的离别，好像也开始了。

我的手举到第几个三分钟，我不记得了。跟生老病死比起来，迟迟不来的甜品也不算什么。

不要了，刘芸说，不吃了，我真的不能吃，每一口都痛。

要！我坚持，要吃！说实在的，她是胃痛，我是心痛。心会不会痛？如果一餐饭吃掉一千五百块，维多利亚式香港服务又是这个样子，谁的心都会痛的。

冰淇淋上桌的时候已经有点融化了。刘芸没有吃，我也没有吃，也不知道我为什么要跟一份冰淇淋赌气，又不是免费的，都是钱。

旁桌也要了冰淇淋，而且是三份，他们的酒都没喝完。我真的有点恨我自己了，我老是去管别人，为什么啊，我自己都顾不上自己。

我们都被时间打败了，站在华特餐厅的门口，刘芸对我说。

我正在等餐厅打单给我，实际上我也不知道我为什么要他们的单，我又没有地方可以报销。

也没有什么永远。我接过餐厅急急忙忙打印出来的单，说，都是一个瞬间。

刘芸笑了一笑。

坐在深夜的巴士上，我突然想起来，还有一份沙拉没上！田园沙拉，如果单点，那份沙拉要八十块呢。我在要不要回去问他们要那份沙拉的问题上来回想了好几遍，还是放弃了。我的心真的痛了。

九龙公园游泳池下面

1

水瓶座太害人了，珍妮花是这么说的。

是的，我说，既然水瓶，翻脸无情。

好难过啊，哭了好久，珍妮花说。

珍爱生命，远离水瓶，我说，尤其男瓶，贱男中的贱男。

他还说带我去见他的父母呢，珍妮花说，骗我的吧。

可能他是真的想带你见他爸妈。我说，可是水瓶满嘴跑火车，跑到哪儿连他自己都不认得了。

我为什么要哭呢？珍妮花说。

你慢了一拍呗，我说，你要先甩他就好了。

水瓶男能做朋友吗？珍妮花说。

不能，我说。

昨晚已经说做回朋友了，珍妮花说。

扯，我硬着心肠说，水瓶没朋友。

他第一次牵我手的时候都紧张到发抖呢，珍妮花说，演都演不出来。

戏精，我说。

他说我是最特别的女人。

你信不信我对每一个男人都说你是最特别的男人，我说，我真是豁出去了。

信，电话那头传来珍妮花幽幽的声音，我想见你。

好，我说，我再补充一句，水瓶说个我爱你就跟说吃了吗一样，对他们来讲这三个字都没差。

大爱，珍妮花说。

我想骂人来着，但我忍住了。

2

九龙公园我来得也不多，最多一次二次三次，但是我还是熟门熟路地找到了游泳池，我在游泳池外面的铁丝网旁边站了一会儿，上面贴着禁止拍摄。

上一次来的时候我可完全没有注意到这块牌子，我在想为什么禁止拍摄。整个九龙公园只有这个游泳池不可以拍？因为那首《我的小飞机场》的歌吗？

我喜欢九龙公园游泳池
那个戏水池有个瀑布位置
瀑布下站着能忘记烦恼事
每个星期我都会去一次

或者全香港的游泳池都不可以拍？不仅仅是九龙公园的游泳池？我这么想来想去，头都想痛了。

我把位置发给了珍妮花，她说她已到尖沙咀站。

我离开了游泳池，来到百鸟苑，一圈座椅，我坐了下来，打开小熊饼干。

难得来一次尖沙咀，我必须买一盒小熊饼干。如果全淘宝都在抢这种饼干，那么只要我来到尖沙咀，我必须也去抢一盒。

从来不喝咖啡的我，吃了一块咖啡花，又吃了一块，直到膝盖上落满了饼干碎。

饼干凝固在整个口腔，如果我再掏出一个保温杯，那么我可真的像一个游客了。可是我并没有保温杯，我也没有黑枸杞。

我每天上班都坐一辆固定的特快巴士，一个固定的位置，但是一个月之中总会有那么一个女的坐在我的旁边，我从来没有看过她的脸。但是我一直留意她的动静。

坐好后从包里掏出一个挂钩，挂在横杠的正中间，把包包挂上去，伸手，关冷气，整理衣服的下摆，系上安全带，掏出一个纸袋，看了十五秒，开始吃，一口，一口，咀嚼，无数咀嚼，一个面包吃半个钟头，最后，掏出保温瓶，喝了一口，再喝一口，再喝一口。

反正我是快发疯了，如果旁边坐的是她。我再也不计较另一个用香水逼疯过我的同座了，香水姐姐有时候赶得上我的这班车，有时候赶不上，要是赶上她就会坐在我的旁边，接下来的一个小时我就会因为她的香水发疯，或者我也可以中途下车，我试过一次，然后迟到了，扣了二十三块钱。如果香水和榴梿都被判定是对其他人类的侵犯就好了，立法，必须立法。

我每天落座以后就祷告她赶不上，她也赶不上，她们都赶不上。那我的身边就得出现一个宅男，背一个巨大的双肩包，包上挂一个美少女人偶，他倒是会在十五秒内吃完他的早餐，但是叉烧包的气味会弥漫整个车厢，而且他的二次元美少女不停地撞到我，不停地撞到我。

我为什么要去上班呢。

这么想着，我就又吃了一块咖啡花。

珍妮花还没到，这十五分钟，我都可以在海防道走三个来回了。

对面笼子里面的鸟爪子钩住网格，爬来爬去，为什么不飞来飞去呢？因为在笼子里面啊。要是没有笼子，它们就飞走了。

我盖上了小熊饼干的盖子，站了起来，下台阶，那儿有个麦当奴[1]甜品站，就是再过十年，它仍然会在那里，我就是这么相信的。

我在巧克力甜筒和阿华田甜筒之间犹豫了三秒，就好像我也

---

① 即内地所称麦当劳。

时常因为柠蜜还是菜蜜犹豫一样，最后我选择了阿华田，麦当奴巧克力天天有，麦当奴阿华田可不是天天有的，我也有意在阿华田这一个方面也融入了香港。餐蛋面反蛋华田唔该这一句，我已经说得张口就来，完全不需要经过大脑。

珍妮花还是没有出现，我呆呆望住远处的池塘，没有白天鹅也没有黑天鹅，只有一只脖子是黑色身体是白色的鹅，我也不知道它是不是天鹅，我看了一会儿它，只有一个它，也没有其他的它。我就再往前走了一段，我就看到了火烈鸟，一群火烈鸟。

我第一次看到火烈鸟还是在美国，旧金山的动物园，弗朗明哥，听起来非常墨西哥，非常跳舞，非常热烈，也有可能是因为我旁边的人告诉我弗朗明哥可烈了，要是拔它一根羽毛，拔下来的瞬间，羽毛就是白色的了，不再是你想要的红色。我说我干吗要拔它的羽毛。

住在美国的第一年，我还有去动物园的热情，住到第十年，我已经哪儿都不去了。

住在香港的第十年我会怎么样？我可真是有点猜不到，我还没有去过何文田，我也没有去过油街，《九龙公园游泳池》这首歌，我倒是听了超过一百遍。

旁边有个声音问我，为什么有的是红色的？有的是白色的？普通话。

一个小小的小女孩，穿着裙子，抱着一只兔子，仰着头看着我，确实是问我。我环顾了一下周围，一个母亲坐在后面的长椅，打电话，看起来像是打了很久，而且还会继续打下去。

刚出生的都是红色的，老了就变白了。我是这么答的，越老越白。

可是这个小孩为什么要问我呢？这儿又不是只有我一个人。难道她看得出来我也会说普通话？小孩什么都看得出来。

珍妮花的微信来了，我到瀑布这儿了，你在哪儿呢。

3

什么瀑布？我回过去一条。

九龙公园有很多条瀑布吗？珍妮花说。

九龙公园就没有瀑布。我说，游泳池都不开，哪儿来的瀑布？

可是我这儿确实有一条瀑布，珍妮花说。

那你站着别动，我去找你，我说。

我来回走了三遍九龙公园，甚至穿过一条天桥到达了皇家太平洋酒店，我都没有见到珍妮花。

这期间她不停不停地微信我。

最后我站到游泳池的前面，给珍妮花发了一条短信：去找游泳池，找不到就问人，我在游泳池等你。

放下电话，我就看到了珍妮花，她站在一个喷泉的下面。

这叫瀑布吗？我指了指那个正把水柱喷上天空的喷泉，问她。

这不是瀑布吗？她反问。

吃饼干吗？我把饼干盒伸向她。

不吃，她说。

给你买个冰淇淋吧，我说。

不要，她说。

那你要什么，我说。

我什么都不要，珍妮花说。

我请了一天公司假来陪你，你跟我急？我说。

我不急，珍妮花说，我看你挺急的。

你眼睛都肿成一条线了。我不急？我说。

我不急，珍妮花说，我就是难受。

难受什么？

不知道啊反正就是哭来哭去的。

哭什么？

不知道啊为什么哭。

哭了白哭？我说，就是个骗子。

如果真是个骗子，珍妮花说，我可能不会哭了吧。

就是就是骗子！我说，别不承认。

你又任性了吧！珍妮花说，你要少用“就是就是”这种任性的字眼。

我气得快要昏过去了。

4

如果五点半去就不用等位，海底捞的接线员是这么说的。

于是我和珍妮花来到了海底捞，五点半整。

尖沙咀到油麻地，一站，我还差点把珍妮花丢了。失魂落魄的珍妮花。如果我还有一个可用的男人，一定奉献给珍妮花了。可是我们在香港，香港的单身男人比金子还贵。

我只好问海底捞的服务员要了一只熊，坐在我和珍妮花的中间。

虽然是海底捞，也有熊，但是冷冰冰，我说不上来是为什么，也许是因为在香港。我接过了一块擦眼镜的布，珍妮花接过了一个塑料发圈，黑色的，也就是郭晶晶用的那种，但她把发圈放在桌上，她的头发还是落到油碟里，尾梢蘸了一圈小米椒。

我默默地把我的手机套进一个塑料袋里，也把她的套进塑料袋。

给她套围裙的时候她拒绝了，我只好穿着围裙走到外面，给我们俩拿了一盘西瓜，一边拿西瓜，一边想起了我做师奶的日子，围裙、灶台、碗和一堆调料，那种感觉可真是太坏了。

珍妮花一口不吃。我又去拿了第二盘西瓜。

但是菜上来的时候，珍妮花还是吃了不少，一边吃一边说，这一辈子吧，结不了婚，但也是一辈子伴着的。

不可能啊。我说，人都是个体，你的爸妈小孩都伴不了你一生。

他就是那么说的，珍妮花说。

我重重放下了筷子，姐姐你快四十了知道不，就是韩剧也不这么演了啊。2019年了啊，90后都三十了啊。

这跟我快四十了有什么关系？珍妮花说，这跟90后又有什么关系？

都四十了还跟颗水晶似的，我说，90后个个都比你精。

你又激动了吧，珍妮花说。

我埋头吃西瓜，去火。

海底捞服务员出现在我们的桌旁，同时带来一位戴着口罩也能看出来长相清秀的小哥，手里捏着一团面团。

送的，职员笑容可掬。

为什么啊？珍妮花问。

因为你漂亮啊，我说。

珍妮花不笑，表演飞面的小哥也不笑。我笑了一会儿也觉得没什么好笑的。

我女朋友被骗色了，骗财有没有我不知道，我也不打算问。但是被骗色，本身就不是一件很好笑的事情。

我还鼓掌了，在面条飞到天花板的瞬间，珍妮花瞪了我一眼。

面条放入锅中，悄无声息。

日子总要过下去的吧，我说。

珍妮花吃了两盘肉。

要不我把我老板介绍给你吧，我说，你也介绍你老板给我？

珍妮花瞪了我第二眼。

他说的，你男朋友对你那么好，要珍惜。

看把他能的，比我还会跑火车。我愤怒地说，又关你男朋友什么事嘛。

他说他对我不可能比我男朋友对我还好了，一定要好好珍惜我的男朋友。

我一定愤怒到脸都扭曲了。

他跟你睡的时候想到你男朋友了吗？我低吼。

海底捞的服务员又出现在桌旁，热毛巾两条。我擦了擦眼睛，珍妮花擦了擦手。

坐下，珍妮花镇静地说，坐下说。

我想过了，我哭是因为睡的酒店太差了吧，珍妮花说。很平静，很平静。

又穷又矬，你图他什么，我说，又性冷淡。

这你都知道？

我性冷淡，我说，水瓶个个性冷淡。

珍妮花笑了一声，珍妮花居然笑了一声，如果是为性，为什么要找他。

难道是情？我说，情这种东西，到底有没有啊。

你又任性了，珍妮花说。肿着眼睛的珍妮花又招手要了第三盘肉。

我不吃甜的，珍妮花说，我吃辣的。而且一个半小时快要到了，如果再点点什么，我们可以再多坐一个半小时。

我站起来拿西瓜的时候看了一眼门外，等待区都坐满了，每个人的手里端着一盘薯片，还有人在下跳棋，我有了错觉。我们不是在香港，我们不是在美国，我们不是在地球，我们在外太空吧。

5　小说之外的小说：《台风》

如果你总是在凌晨三四点钟醒过来，就说明你的心脏有问题。我妈就是这么跟我说的。

台风来的前夜，凌晨三点半，我又醒了。

看手机，珍妮花微信来一条，风声。我看过电影《风声》，那根半空中的绳索简直成为我永远的心理阴影。

听了听窗，一点声音都没有。我就又闭上了眼。

到了早上十点钟的时候，风大得超出了我的想象。

我没有开电视，肯定会让我恐慌。我也不想上网乱看。而且楼也真的晃了，跟地震似的。

我决定下楼，又很担心电梯突然往下坠，电影里都是这样的。如果真往下掉，怎么弯曲膝盖都没用。

电梯门开了，我进了电梯，非常平稳，甚至比往常更快。

出到大堂，四个人坐在大堂，面无表情。

管理员解释说他们家的窗飞走了，他们只好坐到大堂。也就是说，这四个人是一家人，爸爸和妈妈，哥哥和妹妹，可是他们坐在地上，一句话也没有，他们的脸不着急也不悲伤，真的，完全没有表情。他们的窗还飞走了。

我退回电梯，回房间。

珍妮花给我发了一张动图，一个起重机三百六十度旋转，最后掉下去了，砸掉一个楼角。

我看了一眼窗外，对面那几幢更老的屋苑，也有窗飞掉了，白花花一片。

我突然想起了《九龙公园游泳池》那首歌。

二百年后这里什么也都不是

宇宙里有什么不是暂时

替我报警吧。珍妮花又发来一条微信，我的窗飞走了，还有窗帘。

啊？我回过去一条，还窗帘？

就是那幅，蓝底，小蔷薇花，咱俩一起去旺角一起逛了一天窗帘店一起订的嘛，珍妮花回复。

我说窗都飞了你还在跟我讲窗帘？你男朋友呢？

他说他不能过来，太危险了。珍妮花说，出门就会被窗砸死，而且外面一切交通工具都停了。

这才十号风。我说，要是外星人入侵地球，男人们可不是一早跑光了？

珍妮花大笑了起来，快替我报警，我打了十五分钟999都打不进去。

我一打就通了，我也不知道是怎么回事。接线员建议躲进洗手间，任何小空间，不要再待在大房间。我听不到更多更好的建议，于是告诉接线员，她一个人，非常惊慌，非常瘦，随时可能被吸走。

她男朋友不肯过去，我又补充了一句，怕死。

电话那头停顿了一下，然后说，我们现在就派人过去。

小豆的岛

我们到直岛去，刘芸说，我们把车也开到岛上去。

我不要去直岛，我说，我要去小豆岛。

你都去过一次小豆岛了，刘芸说。

我还要去，我说。

小豆岛什么都没有，刘芸说。

我觉得有，我说。

刘芸板着脸，那你自己去好了。

我就自己去了。小豆岛。

实际上我全忘光了，上一次去小豆岛已经是三年以前。

所以我来到了一个一个人都没有的售票处。半个小时以后我意识到这是一个错误的售票处。

我出了大门，穿过一摞叠得很高的碗和盘子，走到一个正确的人很多的售票处。

土庄？或者草壁？我根本就忘了我三年之前去的是哪一个港口。

于是草壁，三分钟后就开船。

我赶上了大船，但是没有人向我鞠躬，我也许什么都忘了，但是日本人鞠躬鞠得一塌糊涂，我是记得很清楚的。

我问我的朋友们怎么都不来香港买东西了？他们都是这么回答我的，他们宁愿去日本，日本人鞠躬鞠得一塌糊涂。现在他们只好回香港买了，日本人也不鞠躬了。

没有了刘芸，我上了最上层，风把裙子吹成花，又下到最下层，一个人都没有。来回数了好几遍，整条船的乘客没有超过五个。我坐到橙黄色的椅子上面，又坐到翠绿色的椅子上面，坐来坐去，小豆岛就到了。

一辆旅游巴等在码头，我走出了船舱，旅游巴开进了船舱，船就开走了。

再去一下橄榄公园？我不知道。上一次去橄榄公园我全忘光了，到底是三年之前了。我只记得我和刘芸都是失业妇女那个时候，三年之间，刘芸倒成长为一个民宿老板娘了。

我打开手机，想要问一下我去哪儿才好，除了橄榄公园。

“亲们如果都从一个港口往返的话，可以买往返票哦，返程票九折折扣哦。”刘芸在她的民宿客人群组里发了这么一条。

上船前我加入了刘芸的民宿客人群组。刘芸是这么说的，我空是吧，你要问自己进群在群组里问，不要问我，我一个字都不会答的。

我都气得浑身发抖了，她跟我一句都懒得说，倒跟她的客人们一口一个亲的。要不是这条迟到的短信，我就可以有个九折了，可是我不知道，我买的是单程，原价。

我沿着路边朝前走，走到一个巴士站下面。我是这么想的，有巴士我就上，管它去哪。

半个小时以后，我怀疑这个巴士站是假的。

我走回港口查时刻表，发现巴士站不是假的，但是下一班车是一个小时以后。

如果想尽快去哪儿，就去对面的巴士站，有一趟车会带你去一个映画村。时刻表是这么说的。

我去过那个映画村，记得太清楚了，那个村里什么都没有。但是我赶上了巴士，坐到了最后一排。半个小时以后，巴士开到了一条小路上面，我怀疑这个巴士是假的，多大的岛啊，它能开半个小时还开不到？

小路的正中间，巴士掉了个头，往回开。

然后就到了。

我把一堆硬币放在手心，司机迅速地挑选了几个对的。我很抱歉。

好像在哪儿看到，日本人从来不麻烦别人，自杀都是走进深山老林挂在一棵树上，很少很少跳楼跳海跳轨，能不麻烦别人就不麻烦别人。

香港经常有人跳轨，我是想不通的，因为一有人跳轨，火车就要停一个钟。难道是为了让搭火车的人记得？而且记得很牢？这个动机，很奇特。

映画村。

跟上次一样，我要了一个学生餐。一碗稀薄咖喱，土豆碎片，一个糖霜面包，一杯牛奶和一个冻得硬邦邦的橘子。跟上次一样，我把橘子还给了他们。

好像在哪儿看到，为了要穷人家的孩子也去上学，就许诺给他们面包和牛奶，穷人只好把孩子送去上学，只是为了面包。穷人又没有别的选择。

吃完面包蘸咖喱，映画村转了三圈，又转了三圈，跟上次一样，什么都没有。出大门一个码头，开过来一条船，船上一个船夫。

我看着那条船，还有那个船夫。根本就像是天上掉下来的。

橄榄公园？我问船夫。

他点头。我就上了船。

上了船以后我发现他一句英语不会。

船开动了，而且开得飞快。

风不断地灌到我的嘴里，我想的全是刘芸，要不是刘芸要做那个什么民宿，现在就是我们俩一起坐在这条小船上了，我们俩一起冻得瑟瑟发抖，风灌到我们两个人的嘴里。可是她是一个民宿老板娘了，她得做一个民宿老板娘应该做的事情。如果没有人花钱雇她来小豆岛，她就不会来小豆岛。

她为什么一定要去做民宿呢？

给你讲个鬼故事吧。一年半前的一个半夜，刘芸突然跟我说。

我说白天讲行不？

她说不行，白天她要睡觉。

我只好说好吧。

她说我今天去看房子了。

我说看房子干吗。

她说买房子啊。

我说买房子干吗。

她说做民宿啊。

我说那我可以住在你的民宿里吗？

她说可以，但你不要在旺季人多的时候来。

我说什么时候人不多？

她说我怎么知道。

我只好说好吧，房子看好了？多少钱？

六百万，刘芸说，一户建，楼上楼下四个房间呢，都挺宽敞的还附赠五个全新空调呢。

我说买啊。

她说是啊我还价五百八十万，成了就要了。结果中介不紧不慢说，可以的，帮你问一下屋主，但在你买之前，有几点说明：第一，这个房子一楼曾经进过水；第二，这个房子的女主人跳海死的，虽然不是死在这个房子里，还是有必要说明一下。

我说你买了？五百八十万？

我瞬间凝固了好不好，刘芸说，我赶紧跑了。

怕什么，我说，进水就是进财。

我这一辈子都发不了横财，刘芸说，本来还要去买空调的，都看好了。因为约好时间看房，就先看了房，结果房没看成，回头去买空调，空调也卖光了，只好买了一台又贵又不好用的。

这也叫鬼故事？我说。

当然啊，刘芸说，肯定有很多很多怨气才会去死，不管死在哪里，怨气还在房子里。我还东看西看还爬上阁楼看，一定冒犯了啥。

这种房子在香港可好卖了，我说。

你买？

我不买，我说，我又没钱。

船靠了岸，我把钱摊到手心，船夫挑了对的两张。给别人造成了麻烦，我很抱歉。

要不是嘴巴里灌满了风，我就用日语说阿里阿多了，我只会这一句，还有一句撒油那啦，刘芸警告我那四个字不要随便说，说了就是永别，所以我当我只会一句，阿里阿多。

船开走了，整件事情都有点古怪，突然开来又开走的船。我沿着码头走了好远，开始觉得橄榄公园肯定是真的，但是这个码头可能不是真的。

我后来能够走到橄榄公园，我也觉得非常古怪。如果说这三年我还有什么记忆残留，就只是一个白色风车，风车前面很多人骑在扫把上跳了又跳。我连橄榄树都忘光了。

刘芸说她收到过一个民宿客人的礼物，一片橄榄树叶。那个女的还手写了一封信：小豆岛一位老爷爷送给我的分杈橄榄叶呢！老爷爷说这就是幸运！我把它转送给你！希望你也得到幸运！……

刘芸还把那封信和那片叶子拍给我看。如果一堆感叹号加一片叶子都能够超越我跟刘芸三十年的友谊，我不说什么了，我又有点气得浑身发抖了。

我看着男的和女的，老的和小的，骑在黑的和白的扫把上跳了又跳。我冷眼看了好一会儿。风车也不是那么白了。三年。

我在橄榄公园的中心吃了一个浅绿色的橄榄冰淇淋，三年之前刘芸喝过一瓶深绿色的橄榄汽水，我问过她滋味，她说就是橄榄油会冒泡。如果刘芸问我橄榄冰淇淋的滋味，我只好说，就是一口橄榄油，不看一眼真不知道是冰淇淋。

然后我上了楼梯，刘芸三年前说过一句，橄榄公园楼上餐厅的素面很好吃的。

可是没有素面，可是我已经坐了下来。

菜单上只有三种，比萨、沙拉和素菜汤。

比萨上的肉可以拿掉吗？

Sorry.服务员答。

沙拉上的肉可以拿掉吗？

Sorry.服务员答。

菜汤套餐里的温泉蛋可以做成熟蛋吗？我问。

Sorry.服务员答。

只要稍稍煮久一点就好，我说。

Sorry.服务员答。

那我不要蛋行吗？我说，只给我汤。

Sorry.服务员答。

那把蛋和汤分开给我行吗？

行，服务员答。

菜到了以后，我把蛋留在了桌上，如果我还给服务员她一定会说Sorry的。

我给刘芸发了一条微信，日本人是不是只会按照固定的模式做固定的东西？跟香港人似的。

刘芸回了一条，你是不是又给人家添麻烦了？香港人的脸都要被你丢光了。

我说我要投诉！作为一个香港客人，我要投诉！

刘芸冷笑了一声，你还投诉？你可真懂得香港人得怎么投诉？

我有点心虚。这个这个投诉文化，我还没有完全掌握好。

上个月有个香港客人，刘芸说，给了我唯一的一个差评。

理由是什么？

她说晚上回民宿的路，路灯比较暗，又没有行人，害怕被强暴，都害怕得哭了。

我一口素菜汤差点喷到桌子上，可是没有，要不然香港人的脸真的要被我丢光了。

她还有个女伴的，刘芸补了一句，她和女伴同行的。

我说这个不是香港人！肯定不是！香港人的脸都要被她丢光了。

刘芸哼了一声。

窗外的樱花已经落得没剩多少了。一群人在没有什么樱花的樱花树下面来来回回地拍。

秒速五厘米，那是樱花飘落的速度。刘芸是这么说的。

当人们目睹一场美丽的盛宴消逝时，反而能找到安心感。村上春树是这么说的。

樱花落得开开心心是因为知道明年还会再开。是枝裕和电影《花之武士》里的傻子是这么说的。

对我来讲，樱花落不落的跟我也没有什么关系，我也不是来橄榄公园看樱花的，我是来看橄榄树的，不要问我从哪里来的橄榄树。

橄榄树的真相就是每一棵树都互相离得很远，叶子与叶子之间都是疏离的。

我把温泉蛋留在了桌上。管他的丢没丢脸。

就好像刘芸的客人把衣服钩在她的衣橱门上面。那个门好像还是昭和时代的。

你这个民宿连个衣架都没有。客人说，你得装个衣架，要不我的衣服只好挂在门上，太不方便了。

客人发来一张照片，衣橱门敞开着，门的左边搭了一条裤子，门的右边钩了一件夹克。

衣橱门不是挂衣架，刘芸跟客人讲，衣橱门打开了您就会看到一个衣橱，衣橱是用来挂衣服的。

衣橱里有东西，我怎么挂？客人答，当然只好挂在门上。

衣橱里是一床为您额外准备的被子。刘芸说，怕您晚上觉得冷。被子上方的空间可以挂衣服的。

我这是好意。客人生气地说，你还是得弄个衣架，要不衣服就得挂在门上。

每个人都不是一座孤岛。海明威说过的。

每个人为什么都不是一座孤岛？这是我想都想不通的问题。尤其在想问题的时候，根本就是孤岛和孤岛，一个二个三个，孤岛。

武士的父亲临终前说的，要为我报仇啊。女人鼓起勇气结结巴巴地劝说，您父亲的本意也不是要您背负着报仇的使命过得这么不开心吧。武士就去找人下棋了，下着下着觉悟了：父亲教我下棋，那时我年纪还小，已忘了这回事，除了剑术他还教过我其他，我很感激。对方说真羡慕啊，我下棋可是自学的，又没有人教我，但是我还没有教我的儿子纳鞋底呢，我还是不要去做那种报了仇又要切腹自杀的事了吧。

如果客人想要差评，永远都找得到理由，刘芸说，比如床上用品有线头和褶皱。

褶皱这两个字一出来，我只想说，现在的客人们都太有文化了。

如果我要给刘芸一个差评，只能够是，你为什么要去做一个民宿老板娘？你就没有别的选择了？你都不是你了。

刘芸一定会给回我一个差评，你就是你了？你四十三了知道不？你都不知道你不要做什么。

谁都没有别的选择。

我忘了置身濒绝孤岛，忘了眼泪不过失效药。这是陈粒说的。

下山的路经过一个手工制面所，面条一根根竖挂在路边，风吹过来，面条们就动了。我停下来看了好一会儿动来动去的面条。

如果素面真的很好吃，为什么素面会好吃？如果你也实在没有别的东西可以吃。如果什么都没有，只好做唯一有的，只做一个东西，盯着做，做几十年，做成固定模式，少一粒盐多一秒都是冒犯。又没有选择。

我赶上了去港口的巴士，一分钟以后，回到了草壁。

下一班船是两个小时以后。

一个人都没有，卖票的人都没有，要不是我就是从这个港口来的，我真的怀疑这个港口是不是假的。

“天使之路！”刘芸发到群组里一条，“亲们亲们，退潮前后，有六个小时呢，可以看得见连接到小岛的沙路哟。”

我不生气，我呆呆坐在没有人也没有东西卖的港口，如果现在去天使之路，下一班巴士是半个小时以后。可是我去天使之路做什么？看那条有时有有时没有的沙路？

我没见过吗？有没有的沙路，香港就有，去往桥头岛的路，随潮水出没，名字都没有的一条路，路两旁一堆菠萝包乱石，真的很像很像菠萝包的石头。天使之路有菠萝包石头吗？肯定没有。我不知道天使之路有什么，我又没有去过。我想起来三年之前我遇到过一对台湾夫妇，因为我给他们带了路，把他们从橄榄公园带到了酱油工坊，天知道我怎么会带路的，第一次去的小豆岛，他们送给我一块凤梨酥。为什么要带凤梨酥来日本？来日本不是吃吃吃的吗？我不知道。我只知道凤梨酥搭酱油冰淇淋还挺搭的。再把他们带去港口的时候，我想起来是土庄，土庄港口，去往土庄的巴士，他们中途下了车。

我们要去天使之路了啦，他们是这么说的。

他们就和一堆人一起下了车，一起去了天使之路。

我再也没有见过他们，我当然再也不会见到他们，就算是见到，也许在台湾，也许在香港，我连他们的脸都忘光了。

如果在土庄，一定可以买点什么，橄榄油素面，橄榄油汽水，橄榄油朱古力，橄榄油洗面奶，可是我在草壁，我只有钱。

路的对面有一间便利店，我买了一根香蕉。

沿着海滩走出去，一条路的尽头，不是不想再往前走，实在是没有路了。一条船开过来，不是我要搭的船，我看着那条船开过来，开过来，开过来，靠了岸，这才过去了十分钟。

我没有住刘芸的民宿，我住在JR酒店。我的理由是我从来不住民宿，谁的民宿都不住。这个世界上就是有我这种人，我不要与任何人建立关系，我只要一个人待着，入房退房都不要理我，就让我一个人待着。

你这种人真的不要住民宿了，刘芸说，你这种人最好就不要出门。

怎么就有人要住民宿的？这是我怎么想都想不明白的问题，刘芸去内地都住民宿。她的理由是要考察中国内地的民宿情况。

豪华啊。刘芸是这么说的，装修得跟七星级一样。

你住过七星级？我问。

刘芸白了我一眼。

内地的民宿老板娘都叫我亲亲。刘芸是这么说的。

你马上就学会了？我说，你知道内地有个淘宝吧？全淘宝都是亲亲。

装修七星，刘芸说，但是卫生间厨房的卫生真的一粒星都给不到。

你计较什么？我说，人家都叫你亲亲。

投影电影不好放吧，微信民宿老板娘。刘芸说，她说亲亲啊我也不会放啊，这样吧给你一个淘宝链接，你自己联系卖投影仪给我的淘宝店吧亲亲。

你联络淘宝店了？

没，刘芸说，我就算了，又不是一定要看。

所以我是不住民宿的，我说。

我做了民宿老板娘才体谅到别的民宿老板娘，刘芸说。

我要是辛辛苦苦的绝对不原谅其他人的不辛辛苦苦，我说。

你又怎么知道其他人不辛苦，刘芸说，如果你自己从来就没有辛苦过。

你怎么知道我不辛苦，我说，你又知道这些年我过成什么。

有的人光是活着已经耗尽全部力气，刘芸说。

我连连点头。

说的就是我这种人。刘芸又补了一句。

我只好闭嘴。幸好我没有住她的民宿。

船来了。我上了船，这次真的是一个乘客都没有，除了我。除了后来追上来的一个老太太。都下午四点了，也不知道她去高松干什么。如果她就是从高松去小豆岛又要回高松的，也不知道她为什么要去小豆岛，这个岛什么都没有。我当然再也没有见过她。

一个人站在岸边挥手，饱含深情。

我想的是，每趟船都这么用情？最后天黑了的尾班船，是不是就把情用尽了。

我可以看着他的身形越来越小，最后只剩下一个挥动着的深情的手，我真的被打动了。也许日本人是不鞠躬了，但是我的朋友们还是继续不要来香港买东西了吧。香港又没有人挥手。

可是他挥了一会儿也就转身走了，日本人模式，肯定挥几下都是计算好的。

赶紧挪回酒店躺倒。这是我现在想的，明天还要回东京。

刘芸的民宿就在即将靠岸的港口，那个房子，我是一路看着的。我不住，如果一定要我住在那个房子里，我会心痛痛死的。

刘芸什么依靠都没有。刘芸的父母是这么跟我讲的，如果不给她买个房子，她老了以后怎么办哪。

我父母也是这么跟我讲的，你什么都不会，老了以后怎么办啊？要不给你留套房子吧，老了以后收租。

她还会写小说啊，刘芸的父母跟我的父母说，我家刘芸可真的是连小说都不会写啊。

写小说能写一辈子啊，我的父母跟刘芸的父母说，连个工作都没有。

要不就买房子吧，父母们都说，她们老了以后就让她们收租。

刘芸的父母就给她买了一个公寓房子，刘芸用那个公寓房子做了一个半月民宿，直到有一天公寓的管理处叫来了两个日本警察抓她。

日本警察都很矮吧？我问刘芸。

矮不矮的不关你事，刘芸说，你要是敢跟我爸妈说，我就杀了你。

香港警察都挺矮的你信不，我说，我有一天报警来着。

为什么？刘芸问。

在楼下吃饭的时候旁桌的香港人跟我讲“大陆人”滚。

你不是香港人吗？刘芸说。

我是不是的不关你事。我说，我报警啊，打了三遍911才反应过来香港打999的。

来了两个挺不高兴的警察。

我可以骂回吗？我问警察。

是但[1]啦，警察说。

我可以打回吗？我问警察。

唔得啦，警察说。

动嘴可以动手不可以？

系啊，警察说，唔该睇下身份证。

没带，我说。

身份证要随身带的嘛，其中一个说。

我上楼拿一下？我说。

---

① 即随便、无所谓的意思。

好啊，我在楼下等你，另外一个说。

刘芸说你这是写小说啊？

你要是敢跟我爸妈讲我在香港的处境，我也会杀了你的，我说。

杀了我吧，刘芸说，我生无可恋。

接下来的一年我果然失去了她的所有消息，发微信给她她也不回。我也没有什么好担心的，之前她都消失过十年，我到现在也不知道那十年她过得是不是比我还辛苦。

这一年我爸突然生病，我们家卖了三套房子，一套刚够一个月ICU，给我收租的房也没了，我老了以后可能只能靠自己写小说了。

刘芸突然出现了。

日本民宿法出台了！刘芸激动地说，我要做民宿！

你只能做民宿，我说，你又不会写小说。

刘芸到处看房子，各种房子，那个进了水又跳了海让她买不到空调的房子真让我印象深刻。

公寓卖了啊，我说。

卖不出价钱，刘芸说，而且是我爸妈给我养老用的，留着吧。

那个港口的房子她只看了一眼，第一眼。

她站在大门口拍了一张照片发给我。

我说买。反正不是我的钱。

买，刘芸咬着牙说。

买了。

刘芸每隔几天给我发一条微信，说的全是那个房子。我不用回复她，她有发微信的空绝对没有看微信的空。

修一条和邻居共用的小院围墙，邻居出一半钱，一条围墙五十七万。

去掉了车棚，工人人工费及车棚的废材处理费三万四千元，脚的断面帮我用水泥抹平还要一万，我说我自己抹！

换锁，五千元。

我说刘芸这个房子我出钱了吗？你连修个围墙五十七万换个锁五千都跟我讲？

榻榻米一块一万二，刘芸说。

我肯定不住你那儿，我说，要弄坏了我没钱赔。

刘芸发来一张旅馆业营业许可证。

我说我都瞬间凝固了刘芸你现在是一个三百六十五天都合法的旅馆老板娘了哟。

这一路走过来是不是一件行为艺术？刘芸问。

遍路[①]才是吧？我说。

---

① 佛教语，指朝圣、巡礼、修行。

那是修心，刘芸说，绝对不是行为艺术。

做民宿也修心，我说。

跟遍路还是不能比的，刘芸说。

不都是各种事情与身心碰撞的感受？我说，我看旅游书看的，遍路即修行。

见过遍路人吧。

见过，我说，有一个人的草帽上还写着“同行二人”，干吗？当我不会数数吗？

草什么帽，刘芸说，那是笠，笠笠笠。弘法大师的一个发愿，只要有人走上遍路旅途，他便将陪伴守护，从始至终。

那么到底几个人？

我不跟你讲了，我要去清扫我的民宿了，又有人留了一堆碗。刘芸说，跟你都是废话。

你当是修行好了，我说。

修什么行？刘芸叫起来，灯火齐明！垃圾不分类！

你别再叫我洗你的牛奶盒子了行不？洗了还得剪好晾干叠好。我说，为了不用洗我都忍着不喝了。

我不是为了我自己，有的资源弄脏了就不能回收了。你会于心不安的。

我不会不安，我说，我非常安。香港人最会分类了，蓝色箱子放纸的，橙色箱子放金属的，棕色箱子放塑胶的。

刘芸冷笑，高级化妆品买一箱？包装全拆了跟一堆只尝了一口就扔掉的食物一起扔进不可回收垃圾桶？

没有一个人能够成为一个代表，我说，就好像我能够代表地球人吗？

你不是地球人吗？刘芸说，你火星来的？

气得浑身发抖了我。

船靠了岸。我赶紧回酒店睡觉，明天还要回东京。

再次穿过那一摞叠得很高的碗和盘子，我想的是刘芸一定还在洗碗。

每个人都不是一座孤岛。但这句后面还有：一个人必须是这世界上最坚固的岛屿，然后才能成为大陆的一部分。

油麻地

对于阿珍来说，当然是现在的生活更好一些。一早出门工作，回家天都黑了，不用看到老公，更不用看到奶奶姑仔。

奶奶房子装修，暂住在阿珍这里，这一个多月，阿珍是快要疯了。

几十年家当塞在角角落落，洗手间都是满的，脚都插不进去。

阿芳说租个迷你仓嘛，干吗非要放在家里，要不阿珍你替他们把这迷你仓的钱出了好了。

阿珍笑笑。别说是什么仓，住到家里老公都没跟自己讲，放工回家，奶奶姑仔已经在屋里了。

餐桌前面，工人正端菜上桌，老公孩子，奶奶姑仔，一家人齐齐整整，好像也没阿珍什么事。阿珍竟然有点恍惚。刚刚结婚的时候，跟老公一家六口挤住在一个两房小单位，两个姑仔那时还没有嫁出去，叔仔也还没有结婚。每天早上全家都跟打仗一样，赶上学，赶上班，待到每个人都出了门，每个房间都被洗劫过一样，阿珍开始工作，清扫、洗衣、煮食，阿珍就是家里的工人。

有一天出外办事，赶回家迟了，家里按时开饭，没有等她。

阿珍把那一幕记了一万遍，永远都是忘不掉的。钥匙扭开大门，饭厅里一家人齐齐整整食餐饭，没有人抬头，只得奶奶扭头看了她一眼，说，哟，工人返来了。

奶奶只是说笑，脸是笑的。叔仔姑仔都没有表情，继续吃饭，当什么都没有发生，什么也没看见，老公的碗都没有放下来。儿子只有几个月，地板上坐着，专心玩玩具。

阿珍找到了工作，马上就去上班了。

隔了十年情况也没有变化。叔仔还没有结婚，姑仔还没有嫁出去。变化的只有阿珍，阿珍买了房子，把自己和孩子还有老公搬了出去。

以前师奶的生活，阿珍一点都不要去回忆。老公每个月只给两千块家用，多一分都没有。老公不是个坏人，他就是那样的人。

阿珍找到工作上工的第一天，请老公代买了一次菜，老公拎了一袋生果回家，不出声了，可真真体会到了两千块到底是什么。

两千块家用的日子，阿珍是用自己深圳一套房的房租撑过来的，弟弟帮手投资的小房子，结婚搬来香港前放租了出去，深圳房租救了阿珍的命。

贴补家用之外，也存够了自己开铺的本钱。当然也有阿珍替老板打工的十年人工，足足十年。说起来十年，也不过瞬间。有一天一个熟客突然叹气，说了一句，人生苦短，婚姻苦长。

阿芳莉莉都笑，阿珍可是笑不出来，可不就是？人生苦短，婚姻苦长。

按照阿芳的说法，阿珍存钱的本事，可是全世界第一的。出粮三万，阿珍能存下三万四。

朝九晚九，中间一个钟吃饭休息，阿珍十分钟就能吃完，马上干活，根本不需要休息。一个月四天休假，那四千，就是那四天里挣下的。钱是挣出来的不是省出来的，对于阿珍来讲，钱倒真是生生省出来的。

阿珍不求吃，不求穿，什么都无所谓的，阿珍只追求一个字，钱。

阿珍连岛上都去，岛上住了一群富太太，岛上什么都有，高尔夫球场都有，所以太太们从来不出岛。阿珍碰到好心的太太，除了入岛出岛的巴士交通费，每次也都叫上几个邻居帮衬。

来一次不容易。好心太太是这么说的，多做几个多挣点钱嘛。

不容易？阿芳冷笑，小费都不给的。越有钱的人越小气。

阿珍不说话。阿珍的世界里，世界就是这样的。

阿芳有时候会去骂阿珍，阿珍你真是没用啊，你什么都可以啊，你就没有说过一个不字。阿珍也只是笑笑，真急了才回应一句，我不讲了，我不想讲了。

阿芳只服帖阿珍一件事情，十年同事，没见过阿珍迟到一次，黄暴红暴黑暴挂出来，阿珍都不迟到。

十号台风那一天，天文台讯号一挂出来，同事们个个立即回了家，只有阿珍留低店里，执好所有东西才走。那时阿珍已买了房子，阿珍妈妈过来香港帮手带外孙外孙女。是啊阿珍又生了一个，阿芳说不知道怎么回事，不知道阿珍怎么想的，阿芳也不想讲了。

阿珍妈妈电话阿珍老公，十号风球哦，可不可以去接阿珍下班。

阿珍老公讲，不接，她又不是自己不会回来。

阿珍妈妈去接阿珍，大风大雨里，两母女一把伞，抱头痛哭。

阿珍妈妈也是苦的，家里只得她一个独女，又穷，就招了个上门女婿，可是这个女婿不争气，好赌钱，在赌桌上把阿珍输给了村里的富户。

嫁过去了有吃有喝，过好日子哩。阿珍爸爸是这么跟阿珍讲的，有钱有厂，你弟也能去厂里上班了哩。

阿珍偷跑了出来，对于十六岁的阿珍来讲，那家的儿子太丑了，这一点实在不能忍。

阿珍到了深圳。

一下车，就被人贩子拐了。

做批发。人贩子是这么跟阿珍讲的，阿珍就跟着去做批发了。阿珍到现在还搞不懂批发这两个字到底是什么。

黑屋子里关了三天，阿珍不哭不闹，低眉顺目，该吃饭吃饭该睡觉睡觉，一点心事没有。第四天低低提出来上街买点日用品，两个人贩子跟着，阿珍还是跑成功了。阿珍跑起来真的是很快的。

可是阿珍跑过了丑儿子，阿珍跑过了人贩子，阿珍没能跑过现在这个老公。

朋友的朋友的朋友，香港人。

定好了婚期阿珍要反悔，阿珍已经觉得有点不对，阿珍不想结婚了。

阿珍爸爸不争气，阿珍弟弟争气，阿珍到深圳的第三年，弟弟也来了深圳，做房地产，只做房地产，阿珍深圳的小房子，就是弟弟拿的主意。阿珍两千块家用撑住了的命，还是弟弟救的。

阿珍在深圳有房子，阿珍是不需要找这个香港人的。

可是他天天来求，以死相逼，阿珍这个婚，就这么结了。

嫁过去才知道真是香港人，水上人家，土生土长香港人。

奶奶姑仔“大陆妹”三个字，张口就来，完全不需要经过大脑。

阿芳七岁来的香港，阿芳从来不觉得自己是香港人。阿芳找的老公也是内地人，阿芳老公八岁来的香港，俩公婆一直都是内地人。怎么会这么觉得？有的人二三十岁才到香港工作学习，很快就是新香港人了嘛。阿芳说我又没有受过香港的教育，我跟我老公都是，我们都是街上长大的，我们没上过政府学校，港英政府不管你嘛，家里又穷，就在街上上学啰。阿芳大笑起来，真的一点都不香港人。

阿芳跟老公一直好的，阿芳老公脾气不好，在外面做事都给人脸色，但是一回家马上就转了好脸，所以阿芳从来就没有见过老公的脸色。因为我们内地人背景一样的嘛，我们几十年了，天天都有话讲的，天天都讲得来，阿芳是这么说的。

可是内地人老公在外面都是尿的，只在家里面狠，打起老婆来往死里打，莉莉突然说。

乱讲，阿珍插了一句。

真的阿珍姐。莉莉说，听人说啊，要是长得太好看，嫁过去第一天就要先打一顿，一顿就打服帖了。最好打断一条腿，以后都不会出事。

听谁说的？阿珍说。

莉莉不说话了。

不就是那个辛迪，阿芳说。看了莉莉一眼。

阿珍不说话了。一提到辛迪，阿珍马上就闭嘴，一句话都没有。

所以阿芳姐你老公又有点香港人的，香港男人就是在外面凶，对家里好，莉莉说，我老公就是，脾气也不好，街市上还会同人吵架，可是对我就百依百顺。

莉莉二十岁结的婚，结婚的时候老公十九岁。吃了药的，还是怀孕了，只好结婚。

莉莉不想结婚，莉莉还想玩，他也是天天来求，以死相逼，这一点很多香港男人们又都是一致的，求婚都是用命去求。莉莉结了婚。

奶奶头一年也是“大陆妹大陆妹”的，第二年好言好语了，自己个仔以前从来不理人的，夜夜出街，家用都没有给过，结了婚，上进了，转了银行工，人工也高了，日日返工，再也没有出去蒲[1]过，“大陆妹”有办法。

莉莉女儿快上中学了，莉莉又生了一个小的。小的上了幼稚园，莉莉出来工作。

还是要工作。莉莉说，要不真跟社会脱节了，但我挣的钱就是我的钱，我老公也说对，我的辛苦钱就只给我用，养家是他的事。

一个家还是要两公婆一起撑嘛。阿芳说，你女儿还不到花钱的时候。

阿芳一个女儿，中大毕业了，学的社工。

她自己选的，一定要去做社工啊。阿芳说，我不管她的。

社工帮到人。莉莉说，大功德来的。但是压力肯定大，每天都要接触有问题的人，实际上又做不到什么。

能做到多少就做多少，到底做一点事。阿芳说，她自己调节好就好。

---

① 玩，多指年轻人游荡于夜店、酒吧等。

阿珍从来没有找过社工，阿珍的问题，都是自己解决的。至少在阿珍的世界里，所有的问题最后都是解决了的。

直到奶奶姑仔要在自己家里过渡，阿珍才发现，所有的问题从来都没有解决过。

莉莉那个奶奶，虽然一口一个“大陆妹”，但是跟自己家的奶奶还是不一样的，莉莉奶奶的爸爸，返福建乡下娶的莉莉奶奶的妈妈，莉莉的奶奶在乡下长到十几岁，才去到香港，莉莉的奶奶，还是内地长大的，至于为什么就能忘了自己的来路，每个人也是不一样的。也有可能是住香港住得习惯了，就当自己是生在香港长在香港的香港本地人了。而且也是事实，早一天来香港的，就多当了一天香港人，也多了一天的底气。

所以到底也能够转变思路，认同了这个后来来香港的儿媳妇，莉莉。

阿珍奶奶，脸色不那么难看了，到底是住在阿珍名字的房子，也会对阿珍的工人好，甚至买衣服送给那个工人，虽说是为了让阿珍的工人服服帖帖去收拾装修的房子，但是能够买一件衣服，已经是阿珍奶奶的极限。阿珍的奶奶一直笑嘻嘻的，可是阿珍一直说不出来，那种感觉。阿珍怎么理解都理解不到。

阿珍只知道自己更要工作，拼命挣钱，只有一个字，钱。没有了钱，马上打回原形。奶奶饭厅里的那一眼，哟，工人返来了。

钱是挣到了，阿珍对孩子，欠了。心挂两头，两头都没有着落，阿珍顾得到工作，顾不到孩子。

阿珍忙，阿珍全副身心都扑在工作，这是外头的说法，阿珍自己知道，工作，是逃避，逃避那个家，逃避一切。阿珍没有跑赢婚姻，婚姻漫长起来，可比人生长得多了。

对于阿珍来说，当然是现在的生活更好一些。一早出门工作，回家天都黑了，不用看到老公，更不用看到奶奶姑仔。

可是连孩子也看不到，出门的时候孩子们还睡着，回到家，孩子也已经睡了。阿珍是心痛的。阿珍更加拼命地挣钱，挣钱给孩子买好东西。

阿芳骂过阿珍，孩子要什么好东西，孩子只要你陪着玩一天。阿珍笑笑，阿珍说，忙，忙。阿芳不说了。

虽然是自己的铺头，阿芳到点就走，一分钟都不逗留，要是听到阿珍在电话里答应客人迟少少到，阿芳是要骂的，这个迟少少，可能就是迟到晚上八九点钟，又不能让客人看出来不高兴，阿芳不管的，阿芳准时回家，阿芳每天都要跟老公一起吃晚饭。莉莉最多加一个两个班，一边做一边提醒阿珍，不能再接单了，做不过来。可是阿珍，只要是客人的电话，都接，只要是客人提的要求，都答应。所以阿珍回家，天都黑了。

房东过来收租，莉莉都不让他进门。只有女客人才能进来，这是莉莉的理由。但是阿珍要在的话，还是会请房东进来喝杯茶，阿珍说不好意思的嘛，阿珍真的不会说一个不字。

铺头是阿珍阿芳莉莉三个人一起的，只有阿珍最像老板娘。

之前是辛迪。不能提的一个名字。

阿珍曾经最关照辛迪，大公司里大家都替老板打工的日子，辛迪每天都被投诉。各种匪夷所思的状况，有客人投诉辛迪手势轻，阿珍好声好气解释有的客人就喜欢辛迪呢，有的客人就喜欢轻，您要是喜欢重，我下次叫她重一些，客人说不要了，我不要再看见她。阿珍是要替辛迪哭的，什么样的客人都有，还是要忍，阿珍替辛迪忍。有客人投诉辛迪跳步骤，肩都不按的，阿珍说不好意思啊公司的手势都是统一的不可能跳啊。阿珍叫来辛迪，辛迪讲这次忘了，下次不会了，下次客人竟然又投诉，相同的理由。客人直接问阿珍，阿珍我跟你有仇的吗你一定一定要安排给我辛迪？我在你手里买的套票不够多是吧？阿珍连连赔笑，阿珍觉得辛迪就是太可怜了。阿珍差点保不住辛迪那次是客人投诉辛迪脸都不按，做脸不按脸，我做的是什么？客人眼睛盯住阿珍，问。阿珍只庆幸大老板巡了铺刚走，要在店里，辛迪真的保不住了。阿珍说我来叫辛迪，客人说不用了，客人走了。阿珍问辛迪，辛迪讲客人睡着了。阿珍说睡着了就不用按了？辛迪讲睡着了为什么还要按？阿珍说客人没睡着啊，客人醒着呢，什么都知道。辛迪讲我怎么知道她还醒着，我以为她睡着了。

最后一次是客人一脸面膜一脖子面膜水地找到经理室，阿珍都吓了一跳，客人说都讲了赶时间的，面膜十五分钟就好，结果躺了三个十五分钟没人理。而且面膜调太稀，这三个十五分钟面膜水一直往脖子里灌，我数了第一个十五分钟，数了第二个十五分钟又数了第三个实在受不了了。

庆幸的是这个客人最好说话。这个事后来也就没事了。

倒是辛迪不做了。

辛迪去同阿芳闹，阿芳是按摩师，阿芳只做按摩，辛迪是美容师，辛迪只做美容，去同阿芳闹，闹什么？阿芳做了按摩，辛迪做了美容，俩人都落力劝客人买套票，买了的也要再买，买了美容的还没买按摩吧？买了按摩的还没买减肥吧？买了减肥的还没买脱毛吧？我们还有刮痧耳烛汉方肚呢。公司规矩来的，每天都要交数。客人终于买了套票，这个数，该是阿芳的？辛迪的？

辛迪讲是我的。

阿芳同阿珍也是要好的，所以阿芳忍了几日，才把辛迪一同叫到阿珍的经理室。你想惦？阿芳直接问辛迪。辛迪低了头，眼泪都在眼眶里。

我不做了。辛迪满腹委屈，阿珍姐每次都是把好客人给阿芳，阿芳拿了不少数。

我怎么知道哪个客人会买哪个客人不会买！阿芳嚷起来，嗓门大，嚷起来更大。

有病的难说话的客人都给我。辛迪的眼泪滚下来。

阿珍的眼泪也要滚下来。阿珍一直记得辛迪见工的第一天。

有孩子吗？

辛迪说，一个。

哦，阿珍说，多大？

死了，辛迪说。

阿珍一时间说不出来话。

被我嫂子杀了。辛迪说，面无表情。

阿珍不知道如何接下去。

我嫂子生了个女儿，我生了个儿子，她嫉妒，就杀了我的儿子。辛迪又说。

报警啊。阿珍好不容易挤出来这一句。

辛迪竟然笑了一声。

好不容易从乡下出来，辛迪说，找了个香港人，来的香港。

店里同事的事，阿珍知道的，莉莉最苦。

莉莉八岁不到，父亲扔掉她、妈妈和弟弟，全家，一个人去了深圳，在深圳又找了个女人，还欠了三万块的债，二十年前的三万块。大年三十，债主上门要债，鸡飞狗跳。大伯住在对门，当是看不见。妈抱着弟弟去了庙里。莉莉被扔掉了，第二次。

莉莉只记得自己哭了一夜，别的都忘了。

跟着奶奶过活，也不要去上学，整天在家里待着，看阳光里的灰尘。到了十二岁，大伯说，去打工吧。就去了镇上，替人看孩子，一个月两百块。

妈妈把弟弟送到深圳，父亲那里。过了三年弟弟自己回来了，借读费太贵，父亲不养了。

弟弟回来以后睡在门口，睡在地上，睡在街上，就是不睡到床上。

莉莉看着弟弟蜷曲的睡着的样子，莉莉不知道那三年是什么样的。父亲跟那个深圳的女人又生了两个儿子，那两个儿子要不要借读费，莉莉不知道。

莉莉十五岁去的深圳，什么都干过，莉莉不觉得苦。只要在深圳，就能够活下去。弟弟也来了，母亲也来了，再没有找过父亲，可是二三十年了都放不下。到底做错了什么？为什么会被扔掉？莉莉母亲想了二三十年，一直没想明白。

莉莉说上一代女人啊，根本就不知道她们自己经历了什么，她们自己的身上发生了什么。

莉莉在朋友的店里碰到这个老公，香港人。玩了一个月，香港人说不想玩了，想结婚。

莉莉还想玩，又怀孕了，明明是吃了药了，也只好结婚。

爱是什么。香港老公说的，就一点：从今往后挣到的钱，全部交给老婆，自己一分不留。

阿芳都要笑得倒过去。他要是挣不到钱呢？

莉莉说孩子出世，他也改头换面啦，有一天看到女儿睡在他肚子上，他一动不敢动呢，就怕动一点点，女儿就醒啦。

阿珍看到的，莉莉苦过，最苦，但是莉莉现在不苦了，莉莉以后也不会苦了。

辛迪来了，辛迪最苦。

见工第一天，辛迪说找的香港人，来了香港。隔了好一会儿，又突然说，孩子死的时候满嘴血，是被掐死的。

阿珍的眼泪也滚下来。

所以辛迪后来说不做了，做下去再做十年，永远都是打工的，我们出来，开自己的铺，我们自己做自己的老板。

阿珍认真了。阿珍爬了十年才爬到的经理也不做了，每月交数也是苦，再交下去阿珍真的要神经了，又总被别的香港人经理抢单，抢了还要笑她，阿珍啊，你又不懂英文，你也不懂电脑，怎么可能做得到店长？再拼命可不是要把自己的命拼没啦。

阿珍咬咬牙，辞职。和辛迪搭伙，开自己的铺。

阿珍和辛迪的铺，生意一直不怎么好。

阿珍以为自己的客人总要跟着来的，十年感情投下去，可是那些客人，多数不来了。

说是不要再见到辛迪的客人，打了三通电话终于来了一回，做了个按摩就走了，果真是不再见辛迪。按摩又是阿珍亲自做的，格外落力，也不知道客人纠结个啥。

一脖子面膜水的客人，来过一次也不来了。明明出手最阔绰的，破天荒的，只出了新店试做面护的钱，一分都不多出。

现在的客人，变心也是很快的。

以前在大公司，指着阿珍安排最好的师傅、最好的时间，就算是临时起意要过去，阿珍也总能变出个位来，各种优惠，各种送，大家都做成了好朋友。现如今叫她们帮衬自己的小店，真面目也就露了出来。

阿珍比以前更累，辛迪不干活，这不舒服，那不开心，家里又常有事，三天两头不在铺里。

阿珍一天做下来，头一回觉得人生是比婚姻还要漫长的。

撑了两个月，终于被阿珍识破辛迪只管问客人收钱，现金，从不记账。

铺子一天比一天赔钱，日做夜做做死了地做，可是一直在赔钱，阿珍真的连死的心都有了。原来是辛迪。

阿珍去问辛迪，辛迪嗓门竟然比阿芳还要大，辛迪说你滚。

阿珍只好滚。

阿芳莉莉跟着辞了大公司的工，阿芳也是做了十年的，说不做了就不做了，阿珍是说不出来一句感恩的话的，阿珍只知道不要让眼泪真的掉下来。三个女人全部积蓄拿出来，重新租了个地库，开了一间新铺。

新铺生意好起来。

阿芳有时候说起来，阿珍啊，跟你讲过的，不要跟辛迪，半条命都要搭进去。

阿珍笑笑，不说什么。

那个辛迪，绝对有问题。阿芳说，一天到晚跟我讲，前夜跟这个男朋友出去吃饭，再前夜又跟另一个男朋友出去吃饭，得意得不得了。

有老公的，怎么可以。莉莉说，我以前多爱蒲啊，夜夜都去酒吧，现在我老公叫我去我都不去的。

她那个老公还管得了她？阿芳说，去学校接孩子，同学都问呢，这是爷爷还是爸爸啊？

辛迪有孩子的吗？阿珍忍不住问。

当然啊。阿芳说，两个呢，大的那个都中学了，不过不是这个香港老公的，乡下带出来的。

辛迪的话都不能当真。莉莉说，她都跟我讲过，她是香港出生香港长大的正宗香港人。

普通话讲得乱七八糟，广东话也讲得乱七八糟。阿芳说，根本就不知道她到底是哪里人。

阿珍有些恍惚。

阿珍收到过一个不认识的女的发来的一条信息，说她也是做美容的，辛迪要转让铺头给她，十个月租约，以及铺子里所有的仪器，还有客人。她看到租房合同里还有阿珍的名字，就想办法找到阿珍。

阿珍只懂得回过去一句，不要接，不要跟辛迪打交道。

那个女人回过来，所以辛迪讲你是有神经病的，自己做不了还非要硬霸着别人的铺头，就见不得别人的好。

阿珍哭不出来，她才是被赶走的那一个，铺子里的东西明明一人一半的，她也都放弃了，怎么就成了见不得别人好的那一个。

那个女的后来又发过来一条，说要跟阿珍合作，告辛迪。

辛迪就是个骗子，她在短信里是这么讲的。

阿珍没有回。阿珍不怕辛迪就是个骗子，阿珍只怕辛迪跑来新铺闹，辛迪可是什么都干得出来的。

不关我事。阿珍跟自己讲，我就当不认识辛迪。

阿珍有些恍惚。

辛迪还是跟来了，一条信息，说要见阿珍。

房东只退了一个月按金！辛迪的信息说，那个恶霸房东，竟然只退一个月！难道不该是赔我三个月的吗？我去要钱，我理直气壮地，房东竟然伙同那个接盘的神经病女人把我告上法庭，商业欺诈！他们竟然告我商业欺诈！租房合同上可是也有你阿珍的名字的，你脱不了干系的，我们俩都是被告。

阿珍没有回应，阿珍只想要逃避。

除了工作，阿珍逃避一切。

你家里的问题，你跟你老公的问题，你要说的，你不能不说，阿芳说。

我有发火。阿珍说，把我逼急了，我会发火。

发火有什么用？阿芳说，你要去讲清楚。

辛迪的事情，你也要去弄清楚，阿芳又说。

不要逃避，要面对。莉莉说，我也是这么跟我妈说的，一定要放下，然后去面对。

放得下吗？阿珍说，面对得了吗？

我妈放了快要三十年。莉莉说，可是她放下了。我们一直都在面对。

阿珍笑笑，摇摇头。

都说性格决定命运。莉莉说，可是对我们三个来讲，不是双手决定的命运吗？

阿珍你的命运是你这双手撑住的。阿芳说，我们还有什么没见过的我们还有什么要怕的？阿珍你争气一点啦，你给我争这一口气了啦。

阿珍回了辛迪的消息。我们法庭上见，阿珍。

然后阿珍给老公打了个电话，奶奶房子装修要到我们家里来过渡，你没有同我讲过一声就拿了主意，你没有当我是一个屋里人，这是一个问题。

老公在电话那头一句话没说出来，大概是呆住了。

我六点准时下班，我们必须谈一谈。阿珍又跟了一句，油麻地站，A出口，你来接我下班。

伤心水煮鱼

1 吕贝卡

如果不做爱，我们就没有了爱的基础，吕贝卡说。

我看了她一眼。端来伤心酸辣粉的阿姨也看了她一眼。

他的原话，吕贝卡说。

伤心吗？我说。

为什么要伤心？吕贝卡说。

那你是做还是不做呢？我说。

我不知道啊，吕贝卡说。

我把堆在酸辣粉上面的那团疑似肉碎混合葱姜蒜拨出去。

你不吃肉就不要叫酸辣粉嘛，吕贝卡说。

我说我是不吃肉，但是我吃辣啊。

吕贝卡看着我，葱也是肉吗？

是，我坚定地说。

那你做还是不做呢？吕贝卡说。

我继续拨那团东西。

那你到底是做还是不做呢？吕贝卡坚定地问。

关我什么事，我说，我又不是男的。

2 葛蕾丝

在伺候老板和伺候老公中间选一个，葛蕾丝说，你选哪个？

老板，我说。

葛蕾丝说你有病啊，你可以不伺候老板也不伺候老公的嘛。

我迟疑了一下，说，那，我自己做老板？

你行吗？葛蕾丝说。

不行，我说。

那你豪气个啥？葛蕾丝说。

老公？我说。

你行吗？葛蕾丝说。

老板老公我都不伺候了行了吧，我说，我下辈子不做女人了。

我下辈子不做人了，我又说。

先把这辈子过了再说吧，葛蕾丝说，下辈子你还能做人？想得美吧。

3 吕贝卡与葛蕾丝

明天晚上去吃素好不好？吕贝卡发了一条微信到我们的群，明天十五。

我说好。

葛蕾丝的回复下午才来，而且是语音的。好啊好啊好啊，她是这么说的。宁愿说三遍好啊也不打一个字。能不打字她就不打字。

吕贝卡跟我投诉过葛蕾丝，最危难的时候，她想要找她倾诉，葛蕾丝说她没空。没空这两个字都是用的语音。

老板不在，我得留公司加班。葛蕾丝又补了一句，要出不来，别等我。

我老板要是不在，我说，我肯定天天往外面跑啊。

还是吕贝卡好过，葛蕾丝说，太太们的日子都好过的。

吕贝卡叫起来，你们来试试！

葛蕾丝果然没出现，连个微信也没有。

吕贝卡点了个海带。

海带可能是动物，我说，我不吃。

海带是植物，吕贝卡坚持，要不素菜馆里也不会有。

反正我不吃，我说。

那你黄油也不要吃，吕贝卡说。

为什么？我说，黄油是牛奶。

我怎么一直以为黄油是牛的油，吕贝卡说。

你去网上查查好不好，我说，在家里待待待傻了吗？你还是学生物的。

你以为都像你跟葛蕾丝？吕贝卡说，在家里待待待了十年还找得到工作？

职场拼杀也残酷的，我只好说，葛蕾丝肯定又在加班。

吕贝卡哼了一声。

真是忍看朋辈成主管啊，我笑着说。

一年就升主管，吕贝卡也笑着说，你会不会觉得她被潜了？

我不想笑了。我说我不觉得。

4　老公

很多时候性骚扰就是一种对女性的驱逐机制，葛蕾丝说。

很多时候驱逐来自同性，我说。

葛蕾丝笑笑。

职场拼杀也残酷的，我说。

宁愿被杀也不要回去被老公杀，葛蕾丝说。

有那么夸张嘛，我说，宁愿看老板的脸色也不要看老公的脸色，最多只能这么说。

宁愿被老板杀也不要被老公杀，葛蕾丝坚定地说。

好吧，我说。

5　十万

最理想的状态是什么？

每个月给十万家用然而不出现的老公？我说。

是上班！吕贝卡说。

上班忙了就没有空婚外情了，我说。

吕贝卡白了我一眼。

要是我还能上班，吕贝卡说，我宁愿不要这每个月的十万。

我能跟你换吗？我说。

6　老板

你被潜了吗葛蕾丝？我说，你喝多了我不喝，所以我也只是问一句，你别介意。

葛蕾丝笑笑。

原谅我，我说，就不应该说出口的话，我也是昏了。

我付出了什么代价你知道吗？葛蕾丝说。

我知道，我说，那谁说的，我们没有被潜，但是我们必须为不被潜付出代价。

我们没有被性骚扰，但是我们必须为不被性骚扰付出代价，那谁是这么说的。葛蕾丝说，潜和性骚扰不同的。

那么你是被潜了还是被性骚扰了呢？我说，当然这个问题跟你升职无关。

听过那个笑话吧，葛蕾丝说，送礼。

没，我说，现在还有送礼的？违法的好不好。

有个女的去办事。葛蕾丝说，她就准备了两张卡，一张金额不算大的超市卡，一张贵重银行卡。她是这么想的，如果对方态度热情，有希望，就把银行卡留下，如果对方冷淡，放下购物卡走人，也算体面。对方很热情啊，喝茶聊天什么的。她觉得机会很好，留下银行卡，对方也收下了。回到酒店一翻包包，完了，送错卡了，银行卡还在包里，冷汗都出来了，再翻，超市卡也还在？此时，房门外传来了刷卡的声音……

我看着葛蕾丝。

葛蕾丝大笑起来。

我说葛蕾丝你这么会演你去写小说啊。

这个故事还是我的老板当笑话说给我听的，葛蕾丝说。

你的老板会给你说笑话的吗？我说，我的老板简直把我当个笑话。

同事聚餐啊，葛蕾丝说，老板讲笑话，大家是笑，还是不笑呢？

不笑，我说，没听懂。懂了也装不懂。

所以你老板当你是笑话啊，葛蕾丝说，你要笑，大笑，而且要笑得比谁都要大声。

所以你升职了？我说。

7 伤心水煮鱼

如果不做爱，我们就没有了爱的基础，吕贝卡说。

吃水煮鱼吧，葛蕾丝说，我不要吃酸辣粉。

我要个豆腐，我说。

不做就不做好了，葛蕾丝说，还威胁啊。

换人好了，我说，男人多的是。

不做的男人多的是吗？吕贝卡说。

那就做好了，葛蕾丝说。

太罪恶了，吕贝卡说。

起心动念就是罪，我说。

端来水煮鱼的阿姨看了我们一眼。

为什么不叫伤心水煮鱼呢？我说，听起来比伤心酸辣粉伤心多了。

有什么好伤心的？葛蕾丝说，有老公养，有用人服侍，不用工作，大把钱，大把时间，天天睡到大中午……

葛蕾丝，你上次讲的笑话有个大BUG，我说。

我从来不讲笑话，葛蕾丝说，你看我像是有空讲笑话的人吗？

如果那个女的留下了房卡，她自己是怎么回到房间的？我说。

一般酒店都要给两张房卡的嘛，葛蕾丝说。

但是一进门就会插掉一张取电嘛，吕贝卡说。

你俩经常去酒店的吗？我说。

葛蕾丝沉默。

吕贝卡把水煮鱼往桌子中间推了一下。

什么叫不工作老公养，我每天都是一大早就起床的，而且太太们也都是有追求的好不好？吕贝卡生气地说。

什么追求？我说，整天打牌，八卦，浪费空气，浪费食米，消耗地球资源，也不知道活着干吗。

你别忘了你也曾经是太太团的，吕贝卡说，你做太太的时间也不短。

可是我不是了啊，我说，我早就被赶出去了。

你们以为我们无能？吕贝卡说，崔西，还记得崔西吧，每天都写作的！她写了多少作你知道吗？她写了好多作！

我又不写作，我说。

还有凯西，摄影水平不知道多好呢。吕贝卡都有点结巴了，她一直一直一直在拍照！她拍的照可是最好的！

葛蕾丝大笑起来。自我感觉都这么好，写作啊？还摄影啊？出来啊，一秒就滚。

一团碧池，我说，都不知道外面的世界多大。

她们又不用出来的，葛蕾丝说。

我都不认识你了，吕贝卡说。

你从来就不认识我。我说，你也从来没有认识过葛蕾丝。你们不无能，你们只是会同我们讲，没有米吃快要饿死了？怎么不去吃肉呢？

吕贝卡站起来往外面走，水煮鱼一口还没吃。

葛蕾丝若无其事地举起了筷子。

走出来你还是你，只是这个世界都不同了

周洁茹/傅小平

每个刚刚醒来的早晨，我都不相信这个世界是真实的

傅小平：偶然的机会，读过你几篇文字，后来与你有交流，你给我感觉最是文如其人了。这不够，还得补上一句，人如其文。我为什么会有这样特别的观感？或许是因为，在我感觉里，你就在你的作品中。当然了，说来几乎每个作家都在努力寻找作品与生活之间那个最为适宜的距离，但找到这个恰如其分的点并不是那么容易的。说不容易是要么很远，要么太近；要不过于隐藏，要不过于暴露。你好像都不是，那问题就来了，你的作品与你的生活之间是怎样的一种关系？

周洁茹：你不是自己回答了这个问题吗？——你就在你的作品中。我在我的第一个创作谈《现在的状态1997》里就是这么说的，“我的小说就是我的生活”。而且我还说了这么一句，“我想我

会勤奋地写下去，一直到我老，当我站在大厅里坦然地说‘我已经老了’这句话的时候”。很遗憾，我从二十一岁等到了四十二岁，还未听到任何一个男人跟我说那一句“与你那时的面貌相比，我更爱你现在备受摧残的面容”。

傅小平：是不是因为你还没活到杜拉斯写《情人》时的那个年龄？所以，不如先说说你“那时的容貌”，或是更小时候的容貌吧。从现在起往回追溯，留在脑海里最早的记忆是什么？小时候的记忆是珍贵的，但也可能会是回忆时叠加的印象，甚至可能是有意无意虚构的，是否确信这种记忆？如果时光能够倒流，最想定格住小时候的哪一个瞬间？

周洁茹：我是三岁开始记事的，那一年我爷爷过世。我记得厅堂中央黑色的大棺材。我被母亲带入小房间，她红着眼睛，我要求她画一个房子给我，这样的要求一般会被拒绝，但是那天她给我画了一个房子，房子上面还有一个烟囱，她红着眼睛。记忆是真实的，我长大以后去查了爷爷去世的年份，1979年，那年我三岁。后来我要结婚，父母担忧，去了一个偏远的山村找算命师傅算我的命，第一次也是唯一的一次。算命师傅是瞎子，不读不写，算出来的命都是用唱的，父母录了下来，回去一句一句地辨别，手写下来。第一句三岁行庚，大概就是三岁开始记事的意思。小学三年级时候的夏天，有一个深夜我突然醒来，听到楼顶上面奇怪的声音，很大很大的声音，但是只有我听得到，像是飞船降落，直到现在我仍然是这么肯定的。我小时候的家是那种独幢的楼房，我的房间前面是阳台，上面就是一个平台，很平的平台。然后我就听到一个声音说带我离开，也不是一个具象的声音，更像是一种意识与意识的交谈，我犹豫了一下，小学三年级的我犹豫了一下，回复说不走。这个记忆也是真实的。飞船在第二个夜晚又来了一次，我仍然清晰地拒绝了，它再也没有出现过。其实我已经后悔了。好多年以后我突然想到那个夜晚，我想也许不是飞船也许只是年老的我，试图穿越时间的缝隙带给我一个信息，但是我拒绝了。如果时光能够倒流，我想定格在那个瞬间。

傅小平：为什么你只有三岁，就要求妈妈画一个房子给你？那么小就画房子，只是无意识行为，还是代表了一点什么？我看你从小不愁吃穿住，长大后买房应该不是问题。不过，你从常州出发，转道美国，又回到香港，在迁徙流转中，想必在各地买过房子，也住过不少房子。虽说，你不需要像希斯内罗丝一样，拼了命去挣那座“芒果街上的小屋”，但房子到底还是灵魂的安居之地。那对你住过的那些房子，你都有些什么印象？房子对你来说意味着什么？

周洁茹：我唯一一篇被翻译成德文的小说叫作《林先生和林先生的房子》，写的我父母的房子，也就是我小时候居住的那幢房子。我经常梦到那个房子，就像我在《艾弗内尔的房子》里面写的那样，我经常梦到我二十岁前住的中国房子，那个房子的前门和后门，门前绿色的信箱，梦里我时常去开那个信箱，信箱里装着很多过期的报纸和杂志，都被雨雪打湿了。我从来没有梦到过任何后来的房子，柏拉阿图的房子，艾弗内尔的房子，新港的房子，一次都没有。我的电脑里面常年有一个空白的文档，文档的名字是《房子》，如果不是你这些必须回答的问题，我会把这个秘密藏到直到我死掉。我从二十岁开始，就有写这个长篇小说的意愿，我在所有的创作谈和对谈里面都表达了我对长篇小说的轻视和放弃，我说我掌控不好的我不会去写，可是我确实一直有这个信念，写出来《房子》这个长篇小说，而且是最好的。可是我在最可能写出来这个长篇的年纪没有能够写出来，直到我离开中国去了美国，我请我的一位德裔老师读了我的那篇被翻译成德文的小说，她说还不错，但是并没有更多的评论，我想的是，她确实也是理解不到，一个中国房子的历史，就是一个中国人一生的奋斗史。我父亲从我爷爷奶奶那里继承到房产，因为年代久远，房子需要翻建。他们要了单位的一个宿舍暂住，又把我送到一个同事家里请同事照顾我，那一年我小学一年级。房子建了一个半月，最不可思议的时间。其间我被带去看了一眼建造中的房子，裸露的钢铁的楼梯，我只记得这个。我父母的同事待我还好，但是习性有差异，晚饭后他们一家都会看球赛，我不仅仅是不喜欢，我厌恶足球，又寄人篱下，没有选择的权利。一个小女孩，睡在别人家的床，委屈地小声地哭，白色月光下，直到睡着。那段时光，其实忘得精光，只记得中秋节的晚上，母亲赶来，只有母亲，父亲还在忙那个房子的重建，母亲把我接去租住的宿舍，一路上的月光有多明亮，我这一生，可能都不会再见到那么明亮的月光。母亲开了宿舍的门、日光灯，还有电视，电视里是一台晚会，我们一起坐在床上看电视，床上还堆满了好吃的。那个温暖的有母亲陪伴的晚上，我这一生，可能都不会再有那么温暖的晚上。房子建好以后我们全家搬了回去，我发现父亲一下子老了十岁，我都不认得他了。隔了好多年，父亲说起一些建房的小事，居委会的主任会在傍晚走过来要求把所有的建筑材料搬入房内，因为有上级文件指示，创建精神文明卫生城市，建筑材料就不可以堆在外面过夜。工人已经下班，父亲和母亲，两个人一起把材料搬进房子，黄沙、水泥，还有砖块，搬到深夜，到了早晨，再一样一样搬出去，每天都是这样。还有更多听来都极其可怕的小事。那时候我已经二十岁，我才真正谅解了我童年时候被遗弃的那一个半月。我母亲生在城中最著名的一条巷子，青果巷，隔壁邻居是瞿秋白家，外公懂机械，会修钟表，家里还有八音盒。母亲小学的时候，外公突然重病去世，家道中落后，三位姐姐出外谋生、嫁人，或去工厂做工，母亲还要上学，与外婆相依为命。母亲说起那个房子，因为也没有饭吃，做完功课就是上床睡觉，床边的墙角已经长上了青苔，一个孤儿寡母的破房子。学校放假外婆带着母亲去往山西的工厂探望第二个女儿，回来时发现门锁被换掉，家当都被扔出门外，房子成了公家的房子，外婆有外公留下的地契，可是怎么都找不到，就这么被赶出了青果巷。后来母亲会带我回去青果巷，探望她小时候的邻居和长辈，每次也都会指给我看那个房子，她的床是摆在哪个房间，那个长出了青苔的墙角在哪里，却坚决不肯再踏入那个房子。我从美国回来以后去找了后来住在那房子里的人，我希望把房子再买回来，房子里的人讲不能卖，再大的价钱都不能卖，我问他为什么，他讲房子的产权不清楚，过户手续上会有问题。后来青果巷旁边开新楼盘，我母亲把我从香港叫回去陪她买楼。她执意买一种房型，只要那一种，后来楼盘建好，我陪她去收了楼。母亲也不住在那个楼，装修好了也不去住，只是空在那里。但是只要她过去，就会在窗口坐一会儿，她说是晒会儿太阳，可是我注意到，从房间里面往外面看过去，就是青果巷的那个房子，整幢楼只有这种房型的窗口，正对着那间旧房。

傅小平:《艾弗内尔的房子》?我没读过。但我没读，也能感觉到，你一定写到了，你住在艾弗内尔的房子里，回望小时候住过的房子，还有青果巷的房子。这就好比是你在美国，回望中国的生活。好比是，你在回答我问题的那个时刻，隔着遥远的时空，回想你的童年时光。也好比是，在我们一早醒来的那一刻，回望仅能抓住一丝半点余绪的梦。就像有人说的，写作其实也是写下我们醒着的梦。那在现实里住着的房子，和你梦里的房子之间，或是在醒与梦之间，隔着什么样的距离?这种距离给你提供了什么?

周洁茹:每个刚刚醒来的早晨，我都不相信我现在生活的这个世界是真实的。往往是因为梦境太真实了，超出了现实的真实。我中年以后的梦突然变成彩色，我也终于把梦做成连续剧。我曾经在小说《邻居》的开头写了大段梦境还有房子。“这些年我每晚的梦都以房子开头，我梦里的房子都巨大但是破败，像城堡那么大，也像城堡那么破败。清晰又细致，看得到门柱上雕刻的花朵，木门板掉落的漆。我甚至怀疑过梦不过是前世。那些梦境中的破房子，全是属于我的，我却欣喜于它们的存在，也总在梦中筹备如何整修它们。很多时候太过逼真，我从梦中醒来，都不愿意接受我的现在。”这是真的。即使我在香港住了七年，很多个早晨，睁开眼，我仍然需要想一想我到底在哪儿，我的房子到底怎么了。这是真的。我跟父亲描述过那个梦境中的房子，因为那个房子不断地不断地在梦里出现，以至于现实中的我都不会忘记。那个房子每次出现都是好几层，有时候是两层，有时候是三层，还有地下室，最上层往往是一个巨大的露天的天台，方形石板的地，石板与石板之间长着草，荒凉的青草，天是阴的，也有一些石头的雕像，我从来没有看得清楚那些雕像。房子里面有很多很多房间，都是空的，橱柜和门，吊灯，所有的家具都是破败的。有时候我会穿过一些地下的通道，如同洞穴，通道的中途和尽头都会是房间，一切都是破败的。你看，我竟然可以这么清醒又详尽地描述一个梦境中的房子，我从来没有住过甚至见过那种房子，在这个醒着的世界。我父亲说那是很奇怪的，因为他也没有见过那样的房子，我们的老房子在翻建之前，也不是这样的，而且我也是记得我们家的老房子的，大门和房梁，确实不是我梦境中的那个房子。有一天我突然意识到，我梦境里的那个房子，更像是一个墓地，我死掉以后，也许是住在那里。我的梦，不过是提前告诉我一点。

我为什么离开，在他们觉得是最好的时候，我说我烦了

傅小平：不能不说你很早慧。一般人五岁开始记事，你是三岁行庚。一般人，在小学三年级，不会听到飞船落地的声音，不会遇见多少年后年老的自己，你遇到了。寻常人，小学、初中、高中、大学，工作，结婚，生子，一步步按部就班地走过青年时光，你不走寻常路，早早出名了。一般人在不惑之年很少疑惑了，出现在梦里的是带有阁楼的花园洋房，你梦见了像是墓地的房子。怎么什么都提前了呢？什么都提前的人生，带给你怎样的戏剧性和错位感？

周洁茹：厌倦。我很厌倦。我几乎在我的每一篇随笔里面都写了厌倦，我说我曾经在早晨厌倦，如今到了傍晚我也厌倦，生存意识很弱，但是还有一点，所以我有时候还是会吃一餐饭，至少让自己活过今天。我也答过一个要答一百遍的问题，我为什么离开，在他们觉得是最好的时候，我说我烦了。也就是厌倦。我十五岁开始发表，第一个作品是诗，我已经在其他的访问里谈过那些诗，我谈得很少是因为我不会再回去写诗，我第一个被讨论的作品是一个摄影，我拍了一条灯会里跳龙门的鲤鱼，从一个最饱满的角度。我意识到我看见的是别人看不见的，我写的也是别人写不出来的，我开始写小说，十七八岁，然后就一直停留在小说，我再也

没有去找过诗和摄影，坚决的心会让你把事情做得更好一点，可是我的周围全是大人，比我大十岁二十岁奇形怪状的大人，我从来不和大人们说话，他们是外星人。十八九岁，我应该去玩，谈恋爱，在夜店跳舞，可是我坐在家里写作，把自己写坏，心和身体，二十四岁离开的之前和再之前，已经很厌倦。上天给你天才的时候也同时给了厌倦，以示公平。抗拒不了的才能和厌倦。真正的戏剧性和错位感发生在十五年以后，我回来，我发现所有的人都变了，眼睛的颜色都变了。可是谁也没有写得更好一点，有吗？坚持写作下去的意义？我只知道我坚持了十五年不写作。我还是我离开时候的样子，好像还更好了一点，因为我终于不再婴儿肥了。我就像是一个时间旅行者。如果你没有像我这样坐过时间机器，你一定不知道那种奇异的感觉，雪还没有落下就消失，树叶还没有发芽就变黄，你走出来你还是你，只是这个世界都不同了。另外，尽管过去了十五年，确切的十五年，我还没有到不惑。

傅小平：树叶还没有发芽就变黄，诗意的想象。种子落到了地里，它要发芽，它长成了树就有了树叶。没有发芽就变黄的树叶，会去抱怨落地的种子，让她生来就与众不同的种子吗？树叶会对种子说，我厌倦了，我要回来。种子回答说，你回不来了，让你的厌倦成为不厌倦吧。你会问，那给我一个不厌倦的理由吧？种子沉默了。它只是让你发芽，只是给了你多少人求之不得的天赋和才情，怎样克服厌倦，怎样在写作中克服厌倦，还是需要你自己来回答。

周洁茹：我从来不克服困难，就像我在二十四岁以后从来不阅读一样。我也不需要克服厌倦，厌倦从来都是我写作的一个主题。我认识一位批评家，也写小说，按照我看人只需要两秒看文章只需要两行的经验，我认为他的小说要好过评论。我问他你自己内心是倾向写评论还是写小说，他说小说，写评论很被动。我说那你为什么还要写评论，他说有时候有感要发。我说我从来不被动地写。我有一句话没说出来，所以你的评论写得不行。很多时候我们的行，是因为我们主动。我清晰地记得我就是为了证明自己的行，主动回来写小说的。

傅小平：时隔多年“主动回来”，会不会有恍如隔世之感？

周洁茹：我在美国居住了九年以后来到香港，住在香港的第七年，我重新开始写作，今年已经是我回归写作的第三年。我想起我什么时候开始写作的。如果说第一次发表就算作一个作家写作生涯的开始，在我这里是不准确的。我1991年发表了诗歌《雾》，去年发现还与南京诗人梁雪波同了期，要不是他发到朋友圈我都不好意思讲出来我写过诗，那可能是我唯一的也是最后的一个诗歌作品。两年以后我写了我的第一个短篇小说《独居生活》，又过了两年我开始写中篇小说，那些小说全部发表在吉林的《春风》杂志。那些年我就是不断写，各种写，无边无际写。1996年江苏《雨花》发了我第一个小说小辑，上海《萌芽》给了二十岁的我新人小说奖，1997年在《上海文学》和《作家》发表了小说《点灯说话》和《熄灯做伴》以后，我开始有点担忧，我在第一个创作谈《现在的状态》里表达了这种担忧，我说年纪已经不是一个优势了，它成为了我的障碍，非常大的障碍。我也许会因为年纪而受到轻视。与这个创作谈同版配发的是徐坤的评论《城市生活与茧居时代——读周洁茹的小说》。另外我发表在《文学报》的小说《长袖善舞》被《小说月报》转载，这是我的第一个转载。五年以后，已经住在加州的我在我父亲订阅的《星岛日报》湾区版上又看到了这篇小说，那个时候我已经中止写作两年，我扫了一眼报纸，随手扔掉了。我清晰地记得我当时的动作，随手，扔掉了。

傅小平：就那么随手扔掉了？不说“苍凉的姿势”，也是决绝的姿势了。就写作来说，无论是你随手扔掉，还是为证明自己的行重新捡回来，都这么决绝。你证明你自己的行，是向已经告别了很久的文坛证明吗？你的证明本身，是不是已经包含了被动的成分？要说为内心写作，那是无须向外界证明的。

周洁茹：有一点是肯定的，酒喝多了肯定是不行的。我注意到很多写作者都有酒的问题，喝了酒会不会写得更舒服一点，或者没有酒喝会不会死掉，如果要去考虑这些问题，酒就真的成为了一个问题。也有可能是因为没的选择，如果饮酒已经成为了大家的生活方式，一个中国的习惯。我终于看了《化城再来人》，我一直忍着没有去看任何一部《他们在岛屿写作》，我很想看的书和电影，很想吃的东西，很想爱的人，都忍着，不去碰，留到最后一刻，有时候就吃不到了，有时候真的很想看的书和电影就真的不想看了，有时候爱人也不见了。我终于看了《化城再来人》，我选择紫色。我选择冷粥、破砚、晴窗。我就哭了。即使周公说的，别哭。我有过一个创作谈收在一套上下册的集子里，上册是《我愿意这样生活》，下册是《我的自由选择》，十六年前的书，但是书名超越了时间。我在2014年的春天去到台北，我模糊地知道武昌街明星咖啡馆骑楼下面有过周梦蝶的书摊，我模糊地知道他，但是我不知道《孤独国》和《还魂草》，我不懂写诗也不读诗。我去了明星咖啡馆，就像我模糊地去了旧金山的城市之光，在那儿待了一个下午加一个傍晚，我都不知道我为什么会去那里还是我只是路过。我要的是茶和蛋糕，那一天是4月15日。我不要咖啡，放了八颗方糖的咖啡，会甜一点吗？我也不要俄罗斯软糖，我根本就不喜欢甜。吃完蛋糕喝完茶，下楼梯到咖啡馆的下面，对面是城隍庙，面包店旁边是茶叶店，茶叶店的前面坐着一个卖白兰花的老奶奶，我买了白兰花，我总是会买白兰花，香港有时候也有，早晨在佐敦。周梦蝶的书摊当然是早就没有了，80年代，那个时候我还是婴孩，根本就没有可能去到台湾。周梦蝶5月1日病逝，我已经从台湾回到香港。我理解的周梦蝶的写作，是用写作寄托悲苦，死亡都无法摆脱的悲苦。所有选择了写作的写作，就已经是一个证明。我从前以后都没有可能说出为内心写作这种话，如果一定要有一个写作的理由，肯定是爱。我在说主动和证明这两个词的时候没有经过大脑。总有一些词是不经过大脑的，比如我爱你。

打开自己难免受伤，打开自己的人，是什么都顾不得了

傅小平：是不是还有一个词，也是不经过大脑的？我不说你也能想到，厌倦，由天赋引发的厌倦。这很是有点麻烦，与天赋共生的厌倦挥之不去，就是天赋消散了，厌倦都不会消失。但话说回来了，不管真实也好，虚伪也好，文坛中人，还真没几个会自称天才，这不是让自己下不来台嘛。坦率地说吧，天才无法证实也无法证伪。但我想知道，像张爱玲一样从小被视为一个天才，长大了，这个天才又经历了那么多悲欢沉浮，会是怎样一种复杂的人生况味？

周洁茹：如果我真来谈经历悲欢沉浮的天才的人生况味，才真是让自己下不来台嘛。你不是天才我当然也不是。这个世界不缺乏标榜自己是天才的作家评论家，我是相对冷淡的水瓶座，不为成功不择手段，眼睛里没有货币单位也没有大腿，心和身都不在地球。若说天才张爱玲有什么特别吸引我的地方，就是她年老以后的生活，拖鞋和纸箱，空房间，行军床，真的就是我的终极理想。如果我将来会为了什么杀掉我自己，一定是因为太多书信和家具，放满了东西的空间，我会被东西杀死。

傅小平：说厌倦，说到底也是对生活的厌倦，所以有必要问问生活是哪里来的。你虽然足迹遍及很多地方，但并不是那种主

动融入生活的人，相反是有意无意保持了距离的，何况不少时候，还关起门来，有点与世隔绝的意思。那怎么去感知生活，触摸生活？要回答这个问题，恐怕还得回到你的天分，是不是你对生活有与生俱来的强过很多人的感受力和理解力？

周洁茹：如果我一定有一个关上了门的期间，就是我在美国的九年。但那九年，我才是真正努力地生活了，加上我后来在香港的七年，我成为别人眼里可亲有耐心又很照顾朋友的好人。回来写作我得把所有的门都打开，把我自己打开。打开自己难免受伤，所以打开自己的人，一定是什么都顾不得了。我变回我，我是有多爱写作。是的对很多人来说，厌倦也是一件奢侈的事情。有钱人的烦恼也是比穷人的烦恼更有钱一点，但不会更高贵一点。如果你是觉得我从小没有生存的压力，对生存不易也没有很深的体会，好吧我也许是没有生存的压力，可是我根本也没有生存的意愿。这种不珍惜也没有生存意愿的情绪陪伴了我大部分的人生，我永远都需要找到一个理由支持我生存下去。我有一个朋友，被离婚以后天天不吃饭，有时候吃一点饼干，她也是真的，根本就不需要吃饭，因为吃什么对她来说都是一样的。我们有时候一起吃饭，都是非常好吃的饭，我们坐在很好吃也很好看的食物面前，她看着我，我看着她，吃一口饭变成了非常艰难的一件事情。她说怎么办吃不出来味道，所有的食物都没有味道怎么办太没有办法了。我只好说当橡皮吃吧不吃会死的。我倒是还能吃得出来味道，咸的或者甜的，我的问题是我不饿，饿了也没有饿的感觉，我也可以不吃饭，一天都不用吃，我用不吃饭会死的这个念头来让自己吃饭。我活到了现在，支持我活着的理由，肯定是爱。

傅小平：支持你活下去的理由是爱？那就说说怎么理解爱吧。生活中的爱，小说里的爱。怎样用写作表现生活里的爱。爱很简单，爱也很复杂，表现方式更是无穷多，我记得司汤达写过一篇论爱情，就把爱情分了很多类型。

周洁茹：我突然接到一个朋友的电话，问我在不在她父母家附近。因为我父母家和她父母家很近，我可能会在我父母那里，一般情况下，我不会在我父母那里，我很多时候不吃饭，我妈就叫我爸送饭过来，坐在饭桌的对面看着我吃下去，我很少去我父母那里。但是我正好在我父母那里，因为他们正好要回一下江苏，我去送他们。朋友电话来的时候，我刚送了我父母上车，他们也从来不要我送到机场送到火车站，任何可能制造告别伤感的地方。我的朋友说她妈妈突然不舒服，第一次按了平安钟好像也没有按对，她帮叫了救护车，现在她要从公司请假赶过去，最快也是一个小时，希望我可以去看一下她父母家的情况，她也没有别的人可以拜托。朋友的父亲小中风，这些年都在做康复理疗，平日都是躺在床上，只能躺在床上。我父母有时候在楼下看到我的朋友的父母，朋友的母亲推住手推车，朋友的父亲坐在上面，一起去街市买菜。我父亲有时候约那位父亲一起抽根烟，他们在香港也找到了秘密的可以抽烟的地方。我父亲说推过一次那台手推车，很重。我和我的朋友都是独生子女，朋友的父母居住在香港，我父母宁愿来来回回，尽管他们在中国也的确无人照顾，父母们在香港也不跟我们住，而且住得还很远。我赶去朋友父母家，楼下已经停了一辆救护车，我直觉是来接朋友母亲的救护车，那是我第一次这么近地看到香港的救护车，我上到楼上还走错了，其实那么大一台担架床就停在走廊。我站在门口不知道怎么办才好，其实我快要哭了我第一次看到担架床。朋友的母亲跟着医护走到门口的时候还返回来给我一个拥抱，说，不好意思麻烦你过来。我说阿姨你躺上去啊。朋友的母亲说，我自己走我可以撑到楼下。然后我坐在电视机旁边的椅子上看着朋友的父亲，朋友的父亲坐在沙发上看电视，内地古装剧，我已经有十年没有看过这种剧了，演员的表演的确浮夸。时间过得太缓慢了。朋友的父亲突然跟我说，我在看龙应台的书，其中一段很有意思，朋友的父亲给我读了那一段，我没有听清，因为朋友的父亲突然大笑起来，但是我分不清楚他的表情是大笑还是大哭，我真的被吓到了，我还从椅子上站了起来。最漫长的一个小时。朋友过来，我说你妈妈不肯躺到担架床上，自己走下去。朋友说他们就是这样啊父母就是这样啊我们都没有办法。我说那我走了啊。我在回家的路上微信我爸妈江苏冷不冷，我妈说还好，尽管你爸一到家就把所有的羽绒衣裤都翻出来套在身上了，出去的话再套一层，我爸说不过是在冰箱里生活一段时间而已再加个笑脸。然后我失眠了。一直到凌晨四点，一个字都没有写。然后收到我的朋友发来的微信，问我可不可以早上再过去看一下她的父亲。我说你妈妈去了急诊你就应该把你爸爸带回自己家的。朋友说她妈妈后来好一点了检查也没有问题就回家了，可是半夜两点又不好了又叫了救护车去了医院，她自己又是早上七点搬家，租约的最后一天。我说我失眠，她说那算了，我说我看我的情况办吧。我知道她肯定是一夜没睡，她还要上班。到了六点，天黑着，我出了门，去看一下她的父亲，我想的是，至少应该送个早饭，这个我可以做到的。我在她父母家附近买了粥和捞面，上到楼上，门紧锁着。我打电话给朋友，我问她你爸能开门吗？她说可以。我就隔着门说叔叔您慢慢地，我没什么事我就门外面等着。十五分钟以后，门没有开。朋友微信问我门开了没？我隔着门问叔叔您挪到哪儿了？朋友的父亲说不行啊，实在起不来。朋友说搬家公司刚到，我这儿正一团糟，我也不想打电话给我爸，他肯定是我妈去了医院以后就一直坐在沙发上，从凌晨两点开始，坐到现在，而且他还不承认。那你什么时候能过来开门呢？我问我的朋友。你问下我爸他戴表了没有？我的朋友说。我说我不问我干吗要问。我的朋友说问吧问吧我怕我爸等我等得心急，我给他一个我能赶到的准确的时间。我就问了。朋友的父亲说戴了。朋友说他肯定没戴他就是太好强了。我说我疯了。我说我能撬个门吗现在。然后我把早餐挂到门上，一边挂一边隔着门说，叔叔您尽量挪一点儿吧挪床上躺着别老坐着，躺一会儿再看看是不是还能挪到门口拿个早饭，挪到了就有早饭吃了。朋友的父亲说我不饿。我说你女儿马上就到了。朋友的父亲说，哦。我说完赶紧走了，我的头都要炸了。到了楼下，我终于哭了。我说了这样的一段你肯定在想，你在说什么啊。我在说爱，因为我不知道还有别的什么爱，我只知道我们与我们的父母是爱，那些爱都是甜的又是折磨人的。爱没有表现方式。

傅小平：我觉得，你的爱有表现形式的，是生于70年代的表现方式。认同自己是“70后”作家吗？会不会给自己的写作设立一个潜在的坐标系，比如，我在这一拨里该处于怎样一个位置？70年代这样一个背景，对你的写作意味着什么？比如有些作家就觉得，70年代是一个尴尬的年代，似乎不像五六十年代那么理想化了，又似乎不像八九十年代那么市场化，像是处于两边都不靠的，特别不彻底的中间状态，胶着状态。这种状态对写作又有什么影响？

周洁茹：如果我说我不回答这个问题，这个问题就不存在了吗？我当然要面对这个问题，就好像我当然要面对美女作家这四个字一样。我说我不是70后作家我就不是了？也有人说他们才是70后作家，他们就是了？我当然是作家，我当然也是美女。至于70后，这个不是我能够选择的，就好像成为了一个独生子女也不是我选择的。很多70后不是独生子女，我觉得他们想事情和做事情的方法就很奇怪，他们又不需要像我们一样，承担被溺爱又自私的名，又真实地要独力承担老人和儿童。不过1976年到2016年这四十年中出生的中国人，将成为全世界最独一无二的一群人，作为这里面的一员，我简直悲喜交加。至于70后作家，首先它又不是现代消费主义，你来致敬我也来致敬。然后就代际阵营本身来说，它最不需要的就是代言人，有谁可以代表一个时代？我喜欢葛亮谈到这个问题时说的话，“我的写作意义在于我的写作行为本身，而不在于我需要为哪个代际去写作”。我也喜欢顾彬说过作家写作的时候，他们应该超越他们民族的观点。他启发了我这么想，作家在回答关于代际的问题时，他们应该超越他们时代的观点。

储藏室里什么都没有发生，储藏室里是黑的，很黑

傅小平：还是得回来说厌倦。你说厌倦是你写作的主题，很好。要能通过写个人的厌倦写出人的普遍性的厌倦来，或是写出人类根本性的处境更好。那你怎么理解厌倦？为什么二十四岁以后就不读书，而且在长达十年多的时间里不读书也不怎么写作？难道不读书不写作，是出于对生活的厌倦，对人世的厌倦？

周洁茹：所以还是要来讲厌倦。我有个习惯的句子，“心里面充满了厌倦”，出现在我的小说里也出现在我的散文里。这个句子的前面往往是一个好句子，“他说这样的话，她又觉得是负担。很深的厌倦。”（《再见》）“我只是想着要离开，心里充满了厌倦。我的厌倦持续了很久。我终于离开了。”（《夕阳码头》）我有时候在厌倦的后面跟一个问号，“可是每天每天都要做，会不会厌倦？”（《星星不见了》）出现这种情况已经是最不厌倦的厌倦。

傅小平：应该说，厌倦是一个很好的主题。但厌倦，很多时候只是被认为间歇性的情绪，有谁能在一天中没有对一件事感到厌倦的时候呢，又有谁在一生中没有对一个或几个人厌倦的时候呢。厌倦就厌倦得了，大不了性情一点，我不做这件事，我离开这个人，找到新的刺激去，然后又是新的厌倦，如此循环往复。但厌倦，似乎仍然只是一种情绪，一种可以摆脱的情绪。它没有和迷惘、忧愁、悲伤、厌世，甚至是垮掉一样，用学术化的表达来说，就是本体化的一个词，也就是说，厌倦看来很难成为能上升到哲学意味的主题。

周洁茹：我写男女的分手，如果一定要有一个原因，肯定是厌倦。厌倦是相互的。没有第二个原因。有个炼金士说的，有些事情只会发生一次，当第二次发生后，就难免会有第三次。偷情肯定会发生很多次，只要发生过一次。有些事情只会发生一次。我的第一次厌倦发生在幼儿园，我有个孤独症同桌，口水流到画册上，我每天替他做他的图画作业，每天画一条船，画完他的画我自己的，我不厌倦。我的老师每天发给我一种乐器，一个木鱼，我们也有三角铁和沙锤，我只有一个木鱼，每天，我也不厌倦。我们每天吃炖鸡蛋，我每天拖延，把炖鸡蛋藏到碗底，把炖鸡蛋弄到地上，我太不厌倦了。被老师关进储藏室，锁上了门，动来动去的小孩，都不肯闭眼睛，搞到全班都睡不好午觉。中午加下午，下午加傍晚，一个小孩，储藏室里是黑的，储藏室里也没有声音。我厌倦了。有些事情只会发生一次，死只有一次。没有人知道储藏室里发生了什么，小孩的家长来接，小孩被想起来，放出来，这个终于不再动来动去的小孩得到了一个母亲的礼物，幼儿园门口摆摊卖手作的老太太，卖出了一只灯芯绒布做的狮子。我和这只狮子永远待在一起，它的眼珠是棕色玻璃透明的。我长大以后，它只有我手心的大小，我把它带去美国，当然也有人带着一口铁锅和一块磨刀石搭上了留美的飞机，我带走的是一只灯芯绒狮子。你一定要我说出来我有多厌倦。到了美国以后我从来不去书店，我也直接跳过网络上的文学的新闻，如果我得途经一个图书馆，我会绕过去，宁愿多走两个街区，看都不要看到。我再也没有看过文学的书，自己的，任何别人的，我强迫过自己，一定去买一本他们都说很强的小说，强迫买，强迫翻开书页，我快要吐了，生理上的。而你也知道，我自己曾经是一个写小说的。储藏室里什么都没有发生，储藏室里是黑的，很黑。

傅小平：储藏室里或许什么都发生了，是一些不那么美好的事，给你感觉是黑的，很黑，让你宁可想象什么都没有发生。是不是你在写作的储藏室里，储藏了太多，都饱和了，就想着释放、清空。就像一个人登高“会当凌绝顶”，都“一览众山小”了，就觉得登高不过如此，厌倦了，都不想攀爬了。

周洁茹：二十岁到二十三岁，我写了一百多万字中短篇小说，每天睡眠时间不足四个小时，我自己知道我的精神状况和健康都已经到了一个临界点。我还写了十万多字的散文，这批散文发表在《青年文学》《作家》《美文》，也发在《时装》《时尚》《君子》

这样的杂志，我还在《南方周末》有了我的第一个专栏“新生活”，我开始意识到我写的是“洋气”的严肃文学，也就是今天的——城市文学？同时我也在写儿童文学，我还写了一批小小说，由于小小说在整个小说界的地位特别低下，我一般不会主动提起我写过小小说，那批小小说在河南的《百花园》发了三年才发完。

傅小平：你不说，还真是想不到，你还写过小小说。小小说也是小说大家族里的一员嘛，没什么地位低下的。要有谁能出手就写一篇像巴西作家若昂·吉马朗埃斯·罗萨的《河的第三条岸》那样的小小说，我不服他都不行。

周洁茹：1998年1月，我在《人民文学》发表了小说《抒情时代》和《我们干点什么吧》，被认为是我的代表作品，选刊选载，入选当年的“当代中国文学最新作品排行榜”，等等。1998年这一年，用别人的话来讲，也是我的大运年。二十二岁，《青春》《山花》《上海文学》《钟山》《花城》《作品》《上海文学》《江南》《小说界》《收获》全部上了一遍，《青年文学》两遍，《北京文学》小说专辑，《雨花》小说专辑和范小青的评论《我们制造什么》，《莽原》小说专辑和李敬泽评论《倾听一种声音》，这个专辑中的小说《你疼吗》被认为是我的另一个代表作品。7月，我参加了《作家》的70后女作家群展，小说《回忆做一个问题少女的时代》及创作谈《头朝下游泳的鱼》，配发照片三张，这是我的第一次，脸的出现。我在这一年的创作谈《活在沼泽里的鱼》和《年关》里表达的都是体制生活对我写作的约束和限制，绝望和压抑。

然后到了1999年，我写了四个创作谈,《一天到晚散步的鱼》《海里的鱼》《看着天亮》《我在做什么》，并且把还没有上过的文学刊物都上了一遍,《长城》《小说家》《当代小说》《天涯》……我都怀疑我是不是在集刊？二十年后我肯定了我是在集刊，我回归写作后马上把我做梦都想上的《当代》和《十月》上了，真的是拼到尽。我跟我妈说我的梦想终于实现了，她说你现在能上是因为现在的人普遍都写得不好了，我认为我妈说得对。这一年我在《收获》发表了小说《跳楼》，我认为这可能是我在《收获》的最后一个小说。夏天，我去了《厦门文学》的笔会，认识了《香港文学》的总编辑陶然老师，这个命运的安排，可能可以合理地解释十九年以后，我成为了《香港文学》的执行总编辑。这一年，也是我调到常州市文联做专业作家的第一年，我几乎一个字都没有写。但是我出版了我的第一本书《我们干点什么吧》，主编是谢有顺。

傅小平：之前写了那么多字都没出书，不写一行字的这一年倒出第一本书了。想想还真是，要不是这么有戏剧性，就没什么传奇故事了。你都写了那么多文字，有了第一本，是不是一下子就有了很多本。

周洁茹：二十四岁那年，也就是2000年，我加入了中国作家协会，我不知道我是不是最年轻的那一个，但我肯定也是最年轻的那群中间的一个。我出版了五个小说集，一个随笔集《天使有了欲望》，一个长篇小说《小妖的网》。也是在这一年，我离职，去了美国，与所有的编辑和作家都中断了联络。

傅小平：听你说中断了，我像是能听到嘎嘣一声响。但实际上这一声响，也可以说是一声脆脆的回响。至少《小妖的网》应了如今流行的一句话，念念不忘，必有回响。这个小说我倒是读了，读的时候就想，你怎么那么早就写了它，现在看来也不过时啊。答案好像是找到了，因为你就在你的网中，你要把那种感觉表达出来嘛。当然，要说这部小说就写了网络，或者写了一种网络的生活状态，又过于局限了。因为从隐喻的层面上说，生活就是一张网。这么多年过去了，你怎样看这张网，小说的网，生活的网，同时你现在身在其中只是换了个形式的网络的网？这张网对你以后的写作产生了怎样的影响？

周洁茹：《小妖的网》。也许我就需要在一切都过去了以后再来谈一谈。这本书写了三个月，我记得很清楚的是，我在我二十四岁生日的那一天写完了最后一节，交了稿。这本书于2000年3月在春风文艺出版社出版，同年出了一个台湾版，两年以后在花山文艺出版社重版。在写作这个小说的时候我已经是一个专业作家，调职之前我是一个需要每天坐班，不可迟到不可早退的机关公务员。所以小说中描述的场景并不是我真实的生活状态。这是一个虚构作品，所有的片段及细节都来自想象。我是计算机专业的，对，我不是一个中文系作家，我与电脑网络接触的时间比较早，我当时在论坛和聊天室的网络名是“我在常州”，地理概念一直是我的城市小说中最重要的部分，对于小说人物的漫游者(Flaneur)的身份带有确认的作用。主角的名字“小妖精茹茹”

是一个虚构的网络名字，是我对自由的想象，妖精有某种异类和叛逆的意向，但是到底只是一个想象，就如同《小妖的网》确实是一个虚构作品。网络上有一些讨论，给了它一个网络文学的位置——中国第一部由职业作家创作的网络小说。

傅小平：我看到的材料，因为这部小说，有人给了你“第一位触及网络题材小说创作的传统作家”的称谓。第一位触及网络题材，大约是没什么错的。但怎么理解“传统作家”？你觉得自己传统吗？怎么理解“传统作家”的这个“传统”？

周洁茹：去美国前的一个月，我去了一个在北京召开的传统作家与网络作家对话的会议，主办方可能是榕树下，我是传统作家代表，其他传统作家我一个都不记得了，我记得网络作家，他们坐在我们的对面一排，是的，当时的座位情况是这么安排的，传统作家一排，网络作家一排，面对面。我记得宁财神，他的脸长得特别有特点，还有路金波，他那个时候还是李寻欢，他跟我说你书里的那个李寻欢不是我，我说我知道不是你，真不是你。然后宁财神说他要买好多房子在上海，这一点好像已经得到了确认。要说我去这个会有什么收获？可能就是王小山在网上评我做十大美女作家之最矫情女作家。他的原话是这样的，“在一次网络作家见面会上，这个二十多岁的‘小妖’对其他网络作家说：‘你们还很年轻啊，有的是机会，让一些三十多岁的人哭笑不得’”。关于作品的部分他是这么说的，“除了作者自己，还有多少人现在还记得《小妖的网》呢，我是记不起情节来了，或许，周洁茹的其他我没看过的作品会有闪光之处，但是《小妖的网》那种装腔作势的调调实在是让我没有勇气看完”。我觉得他好像也挺有道理的，2000年，也是他的上升期，他也需要那些尖锐的调调，来引起大家的注意。

傅小平：我不去揣测何来这些尖锐的调调，但处于上升期的作家不时飙上几句高音，是常有的事。现在琳琅满目的歌唱比赛，不飙高音都不成活了，要听不到才稀奇。毕竟要吸引眼球嘛，被更多人关注后，再把调门放低了也不迟啊。你也说到美女作家了，我没亲历，但回想一下，这也差不多是当年文坛的最强音了。

周洁茹：这是不能被掩埋的，也不能再被回避，就是70后美女作家。我在去年的最后一篇创作谈《我们》里写过这么一句——还有人把70后翻来翻去，赶上了的没赶上的看看是不是还能赶一把的，前70后后70后，重塑70后真正的70后，那么谁又是假装的70后？棉棉在她的《我们为什么写作》里说：“虽然用了‘我们’两字，但‘我们’到底对我意味着什么，‘我们’到底有多少共同点，我真的不太清楚。想想那时也挺有意思的，‘我们’出现的时候都是一起出现的，后来‘我们’不见了的时候也都是一起不见了。”

傅小平：“我们”都不见了，其实“我们”还在那里，现在依然有人在说“美女作家”，这都像是成了一个谈当代文学时绕不过去的概念了。

周洁茹：“美女作家”及“商业文学”都是对我们那一代女性

写作者的误读及伤害。做出这些攻击的并不完全是文学评论家，或者是无良传媒及某些怀有个人目的的写作者。年长的写作者对于年轻作者的态度不是扶持而是践踏，这在中国是一个现象，可能也是一个全世界文学界存在的情况。《小妖的网》出版十七年后，有一个女孩来信问我，有评论家把您的作品归为“美女作家”以消费主义和享乐主义为主的商业文学，这是不是所谓的主流文学贬低那些谈论禁忌主题的女作家以及文学作品的一种手段呢？我很开心地回了这封信，因为这个女孩的中文实在是太好了，我不计较这个问题晚了十七年，我说“我同意你的说法”。

傅小平：也是，这个问题不晚，《小妖的网》也不晚，到现在也还是早的。

周洁茹：可能在那个时代，十八年之前，创作需要一个传统与先锋的融合。《小妖的网》到了今天仍然是前沿的，如同书中所言，网络已经是所有人的日常生活，但它写的不只是网络，它反映出了想要逆流而上的中国女人的情绪。这是我的告别之作，是一道清楚明白的界线，我的写作被2000年这一刀，剖成了两半。

傅小平：都咔嚓剖成两半了，所以就离经叛道写了《中国娃娃》？我不确定说它是童话故事好，还是说它儿童文学好。说来有意思，现在很多成人文学作家，都纷纷写儿童文学作品了。因为儿童文学市场前景好啊，还因为据说，好作家就得两手都要抓，两手都要硬，写出老老少少看了都能接受，都会喜欢的作品。

周洁茹：其实我写儿童文学挺早的，我的第一篇儿童小说

《心堡》发表在《儿童文学》1998年2期,《女孩小星》系列刊载在上海《少年文艺》，从1998年到2000年。我想我不需要解释为什么我会在2001年写作长篇小说《中国娃娃》，儿童文学写作对我来说绝不是一个突如其来的念头，可以这么说，我对我的每一个写作都做了充足的准备，我也有明确的方向。用章子怡小姐的话来讲，信念感。关于这本书更多的情况，我在我那篇英文小说《艾弗内尔》的访问里也提到过：2001年的冬天，我从加州回到中国，过中国年，探望父母，这对我的家庭来说很重要，我是我父母唯一的孩子，就是那种，中国的第一代独生子女，我回一下家，会是我父母最大的幸福。我的故乡冬天很冷，我几乎不能够从床上爬起来，我无法想象我曾经在这个地方连续居住了二十四年，那些天还是黑的冬天的早晨我是怎么爬起来去上学，去上班的，我已经完全不能够去回忆了。至今为止我都是这么认为的，中国江南的中国人，拥有了全世界最顽强的意志力。真实情况是，这年冬天，我回中国也是为了办理我的离职手续。有没有人会因为要办一个手续来回飞几十个小时？我就是这样的，那个时代就是那样的。一切就好像电影《布鲁克林》，回到家乡就有点犹豫，是不是家乡更舒服一点是不是不要再去想布鲁克林的事了，直到以前工作过的杂货店的老板娘又把你叫去，一个巨大的把柄，她要说出来一个苏格兰姑娘未被公开的美国婚姻，就是这么一个可笑的要把你踩死的把柄，你只好大笑着回到布鲁克林去，那里才有自由。我躺在床上，等待回加州的飞机，然后我接到了一个电话，一位来自中国北方的编辑，甜美的声音，希望我能够为他们的出版社完成一个长篇小说。我说我只有七天，我就要离开中国，回美国，而我在美国是一个中国字都不能写的。她说那么我们还有七天。然后我就坐在床上开始写那个长篇小说，每天早晨我们会关于这本书通一个电话，我会谈一些我在美国的生活，那些生活在那个时候完全毁坏了我的写作。她仍然希望我是亮晶晶的，我的书也是亮晶晶的，一切都往最好的方向去。尽管我没有时间，我都没有回过去看一眼自己写的字的时间。最后我终于交出了那个七万字的长篇小说《中国娃娃》，在我上飞机的前一天。所以，回去美国的路途，我重新启动了我的内心，人类当然还有希望，不是还有爱吗？战无不胜的情感。

但世界确实是变了，就是隔了几天，也什么都变化了

傅小平：我想，如果听说过《中国娃娃》，即使没读过，很多人都可能会记得这个书名。所以在你回到国内，回归写作，捧出《请把我留在时光里》这样的文字时，有报道就写："中国娃娃"长大了。

周洁茹：关于《中国娃娃》，这本书也许可能大概应该会在2018年重版，新版删掉了最后一节《后记或者下一个故事的开始》，因为中国娃娃的故事，真的结束了。还没有回来写作的

2014年年尾，杨克突然邀请我去一个论坛，同场的嘉宾是邓一光和台湾的郭强生，我完全忘记了那个论坛的主题，要不是后来看会场图片，背景板上写着《文学与阅读》，论坛的公号推通告的时候还错配了张悦然的照片。那是我第一次出去见人，不写了的第十四年，我在深圳地铁看到一张掉在地上的五块钱，过了五个站都没有人捡，有人说哪有人穿着帽衫去开会的。我当然是不说话，几乎什么都不说，整场会头都低到地底。直到邓一光说，你有过一个《中国娃娃》。我不知道说什么好，我忘了我还写过《中国娃娃》，我的头都没有抬起来。邓一光说，我当然记得它，它很重要。我后来写信给邓一光，没有说一个字关于我自己的写作，倒是提及李修文，邓一光说哪怕李修文今后一个字也不再写，我仍然认为他属于文学。就这一句话，也让我哭出来的。

傅小平：因为这句话说到你心坎里了。不过李修文写了，不是小说，而是散文，还出了集子《山河袈裟》，确是仍然“属于文学”的。《中国娃娃》当然也仍然是属于文学的。

周洁茹：所以，我尝试重版《中国娃娃》，找了中国所有的少儿社，甚至《中国娃娃》的初版社社长俞晓群。俞晓群的记性超级好，好到马上就能说出来《中国娃娃》的出版年月总印数首发会在北京责任编辑是周琳。可是没有一家出版社愿意重版它，它真的过时了吧，人间的十四五年，我不知道。豆瓣上还有一些《中国娃娃》的长短评，我看了很多遍。有说根本不合适小孩读的，有说根本就不是一个童话的，有说很可爱啊，有说真的就是一个小孩的旅行、成长的故事。有一位叫豆立方的读者给了它全五分。豆立方这个名字当然不是真的，但是他的句子都是真的。“小学四年级时看完这本还埋怨作者写的是什么结局啊，后来长大了才有点明白。最近看到井上雄彦回答青春就是不完美时才更懂得长大的代价，虽然有点不太符合，不过过程都是消逝，时间消逝了许多东西，损耗了初心。因为今天看完了《小王子》所以又想起这本《中国娃娃》，好像总是有某件东西的丢失才意味着与童年告别一样，是这样吧。”所以，第二年我回来写作。写新书的同时，我一直没有把它放下，重版《中国娃娃》成为了我长久的盼望。可是编辑们的冷淡也超出了我的想象，世界不同了，都是根本不喜欢出版的人在做出版。

傅小平：没去找原来的编辑？说不定找到她了，就会再版了。

周洁茹：我一直在找周琳，当然是找不到了。她送过一个手绣的包包给我，她请我吃了谭家菜，她还给我讲了那个故事《到巴拿马去》，那个故事让我在十年以后写出来了《后来的房子》。我在朋友圈贴过我们唯一的一张合影，我还说那年圣诞节,《中国娃娃》新书会，也是我爸爸的生日，我们在一间韩国店吃晚饭，她问他们可不可以做一份中国的长寿面，店里做了，好大一碗，还有蛋糕，所有的服务员都跑过来唱生日歌，我爸爸说那是他吃过的最好吃的面条。真的好感谢她，美好的姑娘。想起来都是很多爱与喜悦。我没有说出来的是，后来我们去逛北京的大马路了。她说美国还好吧，我说还好吧。她说我们去三里屯喝醉吧，我说好吧。

然后我们一起坐在马路牙子上，半夜三更，我们俩翻遍了我们的手机，一个男生都叫不出来。然后我们打了一个车，司机不知道为什么说起东北人的坏话，她终于发了火，比我们体积还大三倍的司机立即闭了嘴。我没有找到她。《后来的房子》收入王芜主编的英文短篇合集《陌生人》的时候，我们完成了一个关于英文写作的对话，我当然谈及了我为什么要写《后来的房子》。那位编辑为《中国娃娃》找了一个非常可爱的插画师，那些画都棒极了，真的就是画了一个流浪的中国的娃娃。然后在2002年书出版的时候，我又回了一次中国北京，去配合《中国娃娃》的首发会，他们为书做了一个小动画，并且做了一些网络的推广和尝试。我才见到了我的编辑，一个娇小但是内心强大的女孩。她给我讲了乔纳希的这个故事。我记得这个场景是因为她讲完了故事以后哭了，我没有。接下来的十三年，我再也没有写作。在我重新开始写作《后来的房子》的时候，我突然想起了她和那个故事，我就把这一段写了下来，写完了以后，我终于也哭了。我想我到了那个时候，才真正理解了乔纳希的故事。流浪的意义，艰难的寻找，以及最终的回归。我一直没有《中国娃娃》的编辑的消息，我找过她，找不到。夏天，我为了我随笔新书的首发会去北京，因为与第二场的会相隔了三天，我尝试使用这个期间与北京一个美术村庄里面的书店合作，多做一个谈话会。书店的店主说，嘿，我知道你，你十四五年前有过一本书《中国娃娃》。我太惊讶了，几乎没有人再记得这本书，我自己都要把它忘记了。店主说，我太太就是《中国娃娃》

的插画作者。我几乎哭出来。我从来没有见过《中国娃娃》的插画作者，我只有她的一个名字，但我终于得到了一个信息，这个女孩最后嫁给了一个书店的店主，得到了她想要的生活。一切就是一个童话。我仍然没有《中国娃娃》的编辑的消息，但是我相信她也得到了她想要的生活，在这个世界的某一个角落。

傅小平：这么说，你告别一个阶段的写作，应该说是在进入新世纪的第一年2001年，而不是告别旧世纪的2000年？

周洁茹：2000年之后，漫长的十八年，不知从何说起。我的告别之作可能是发表在《大家》的小说《我们》，而且只有上半部分，下半部分在2008年的《青年文学》，那一年我回到中国。我在2015年的创作谈《对于写作我还能做点什么》里提及了这批小说。我是这么写的，美国搬去香港来来往往的间隙，我写了几个短小说，它们全部悄悄地发表了，没有人注意到，就像我最后悄悄地停在了香港。这些小说中只有张悦然为《鲤》约稿的小说《四个》得到了一个句子——她的孤独是平静的，是自己可以观望甚至欣赏的，是潮水退去后安宁的瞬间。如果我要反对所有的评语，我就真的太忙了，我只好接受我的潮水退去后的安宁。这个时期我最突破的小说是《你们》(《钟山》2008年6期)，我第一个可能也是唯一一个你是主角的小说。但是我自己最喜欢的还是一个叫作《幸福》(《山花》2008年5期)的小说，小说里的女人们反复地寻找幸福，就如同我二十岁时候的那个小说《花》，女孩子们反复地追问，你疼吗。我努力了。一个八年不写一个字的女人，在美国往返中国的缝隙里，努力写了一点小说，本身就是一个小说。这批小说里还有两个小说是我自己很满意的，一个是发表在《天涯》的小说《花园》，另一个是发表在《人民文学》的小说《201》，尤其《201》，收入选本，并且做了一道中考语文阅读理解题。

傅小平：写了发了，重新引起关注了吗？按如今生活的加速度，要不是连续写作，中断了些时间，就算是偶尔还发上几篇，都没什么人注意了。文坛跟着生活日新月异啊，新人也不断涌现。所以已经成名的作家也是不断写啊写，把自己写进文学史了，还在写啊写，像是内心在说，要让人记住啊，不能被忘了啊。

周洁茹：但是世界确实是变了，别说是八年九年，就是隔了几天几个星期，什么都变化了。直接的说法是，我已经三十二岁，我要拼实力，如果你不够头条，你就没有实力，所以我为《我们》写的创作谈《过去了的》没有跟上同期小说，另外发到了《香港文学》。我与一切中断联系的期间，只保留了《香港文学》，我不写作了以后，还是为《香港文学》完成了一个类型写作，接龙小说的龙头，2000年的《闷烧》和2001年的《古代》，合作的海外女作家有陈谦、滴多和施雨。不创作的创作谈《八月》《十年》《写作的愿望》《自己的对话》，也都是发在了《香港文学》，一年一篇。我相信这都是命运。

傅小平：你说很多年不写作，其实你还是趁回国的间隙写了一点的。所以说，写作就是你的命运。但你似乎真的不读书了。是因为有阅读障碍吗？阅读毕竟很重要啊，要没有你二十四岁前的阅读，就没有你那时写作需要的文学资源了。为什么二十四岁，就成了你此前大量阅读与此后不再阅读的分水岭？

周洁茹：我写过一篇《童年阅读》，一年前又写了一篇《阅读课》，在不阅读的期间写阅读，很费精力，有点不想再重复答这个阅读的问题了。但我现在想起来，我写《童年阅读》来告别阅读实在太酷了，我谈了所有对我有特殊意义的童话，我说我把《霍比特人》当作一个复杂的童话看，就像我小时候读过的那本《牛天赐传》，我一直以为那是一本童话，后来才知道不是，可是有什么关系我已经忘不了它。我读过的一切都不著名。我最爱的童话作家仇重先生，你一定不知道他是谁，他和他的故事都被遗忘了，也许他从来都没有存在过，他只是我的一个幻想。我甚至读过一本《巨人》，那一期最好的故事是一头小狮子在大雪天逃出了魔界，帮助它的是三只松鼠，它们都被冻僵了。我有过《玛丽波平斯回来了》和《小无知漫游月球》，两本都是第二集，所以我记忆中的玛丽和小无知总是不完整的，因为我不知道他们在第一集里都干了什么，我也得不到第一集，我看完了《随风而来的玛丽波平斯》也没有为我童年时期那些折磨我的迷惑找到答案，玛丽从哪里来又到哪里去了，玛丽是天上的第几颗星或者她根本就不是一颗星，我已经找不到关于小无知的一切了，它也许也是我的想象。还有血淋淋的格林童话，像王尔德那么血淋淋吗，被践踏的夜莺血玫瑰和破了心的快乐王子，我读过最血淋淋的童话是关于一头不知出于什么原因被吊死的胡狼，还有一个手一直抖的富人的故事，富人的手总是发抖，于是富人杀死穷人取穷人的血洗手，富人每天都杀两个穷人，那些穷人挂在那里，他们的血还是温热的。这个故事令我想起那头不相干的胡狼。胡狼的故事记载在一本蓝色封面的书里，书里的第一个故事是一个每天都被杀好几回的公主。我在《阅读课》里面又讲到这位公主，一个魔王抢来一个公主求婚，可是公主不爱他，眼泪流啊流啊全部变成珍珠，魔王就杀了她，砍下她的头装在箱子里，鲜血变成红玫瑰，逆流而上。第二天魔王用药水涂抹公主的头和脖子，公主复活，眼泪变成珍珠，魔王再求一次婚，公主再拒绝，魔王再一次杀了她，血变成玫瑰，就这样过了好多年。一个每天被杀，又每天复活的公主。我也会无数次地提及《芒果街上的小屋》和一个口里有宇宙的印度小孩。我的整个童年都以为一个土豆就是一个宇宙，土豆煮熟了，宇宙也熟了。我在已经不读也不写的期间还要写那篇《阅读课》是因为我们都面临的小朋友的阅读问题，我甚至正视了我较差的结构框架但还是不列提纲地讲了四个重点：童年阅读改变人的一生。写作的问题是阅读的问题。对一本书反复阅读。阅读没有期限。我回忆我的童年阅读“很多东西都可能成为我的精神依赖，但我最终选择了阅读，也许过程艰辛，真正思考并因此痛苦，但它给你一个世界，无边无际的想象，甚至一个你自己的结局，甚至一个完全没有结局的结局，就像一颗星星划过无尽的天空”。我都被我自己打动了。可是我的现实就是我不读了，我在中止写作的同时中止阅读，我对一切都烦了，不仅仅是写作和阅读，吃饭都烦了，肯定是抑郁症。如果是现在的这个时代，我得喊一句我是抑郁症你们都要让着我才对。可是真的抑郁症很多又是不自知的，所以我只是抑郁，写作者的抑郁肯定是因为太内省了，思考太多其实不是你自己的问题。两年前我终于去了从来不去的香港书展，我对坐在我对面的姑娘说："如果你不能够再写作，请保持你的阅读，阅读是你走进森林里手里握着的那根线，即使你迷路了，你也找得回来。"我真是太多情了很多时候。我自己还在森林的深处，而且什么线都没有。

说我语言不好，就好像说我不漂亮，我一定非常愤怒

傅小平：好吧，"中国娃娃"在这篇童话里两只蜂鸟的招引下，开启了从东方到西方的旅程，在美国一停歇就是九年，远离写作的那段生活，恐怕也只在最初的《我们》，也是最后的《岛上蔷薇》里，部分得到呈现了。你出这部长篇时，还想过取名《从这里到那里》，对吧？反正从"从这里到那里"，曾经的"我们"，那些有着各自故事的女人们，在迁徙的路上，最终慢慢走散了，剩下的只是"我"。难道这只是唱给女人和女人之间友谊的一曲"挽歌"？我想，不止是如此。

周洁茹：对，既然是寻找，就不会有终点。我之前也说过，就是死亡都不是一个终止。友情也是一种爱，并不比男女的情爱缺

少点什么，女性之间的爱，很多时候又是会超越男女的爱的。所有的爱都不会终止。冯唐说过用文字打败时间，这不是好笑吗，外星人都打败不了时间，唯一可以打败时间的，当然只有爱。

傅小平：我知道《岛上蔷薇》里的篇目，有的曾以散文形式出现在《请把我留在这时光里》。这看似有点超乎常理，但在你身上又是合情合理。理由是，因为你就在你的作品里。就像《记有意义的一天》，如果不去追究故事的真实性，完全可以把它当成散文来读的。况且，虚构与非虚构，有时谁说得清哪个更真实呢。当然，你还是可以说，散文与小说有什么不同，它们之间是怎么切换的？

周洁茹：我写作的时候还是很明确的，小说是小说，散文是散文。给读者造成一个切换的视角，会不会是因为我的语言，用散文化的语言写小说，用小说化的语言写散文，幸好我不会写评论，用散文化或者小说化的语言写评论一定会成为评论界的耻辱。我见过用小说的方式来写人物专访的，造成的效果是这个人物自己都认不出来是自己，还真的可以再在纯文学刊物上当作小说再发表一次。

傅小平：反正，你现在似乎写散文多了一点，所以回归写作，先是出版散文集《请把我留在时光里》《我当我是去流浪》，再后来还出了《一个人的朋友圈，全世界的动物园》。如果是对比你以前主要写的小说，这也算是你的一个显著变化吧？但你在一些方面是保持了不变的，我是说你没有跟着潮流不断变换写作路数，与其说你追新求变，不如说你始终如一，追求内心的自由，表达的自由。

周洁茹：我的体重变化很大。地球真的是有引力的，整个我都下坠了。但我作品的方向肯定没有变化，我是知道我自己的。我出版了一个写作加州香港两地女性生活的长篇小说《岛上蔷薇》，对女性的自我主张有新的诠释，另外我在香港出版了小说集《香港公园》，在中国内地出版了同样是香港主题的小说集《到香港去》，女性、婚姻、家庭及事业，仍然是我主要的思考及写作方向。有人跟我讲你可千万别成为一个乡土作家啊，我说我倒是想啊。从来没有写过乡土的人，到了晚年就会去写？从来没有写过底层的人，快要穷死了就写得出来？我想说的只是，如果我一直都是一个城市文学作家，那我一定是会写到底的，这也是我对我自己生活信念的遵守。我好像在一篇配合小说《失败小说》谈的创作谈《失败小说》里说过，你有什么样的生活，你就会去选择写什么。但你从我现在多写了散文，来探究我作品的变化，这是不科学的，就好像我看到一个评论家的小说综述，开篇第一段用来数作家们发表小说的数量，非常令我惊异。

傅小平：我感到惊异的是，你都定居香港了，却开始了“到哪里去”的漫漫长路。你写过《到香港去》《到直岛去》《到广州去》，我没读过，但我读了《到深圳去》，觉得挺好。不只是故事好，文字好，还因为在小说里看不到终点，看完了意犹未尽，觉得说是“到哪里去”，其实就是一直“在路上”。看到有评论说，你写这个系列是因为“生活在别处”，但我确实觉得你就像你自己说的“你在寻找你的方向”。当然，也可能你不只是找你的方向，你也在寻找“寻找”本身。

周洁茹：除了《到深圳去》外还有一篇《来回》，也是我这批小说中最重要的一个小说。我所有写与父母关系的小说都是我最重要的小说，这是不容置疑的。我不是去哪里，不是在路上，而是来来回回。现在在答这个问题的同时，我的父亲正在医院里做一个胸外科手术，已经五个小时了，我母亲也站在手术室外等了五个小时。整整一天，我都坐立不安，心乱如麻。我在回答一个你为什么要从美国搬到香港的问题时说过，我是中国的第一代独生子女，我父母唯一的孩子。父母年老，我需要离他们距离更近一些，情感上是这样。我父母现在住在一个高级的养老院，而中国更多的老人是连养老的资本都没有的。生活上他们有人照顾，情感上是缺乏的，我能做到的只是离他们近一点点。中国人讲的，父母在，不远游，如果去到远方，要有一个明确的方向。我从小接受到的传统教育让我被这些中国情感折磨，我的不安及愧疚很深，即使是一百年的国外生活都不会改变这一点。如今我父亲在做手术，手术前我都觉得是一个很小的手术，不需要担心什么。三个小时以后我才开始在网上到处查，那是个什么问题，症状是什么，手术的必不必要，我一边查一边责备我自己，我对我父母的不关心和不重视，我如此懦弱，麻木不仁，我把本应该我要面对的问题推给他们自己，我连面对问题的勇气都没有。我父亲手术前有些后悔，但他还是去做了，他比我勇敢。我连一个电话都没有打给他，我只在家庭群里发了一个微信，说，加油！也不顾及他有没有看到。我真的挺鄙视我自己的，这是最不负责任的做法。我也常常说陪伴，却从来没有做到。我真是连说陪伴的资格都没有。这些情绪我都放在我的小说里，写与父母关系的小说，就是用来剖开我自己，血淋淋的。现在已经五个半小时了，我的父亲仍在手术室里，我的母亲都比我坚强，她说没事的，做好你自己的事。我们与我们的父辈，永远都还有好大一段距离。

傅小平：不管怎样，你能为离父母距离更近一些回到中国，也说明你与父辈之间的距离近了。

周洁茹：2008年，我回到中国。2009年，我彻底搬到了香港。2012年年尾，我成为香港作联的会刊《香港作家》的副总编辑，当时的总编辑是周蜜蜜，也因为这个工作，我第一次去到了《香港文学》位于华兰路的编辑部。2013年年尾，我辞去了《香港作家》的一切编务工作，这个时候，距离我上次的结束已有五年，也就是说，2008—2013年，除了几篇零碎的不创作谈，我又没有写作，小说或者散文，我一个字没写。

傅小平：噢，你回国后也有这么长时间没写作啊？该不会是受了编辑事务的影响吧？是怎么重新开始写的？

周洁茹：2013年我生日的这一天，发生了一件事，也可以说，这件事改变了我后来的写作。这一天，我去了新浪微博，我从来不去，大概也是因为是生日，我去了从来不去的新浪微博，看到《收获》的编辑叶开用公号赞扬一位女作家盛可以，现在想想，他也许是对的，一个刊物对于自己的作家，当然是要赞扬的。但是我提出了异议，我说赞私人要用私人号赞，不要用公号，谄媚又难看。我的感觉是我也曾是《收获》的作者，这位编辑应该不会做出在公共平台大骂你脑子有病你语言不行你老了这种话，我没有想到的是，他做了，连续三天两夜，我都傻了。

傅小平：这个我不好评断。我看一开始就一点小争执，慢慢有点走样了。

周洁茹：我对我自己比较佩服的一点就是，我就当作这是一个生日礼物，收下了。过了这个生日，我三十六岁了，的确老了，至于语言行不行，《收获》的主编也是我当年的编辑程永新说了一句，你语言行不行他一个人说了不算。我连夜写了小说《到香港去》，连夜投给了《上海文学》。接下来的情况就很清楚了。两年后我复出写作，直到2017年中，我因为去《香港文学》坐班又停了笔。这个两三年我写了30个短篇小说。按照我集龙珠的习惯，我把《芙蓉》《红岩》《红豆》《文学港》《野草》《西湖》《青年作家》《鸭绿江》，甚至《创作与评论》集了一下。

傅小平：你看这不都变好事了嘛。要不然，你不知道什么时候回来写作呢。不过你生气主要是人家说了你语言不行吧。我还真不知道该怎么说你的语言，感觉说好或不好，都不足以定义，我只知道我读到的是小说的语言，就是很简单的文字，也有很独特的语感，无论它颠来倒去也好，重复跳跃也好，它都挺小说的。当然我也可以用一些形容词来说说，但没有谁比棉棉说得更好了，“奇特的虚无、不容置疑的纯洁和总是突如其来地被照亮了的那些文字”。所以，我能想象你一定是以你的语言为骄傲的，有人说你的语言不行，你当然生气，也不屑。我就说说我的一点观感吧。你的语言和你的感觉，还有你的心灵，在我感觉里是一起涌现的，像是不需要通过转换，就那么自然而然地到了纸上了。

周洁茹：我的语言好不好，一个人说了不算。但是我要多谢你，你给了我更多的骄傲。是，我的语言是我的骄傲，如果有人说我的语言不好，就好像说我不漂亮一样，我不会不屑一顾，我一定非常愤怒，用另外一个水瓶女巫昂的话来说，我是要拼命的。我不知道切换是什么，所有的句子都脱口而出，我也从来不修改，有时候为了防止自己修改，我会把刚刚写完的稿子马上寄出，不给自己留一点机会。对我来说是这样的，我的小说是越改越不自然的，如果只是把句号改逗号，逗号改句号，那就不要改了。不自信的作家才改来改去。当然你也可以这么说，无礼傲慢的作家从来不修改。什么句子都可以说成两种，我只相信脱口而出的句子。

我觉得非常孤独，我在这个地球上的生活，非常孤独

傅小平：所以，在认为你语言好的前提下，说你结构没那么好，你该是乐于接受的。但我又分明觉得，你作品的结构，同样不是用一个框架就框定的，因为当我说，你作品外在的结构没那么好的时候，同时又不得不说，那种内在的、感觉的、情绪的结

构，又确乎是有些好的，而且是很多作家难以做到的好。我实在要说不好，我只能提一个疑惑，有时读到后半部分，为什么会感觉缺了点什么呢。

周洁茹：我自己要是知道缺了点什么，我就不这么缺着写了吧。人都是看不到自己的，镜子里的自己也是倒错过来的。但我至少知道我自己的一个缺点，就是我控制自己情绪的能力很弱，如果你说我语言不好，我肯定是要发火的，你说我结构不好，我的火可能更大。如果写作也是搭房子，不是看起来搭得越大就越好，我考虑的是一个房子抵抗各种压力的能力，地震、海啸甚至龙卷风，土壤也很重要，很多土壤是不足够支撑一幢房子的，而且土壤一直在变化，土地不仅仅是土地，土地里面还有石头和水，水永远在动。什么样的土地配得起什么样的房子，最先倒下来的都是漂亮的大房子。

傅小平：这个比方，打得很好，我都不能不喝个彩了。反正吧，要单说你写的长篇，我只能说你写下的每一个章节，都是一座岛屿，一座座水汽氤氲的岛屿，连成了一个生气勃勃的整体。一个个看似独立分散的章节，连成了有内在节奏感的长篇。你写了《岛上蔷薇》，知道了"蔷薇是什么花"，又正好生活在了香港岛上，可没怎么听你说紫荆花啊，说说岛上的生活吧。

周洁茹：岛上？要不是说出来，我并没有意识到我在一个岛上。如果我的观察就是这一个岛，我不就是个写旅游书的了吗？如果我要找一个话题点，岛与岛屿，我也真的可以去写人物周刊了。作为一个水瓶星座，我们的计数单位都是很大的，比如这一个地球，那一个月球，另外那些火星金星海王星。我觉得，非常孤独。我在这个地球上的生活，非常孤独。

傅小平：难怪你说小学三年级的时候，梦到飞船来接你。要放大到宇宙空间里，地球其实也就是一个小小的岛屿。既然说到岛上了，不如再说说鱼吧。你以前很是写过一些以“鱼”为题的创作谈的，什么《头朝下游泳的鱼》《一天到晚散步的鱼》《活在沼泽里的鱼》，要现在再写一篇，会是什么样的鱼？

周洁茹：《水煮鱼》。我现在很爱吃水煮鱼，湘菜馆，川菜馆，就是在茶餐厅，有没有水煮鱼，我都会试图要一要。在美国生活的时候，我对辣菜的热爱也是疯狂的，开车一两个小时去到大四川或者小四川，一口红油吞下肚，眼泪都出来了。一个月一次的水煮鱼，成为了一整个月的念想。辣能够掩盖掉所有的味道，鱼腥气，河泥气，金属气，不干净的气。辣也是一种奇妙痛感，会叫人瞬间失忆，忘掉过往一切，只有痛，再多一口，更多痛，人有时候就是想要这一点小小的痛苦，还上了瘾，几天就得来一回。我自己也做水煮鱼，用的华人超市最平价的catfish，鱼骨少，煮起来方便，吃起来也方便，我小时候更喜欢吃带鱼而不是鲥鱼也是因为鱼骨的原因。搬到香港，就用龙利鱼，查了一下catfish，原来是鲇鱼的意思，这种鱼如果在中国，好像不是特别干净的鱼。我以前是不吃鱼的，我的一个朋友曾经请我在一条海口的船上吃饭，夕阳下面，他为我们要了烤鱼，那些鱼放在桌上，以一个僵硬的姿态。我没有吃，他也没有吃。这个朋友不喜欢说话，二十年后也是这样，他请我吃饭，这次是在北京，但是他自己不吃，他仍然不怎么说话，而且他也从来不点我朋友圈的赞，我问他为什么，他说你太漂亮了。我不觉得他的这个句子是在回答我的问题，但我觉得好像也没有错。

傅小平：也许是这样，也许不是这样，这我就不好评论了。你前面说到的那篇《海里的鱼》，该不会就写的这条鱼的故事吧？

周洁茹：我写过《海里的鱼》，我写，我看见有一条鱼从水盆里蹦出来了，我猜测它是海里的鱼，因为它不停地跳来跳去，并且惊人地直立起来，在地面上摆出了水里的姿态。淡水鱼如果蹦出来，只会软塌塌地趴在那儿，等待着有人捡它起来，重新扔进水里。海里的鱼跳来跳去，服务员和厨师都忙，没有人看它，它直立了一会儿，然后死了，这些都发生在一分钟内，一条鱼的死亡，迅速极了。我写《海里的鱼》时，还是一个正在努力往文联调动的机关公务员，我不知道调动会不会成功，我也不敢辞职，我在跪着死与站着死之间日夜徘徊，所以我这么写。我以前认为我是一条海鱼，可以游到海里去，后来我才知道我只是一条淡水鱼，我比谁都要软弱，如果他们笼络我，我就被笼络，如果他们招安我，我就被招安，总之，再在水里活几天总比跳来跳去跳了一身血死了的好。我是这么想的。我一直以为淡水鱼比海里的鱼软弱是因为鱼骨的原因，龙利鱼那样的鱼，一根脊骨，放入滚热辣油，按照百度百科的说法，久煮不散。可是作为淡水鱼的鲇鱼，也是一根鱼骨，斩成一段白肉售卖，好像与龙利鱼也没有什么不同，谁都没了鱼的样子。用鱼骨来区分鱼，肯定是不准确的，就好像我把人分成两种，一种是仅展示三天的，一种不是。

傅小平：就是这样。用各种各样的“鱼”做年度小结，也肯定是不那么准确的，但这不重要，重要的是，你借这一条条游来游去的“鱼”，就好比是借我们谈到的这一个个问题，把你想说的话都说了。

周洁茹：因为你这些问题，用时髦的话来讲，我陷入了迷思。我竟然开始审视自己的前半生，如果我能够活到八十四岁。这是从来没有过的。之前的大半年我都没有写作，我在学习成为一个编辑，这个学习的过程会有多长，我的耐心和毅力足不足够我坚持下去，我现在还不知道。有个人说创作谈这种东西是作家为了给自己没写好的作品一个台阶下，好像也对。但我也很感激我写过的那些创作谈，我写过的一切，小说，随笔，其实我都忘了，有时候再看到都觉得陌生，完全认不出来。幸好我还有创作谈，也许我什么都会失去，但是我的创作谈，肯定是留下来了。我从1997年开始写创作谈，每年一篇，对自己一年的写作做一个整理和总结。这个习惯来自于我当时的工作，我在一个机关做公务员，写完单位的年度总结，顺手也把自己的总结写了。我的第一篇创作谈叫作《现在的状态1997》，去年我写了《现在的状态2017》，而这二十年里的十五年，我是没有写作的，但是我在没有写作的期间，却持续地写作了创作谈，我现在想一想都算是神奇。我肯定在那些创作谈里不断地重复和重复我对写与不写的纠结。

图书在版编目（CIP）数据

小故事 / 周洁茹著. — 北京 : 北京十月文艺出版社，2020.7

ISBN 978-7-5302-2044-3

Ⅰ. ①小… Ⅱ. ①周… Ⅲ. ①短篇小说—小说集—中国—当代 Ⅳ. ① I247.7

中国版本图书馆 CIP 数据核字（2020）第 071077 号

小故事
XIAO GUSHI
周洁茹 著

出　版 北京出版集团
　　　　北京十月文艺出版社
地　址 北京北三环中路 6 号
邮　编 100120
网　址 www.bph.com.cn
发　行 新经典发行有限公司
　　　　电话 010-68423599
经　销 新华书店
印　刷 北京盛通印刷股份有限公司
版　次 2020 年 7 月第 1 版
　　　　2020 年 7 月第 1 次印刷
开　本 787 毫米 ×1092 毫米 1/32
印　张 10.5
字　数 207 千字
书　号 ISBN 978-7-5302-2044-3
定　价 56.00 元
质量监督电话 010-58572393
如有印装质量问题，由本社负责调换。